바람과 소리

無影 金男植 隨筆集

오늘의문학사

바람과 소리

바람이 분다. 소리가 난다. 후드득 후드득, 쏴아 쏴아……. 바람이 불어야 소리가 나고, 소리가 나야 비로소 바람이 부는 것을 알 수 있다. 바람과 소리가 불가분의 관계이듯이 모든 만물이 다 그렇게 연관되었다고 볼 수 있다.

사람도 마찬가지이다. 여럿과 더불어 사는 관계가 잘 만들어져야 개인의 삶이 풍성해질 수 있고, 개체들이 올바르게 서야 건전한 사회가 이루어진다. 사람의 눈과 눈으로 사랑과 미움이 교차되고 입과 입에서 고매함과 천박함이 솟아난다. 나누는 손끝에 따라 선함과 악함이 묻어나고 부딪치는 가슴끼리는 온기와 냉기가 서린다.

나 또한 많은 사람들과 어울려 살면서 다양한 것들을 배우고 익힌다. 그들의 거울에 내 모습을 비추어 보면서 그동안 지은 죄에 대해서 회개를 하고, 가까운 이들과 마음을 합쳐서 노래하는 기쁨을 누리며, 불우한 이웃에게 아름다운 가락을 들려줌으로써 아픔을 같이 나눈다. 개발 현장의 견학과 섬마을 선교와 국내외 여행 등을 통해서 그곳 사람들이 겪는 환희와 비애를 느끼고, 일상에서 얻는 귀한 가르침들을 생활에 보태기도 한다.

청소년들을 가르치는 과정에서 새로운 이치를 발견하고 선배들로부터 허무하다는 인생을 긍정적으로 바꾸어 가야 하는 이유를 알아간다. 먼저 가신 부모님과 스승님의 자취를 헤아리면서 지혜롭게 사는 방법을 체득하고, 목사님의 설교를 통해서 '나는 지금 무엇 때문에 울어야 하는가?' '어떻게 하면 죽음을 존엄하게 맞을 수 있을까?'라는 의문에 답을 얻는다.

이러한 일들을 경험할 때마다 일기처럼 적어 둔 글들을 모아 책으로 엮게 되니 기쁘기 그지없다. 때로는 나의 모든 것을 남에게 드러내 보이는 것 같아 망설여지기도 했지만, 정성껏 읽어주고 다독여 줄 독자들이 있을 것이라는 기대 속에 용기를 내었다. 글 하나하나가 읽는 분들에게 가깝게 다가갈 수 있었으면 좋겠다는 희망을 가져 본다. 그 분들의 진심 어린 격려와 조언이 또 다른 나를 만들어 줄 수 있으리라는 기대도 한다.

지난해 어느 문예지에 '고슴도치 새끼자랑'이라는 제목의 글을 보냈더니, 표지의 제목으로 채택되어 놀라워하면서도 스스로 대견스럽게 여겼는데, 이번에도 그런 칭찬을 받았으면 하는 과분한 욕심까지 부려 본다.

앞으로 더 많은 사람들과 더불어 살면서 인간관계의 참 맛이 어떠한 것인지를 알아보고자 한다. 악기에서 흘러나오는 아름다운 멜로디가 바람과 소리의 특별한 관계에서 비롯되듯이 나와 더불어 살아가는 사람들로부터 새로운 삶의 가치를 터득할 수 있을 것이기 때문이다.

제1장

나를 바라본다

나는 지금 왜 울고 있는가

　"사내자식이 울긴 왜 울어! 못난 놈!" 예로부터 부모는 자식들이 눈물을 흘릴 때마다 불호령을 내렸고 도가 넘는다 싶으면 가차 없이 종아리를 들었다. 흐느끼는 아이에게 무릎을 꿇게 하고, 남자가 모름지기 눈물을 흘려야 할 때는 일생에 단 세 번뿐이어야 한다며 엄중하게 훈계를 하였다.

　세상에 처음 태어났을 때와 사랑하는 부모님이 돌아가셨을 경우, 그리고 나라를 잃게 될 지경에 이르렀을 상황 외에는 못난 모습을 보여서는 안 된다는 것이다. 남에게 약함을 보이지 말고, 매사에 보다 신중하고 의연하게 대처해야 한다는 의미이다. 요즈음 젊은이들은 이를 빗대어 영장을 받고 군대에 가야 할 걱정에, 변심한 여자 친구를 떠나보내는 슬픔으로, F학점 맞은 성적표를 받아 들고 부모에게 꾸중을 받을 것이 염려되어 운다고 하니 격세지감이 든다.

　나는 어렸을 때부터 집안 사정이 어려운 데다 심신이 나약해서인지 꽤나 눈물이 많았다. 잦은 병치레 때문에, 힘센 아이들에게 맞고, 춥고 배고파서, 감당하기 어려운 갖가지 일들에 짓눌려서 그랬다. 남다르게 눈시울이 여려서인지 나와 아무 관련 없는 사람이 통곡을 하는데도 덩달아 찔끔거리고, 이웃 동네사람의 상여 뒤를 따라가면서까지 훌쩍이다가 꾸중을 듣곤 하였다.

어른이 된 지금도 눈물이 헤픈 편이어서 텔레비전 화면에 치료비가 없어서 어려움을 겪는 환자가 등장하고, 이산가족이 상봉하여 울부짖거나, 외국에서 시집 온 여자가 어렵게 귀국을 해서 가족들과 껴안고 몸부림을 칠 때면 따라서 울먹인다. 닥친 일이 힘에 겹다 싶으면 전전긍긍하고, 작은 심적 고통만 당하게 돼도 세상 걱정을 다 떠안은 양 호들갑을 떤다. 그럴 때마다 어른들의 가르침을 떠 올리며 마음을 고쳐먹어야 하겠다고 다짐을 하건만 그리 쉽지 않다.

지금의 나는 특별히 울어야 할 이유가 별로 없는 상황이다. 먹고 입을 걱정을 하지 않아도 되고, 편하게 누워서 잠을 잘 수 있는 널찍한 집도 있으며, 건강한 편이라 이것저것 일을 보러 돌아다니거나 여행을 즐기는 데에 아무 불편함이 없다. 식구가 사랑을 해 주고 자식들이 이것저것 챙겨 주며 일가친척들과도 따뜻하게 정을 나누며 살아가고 있다. 속마음을 털어 놓을 수 있는 친구와 응석을 부려도 될 선배가 있고, 어려움에 처하면 도닥거려 주며 기도를 해 주는 교우들도 여럿이 있다.

이렇게 많은 복을 누리며 살면서도 때로는 먼저 떠난 가족들을 생각하며 서러워하고 병약해져 가는 아내와 내 모습을 바라보며 초조해 한다. 또한 덧없이 흘러간 세월을 탓하고 다가오는 죽음의 그림자가 두려워서 눈물을 훔치기도 한다. 이런 모습들은 보기에 흉할 뿐만 아니라 결코 도움이 되지도 않는다. 그런다고 해서 막혔던 문제가 시원하게 뚫어질 리가 없고 나를 대신해서 슬픔을 껴안고 가 줄 사람도 없다. 이미 지나가버린 일로 좌절하고 닥쳐오지도 않은 내일을 조바심하는 것은 아무 의미가 없는 일이다.

선인들의 가르침처럼 무엇 때문에 울어야 하는지를 구별하여야 하고 그것을 실천하는 지혜가 필요하다. 자신을 돌아보면서 돈과 명예와 권력에 눈이 어두워 없어질 것들을 탐하였음을 뉘우쳐야 한다. 내 잘못은 바로 알지 못하고 남의 실수만을 탓하려 들고 거짓된 말로 상대를 미혹한 일은 얼마나 되는지 따져 보아야 한다. 마음에 들지 않는다고 화를 내고 별스럽지 않은 일로 시비를 걸며 자신의 욕망을 위해서는 수단과 방법을 가리지 않는 나를 책해야 한다.

약한 자에게는 강하고 강한 자에게는 비굴하며 공익을 위하는 척하면서 사욕을 취한 일, 머리로는 음행을 계획하고 가슴에는 독기를 품으며 손으로는 악행을 저지른 것들을 탓해야 한다. 이렇듯 수없이 많은 죄를 짓고서도 온전하기를 바라며 회개는 하지 않고, 복 받을 생각만 한 것에 대하여 속죄의 눈물을 흘려야 마땅하다.

나는 그동안 자식들을 남들처럼 호의호식 시키지 못해서 탄식을 하고, 조금만 다쳐도 내 살이 찢기는 듯이 아파하며, 마음에 상처를 입었다 싶으면 가슴을 두드리며 울어댔다. 하지만 이제는 생각을 바꾸어야 하겠다. 아이들에게 사소한 일까지 일일이 손을 대어 줌으로써 작은 어려움만 닥쳐도 당황하게 만들었고, 제 손 안에 든 것은 꽉 움켜쥐고서도 더 많은 것을 취하려고 나쁜 짓을 해도 꾸짖지 않았음을 안타까워

한다.

내가 못 이룬 한풀이로 일류대학과 좋은 직장만을 주문했지, 열심히 일해서 나누어 주는 것이 최상의 행복임을 알려주지 않았다. 남에게 뒤져서는 절대로 안 되고 그래야만 험난한 세상에서 살아남을 수 있다는 것만 고집하여, 주위 사람을 배려하고 그들과 더불어 살아가는 것이 얼마나 유익한가를 터득하지 못하는 인간으로 길러왔다.

이제까지 저지른 일들로 인하여 앞날에 내 아이들이 겪을 고통을 생각하면 더욱 염려가 된다. 산을 마구 파헤친 흙더미 속에 묻히고 아무 생각 없이 흘려보낸 약물 때문에 마음 놓고 물을 마실 수 없으며, 곳곳에서 뿜어 낸 독한 연기 때문에 숨조차 제대로 쉴 수 없는 세상을 살아갈 자식들의 앞날을 애석하게 생각해야 한다. 과학 문명으로 인한 지구의 온난화 현상을 비롯한 여러 형태의 이상기온과 지진과 해일로 발생한 원자력발전소 사고 등을 바라보면서, 이 시대에 내가 저지른 죄의 대가를 톡톡히 치러야 할 후대들을 걱정해야 마땅하다.

성 어어거스틴 어머니 모니카도 자식을 위해 눈물을 뿌려 가며 기도를 했다. 방탕한 생활을 하는 아들을 두고 처절할 정도로 간구를 한 끝에 마침내 위대한 믿음의 영웅으로 만든 것이다. 부처님과 공자님도 갖은 악행을 저지르고 태연한 척 하는 불쌍한 중생들을 바라보면서 뜨거운 눈물을 흘리셨다.

예수님은 죄 많은 인간들을 대신해서 십자가에 달리시려고 나아가시는 당신을 따라오며 가슴을 치고 통곡하는 여인들을 향해서, "나를 위해 울지 말고 너희와 너희 자녀들을 위해서 울라"고 말씀하셨다. 머지 않아 나라를 잃고 뿔뿔이 흩어져서 엄청난 환난을 당할 이스라엘 민족의 처지를 뻔히 아셨기 때문이다.

이제부터라도 지은 죄에 대해 진실로 회개하지 못한 나를 딱하게 여기고, 그로 인하여 후손들이 겪게 될 아픔을 걱정하며 참회의 눈물을 흘려야 하겠다. 이것이 오늘을 사는 내가 울어야 할 가장 큰 이유이어야 한다.

내가 바보다

산기슭을 다람쥐 같이 발 빠르게 돌아다니던 젊은이가,

"여기 많아. 빨리빨리 와."

하고 부르더니 자기는 단 숨에 다른 등성이로 내닫는다. 허겁지겁 가보니 상수리와 도토리가 수두룩하게 널려 있다. '아니 이걸 그냥 남겨두고 갔네.' 생각은 잠시이고 흡족한 마음으로 연방 줍는다. 언제 허리가 아프고 다리가 저렸냐는 듯이 뛰어다니며 줍고 돌 틈과 낙엽 속까지 헤집고 꺼낸다.

지난 가을에 평소 친하게 지내던 선배와 도토리를 주우러 나섰다. 산속에 들어가 울창한 숲 속을 돌아만 다녀도 기분이 좋은데 마음 맞는 이와 정겨운 이야기를 나누니 더욱 즐거웠다. 거기에 탱탱하고 반질반질한 도토리까지 줍게 되니 일석 삼조라 할 만하다. 배낭이 점점 채워져 가는 재미로 시간이 가는 줄 몰랐는데 짐을 챙기면서 서로 견주다보니 나이가 아래인 내 짐이 훨씬 적어 못내 아쉬웠다.

남에게 지기를 싫어하는 성격이라 또 다시 나선다. 오늘은 혼자서만 많이 주울 요량으로 이곳을 찾았는데 사람들이 다녀간 발길이 많아서인지 별로 눈에 띄지 않는다. 날씨가 흐려 음산한 데다 산세가 험해서 적적한 마음에 하산을 하다가 이 동네에 사는 교우가 소개해 준 사람을 앞세우고 다시 산을 오르고 있다. 그는 지능이 낮은 것 같고 반말을 툭툭 던지지만 표정이 밝아 티 없이 순진해 보인다.

헉헉대는 나를 보고 안쓰러웠는지 가던 길을 멈추고 손을 잡아주며 등도 밀어 준다. 자기가 먼저 발견한 도토리들을 잠시 줍다가 나에게 양보를 하곤 했는데 이번엔 아예 통째로 넘겨준 것이다. 땅 바닥과 나뭇잎과 넝쿨 속과 바위틈에 수북이 쌓여 있다. 고마운 생각을 할 겨를도 없이 주워 담는다. 둥그런 상수리와 뾰족한 도토리, 싱싱한 것과 빛바랜 놈, 탱탱한 모양과 쭈그렁박지 등 이것저것 가릴 것 없이 모두 집어넣는다.

다른 산허리에서 어서 오라며 큰 소리를 지른다. 얼마를 따라다니다가 힘에 겨워서 그만 내려가자니까, 자기 보따리를 들어 보이며 고개를 가로 젓는데 어찌된 일인지 아주 적은 양이다. 아무렇지도 않은 듯 킹킹거리며 빙글빙글 웃는데 들여다보니 잘생기고 커다란 것들뿐이지 작거나 퇴색한 것은 하나도 보이질 않는다.

이번엔 그가 내 배낭을 열어 보더니 어렵사리 주운 도토리들을 도랑 밑으로 마구 집어 던지며 중얼거린다.

"못 난 놈들 가져다가 뭐 할 거야. 다람쥐나 먹게 두지."

무작정 욕심을 부리지 않고 양질의 것만 취하는 이 사람의 얼굴을 다시 쳐다보게 된다. 감나무에 까치밥을 남기듯 산짐승들의 먹이를 생각했던 조상들의 아름다운 마음을 간직한 것 같은 그의 미소가 크고 밝아 보인다.

'허! 젊은이가 아니라, 내가 훨씬 모자라네.'

산을 내려오면서 사십이 넘었는데 어서 장가를 가야 하지 않겠느냐는 말을 넌지시 건네니까 자기 같은 사람에게는 시집 올 여자가 없단다. 국내에 온 많은 외국인들 중에서 고르면 되지 않겠느냐고 하니까 적어도 삼천만원은 주어야 한다며 혀를 내 두른다. 달랑달랑 메고 가는 보따리의 양이 너무 적어서 지폐 몇 장을 건네주며 내게 합치자고 끌어내리려니까 어머니한테 갖다 주어야 한다며 움켜잡는다. 돈 몇 푼으로 효성스러움을 깨뜨릴 번한 내가 부끄럽다.

며칠 후 그가 뜻밖에도 교회에 나타났다. 하도 반가워서 어깨를 두드리니까 내 손을 덥석 잡고 누런 이빨을 드러내며 웃는 모습이 따뜻하다. 예배를 마치고 그를 처음 소개해 주었던 이의 집에서 함께 다과를 나누고 노래도 부르며 즐거운 시간을 가졌다. 저녁 식사가 예정되어 있어 떠날 채비를 하게 되니까 바깥주인이 그에게 재촉을 한다.

"야! 우리는 저녁을 먹으러 가야 해. 그렇게 앉아만 있지 말고 어서 가서 어머니 방에 불을 때야지."하고 바깥주인이 재촉을 하니까

"알앗슈 갈뀨……." 벌써 두 번째인데도 대답만 할 뿐 일어서려는 눈치는 아니다. 안주인이 케이크와 곶감과 귤을 집어주며 거든다.

"이거 먹고 빨리 가. 엄마한테 혼나잖아." 하여도

"괜찮어유……." 하며 싱글싱글 웃기만 한다.

일행은 모두 차에 올랐는데 혼자 떨어진 그는 주머니에 손을 넣고 고개를 푹 숙인 채 뒤뚱뒤뚱 따라온다. 그렇게 그를 두고 온 우리들은

오리 훈제와 백숙과 들깨 수제비 등을 맛있게 먹으며 함께 여행할 계획을 세웠다.

이 사람을 또 만나게 되었는데 묵직한 비닐 봉투를 내 손에 쥐어 주며 빙그레 웃는다. 지난번에 농사지은 고구마를 혼자만 먹지 말라고 농담을 했더니 진실로 알았던가 보다. 그에게 베풀어야 할 내가 오히려 손을 벌렸으니 참으로 넉살도 좋다. 막 헤어지려는데 식사하던 다음날 새벽에 그가 교우의 집에 찾아와서 벽력같이 소리를 질렀다는 말을 전해 듣고 소스라치게 놀랐다.

"나 빼놓고 느그덜끼리만 맛있는 것 처먹었지? 그래서 너희들 모두 빨리 죽을 거다."

진짜 바보는 그가 아니고 바로 나다.

마음속의 가시들

　어두컴컴할 무렵 주차를 하려는데 커다란 차가 버티고 있어 조심스럽다. 간신히 비집고 들어가는 순간에 무언가 닿는 느낌이 들어서 내려 보니 부딪혔다. 사방을 두리번거리다가 차를 얼른 몰아 눈에 보이지 않는 구석에 댔다. 힐끔힐끔 사방을 살피며 내 차를 들여다보니 허옇게 망가졌다. 황급히 걸레로 문질러대니 조금은 지워진다. 살금살금 상대방 차에 다가가 보니 흠이 나 있어서 닦아 보려는데 인기척이 나서 걸레를 감추고 딴전을 피우다가 다시 시도를 하려는데 사람들이 다가온다.

　할 수 없이 집으로 들어 왔으나 걱정이 이만 저만이 아니다. '택배차가 뒤에서 따라 왔었는데, 다른 사람들이 보았을 수도 있지, CCTV에 찍히지는 않았나?' 별의 별 생각이 다 들어 자리에 누어도 잠이 오질 않는다. 사람이 죄 짓고 그대로는 못산다더니 맞는 말인가 보다.

　날이 밝자마자 마음을 고쳐먹고 경비실 담당자에게 자초지종을 이야기 한다. 접촉된 부분을 닦아 보더니 지워지니까, 여기 저기 흠이 많이

나 있고 이번에 긁힌 부분은 별스럽지 않은데 뭘 그리 걱정하느냐며 모른 척하란다. 미미한 것이니 그냥 넘어 가도 괜찮겠다는 말에 솔깃하여 기분이 가벼워지고 안도의 한숨이 나온다.

잠시 마음이 가라앉았다 싶더니 아무래도 가슴에 무언가 걸린 듯이 꺼림칙하다. 주인을 찾아 사과를 하려고 관리실에 조회를 하니 외부인 차량이란다. 주소와 전화번호를 적어주고 임자가 나타나면 연락을 해달라고 당부를 하니까 그럴 필요까지 있느냐는 말속에 웃음까지 섞는다. 발길을 돌리려는데 그가 한 말이 맞는 것 같고 괜한 짓을 한 것 같기도 하여 혼란스럽다.

카센터를 찾아갔더니 흠을 깨끗하게 없애 주더니 이 정도면 상대편 차도 괜찮을 거라며 없던 일로 하란다. 별스럽지 않다는 사람들의 말을 듣고 나니까 신고한 것을 취소하고 싶은 심정이 생겨 경비실 주변을 기웃거린다.

작은 죄를 반복하면 더 큰 죄를 짓게 되고, 결국 중독(?)이 되어 나중에는 못된 일을 저지르고서도 별 감각이 없게 된다더니 맞는 말인가 보다. 경비담당자의 빙글빙글 웃는 표정이 내 마음을 꿰뚫고 있는 것 같아 용기가 나질 않고 나이든 사람이 할 일이 못 되는 것 같아 고개를 돌린다.

아파트 입구를 들고 날 때마다 차에 눈길이 가고 길을 걷다가도 그 생각이 앞을 가로막는다. 몇 차례 궁리를 하다가 회개하는 마음으로 미안하다는 말과 함께 연락처를 적어 차의 앞 유리창에 붙여놓았다. 그런데도 전화소리가 울릴 때마다 가슴이 두근거리고 얼굴도 화끈거린다. 잠깐의 실수가 이토록 나를 오래도록 괴롭히게 될 줄을 미리 알았더라면 조금 더 조심할 것을 그랬나 보다.

갈수록 마음이 심란해져서 더 이상 안 되겠다 싶어 보험회사에 알리니까 긴급출동을 했다. 여기저기 사진을 찍더니 상대차를 수리를 해주어야 한다며 자기의 연락처로 갈아 끼운다. 눈이 내리고 바람이 부니까 붙여 놓은 종이가 찢어지고 너풀거리는데 아예 멀리 날아가 없어져 버렸으면 좋겠다는 나쁜 감정이 돋아난다. 죄는 감추려 할수록 솟아나고 지우려고 할수록 더욱 선명해지나 보다. 잘못을 저질렀으면 응당 대가를 치러야 마땅한데 섣불리 덮으려 든다고 쉽사리 지워질 수는 없는 법인데 말이다.

열흘이 넘었는데도 아무 소식이 없더니 마침내 문제의 차가 보이지 않는다. 후련한 마음에 가슴을 쓸어내리니 앓던 이가 빠지듯이 속이 편해진 것 같았는데 그것도 잠시 시간이 흐를수록 다시 걱정이 몰려온다. 차가 긁힌 부분을 발견하고 수소문을 하여 찾아와서 얼굴을 붉히며 변상하라고 야단을 칠 것만 같다.

아무래도 안 되겠다 싶어 다시 보험회사에 전화를 해보니 아무 연락이 없다며 신고한 내용을 아예 삭제해 버리자는 바람에 만류를 하느라고 애를 먹었다. 막상 수화기를 놓고 나니 못이기는 척하고 그의 말을 들었으면 좋았을 뻔했다는 생각이 도둑처럼 찾아온다. 이런 못된 행동과 생각들이 쉴 사이 없이 들락거리는 것은 본성이 나쁜 것인가 아니면 잘못 배워서인가.

이런 나를 하늘과 땅이 바라보고 있을 것이라는 생각을 하니 성경 구절이 떠오른다. '욕심은 죄를 낳고, 죄는 사망을 낳는다.'

내 마음에 박혀있는 가시들은 언제나 말끔히 뽑아낼 수 있을까.

밤눈 못 보는 고양이

　물건 값을 자꾸 깎아대는 일은 파는 쪽에서 보면 안타까운 일일지는 모르지만 사는 사람의 입장에서 보면 매우 흥미로운 일이기도 하다. 그 재미로 혼자서 물건을 사러가기도 하고 남들을 덩달아 따라나설 때도 있다. 정찰제를 시행한답시고 소비자를 유혹하는 대형 매장들보다는 재래시장이나 반짝 시장에서 물건 값이 싸다느니 아니라느니 하며 옥신각신 흥정하는 재미가 쏠쏠하다.

　천원만 빼달라거나 덤으로 하나 더 달라고 조르며 실랑이를 벌이다 보면 서로가 인간의 본성을 드러내게 되기도 하지만, 때로는 그런 가운데에서 오히려 훈훈한 정마저 느낄 수 있어 좋다. 익살스런 농을 섞어서 적정한 선에서 흥정을 마친 후 그 자리를 떠날 때면 물건을 잘 샀다는 기쁨과 승리했다는 성취감까지 맛볼 수 있다.

　오늘도 이것저것 필요한 물건들을 잘 흥정한 쾌감에 젖어 흐뭇한 마음으로 걷는데, 길바닥에 앉아 꾀죄죄한 얼굴에 가슴을 풀어 헤친 채 아기에게 젖을 먹이는 아낙네가 가는 길을 잡는다. 그에게 낱개 하나만 더 얹어 달라며 실랑이를 하는 바람에 지나가는 사람들의 구경꾼이 되니 부끄럽다.

버겁게 살아 온 세월을 말해 주듯 거북이 등같이 무뎌버린 손으로 노란 좁쌀을 담아 주는 노파 모습이 애잔하다. 쪼글쪼글한 얼굴에 엷은 미소를 담은 채 손님을 향해 연방 굽실거리는 모습을 대하자니, 악착같이 물건 값을 깎은 일이 미안해지고 체통 없이 쩨쩨한 짓을 저지른 것 같아 찜찜하다.

그것도 잠시, 갖고 싶은 물건을 대하면 또 그 생각이 도지니 나는 필경 속물임에는 틀림이 없다. 벼 멍석에 앞을 다투어 달려들다 주인에게 혼쭐났던 꼬꼬 닭들이 언제 그런 일을 당했냐는 듯이 금시 또 달려드는 것과 뭣이 다르겠는가. 다시는 그러지 말아야지 하고 다짐하던 마음은 어찌하였고, 가슴속에 간직한 최소한의 양심은 어디로 보냈으며, 교양을 갖추어 점잖게 행동을 해야 할 나이는 무엇으로 먹었는지 알 수가 없다.

그렇게 깎고 또 훑어 댔지만 결국 어리석음을 자초한 꼴이 된 경우가 많다. 당시에는 물건에 흠이 있다거나 비싸다는 등, 할 수 있는 방법을 다 동원하여 내 딴에는 값싸고 좋은 물건을 산 것 같았다. 허나 꼼꼼히 따져보면 결국 상인들에게 당하고 만 셈임을 알아챈 후에는 분을 삭이지 못한다. 제값보다 돈을 더 주었다는 것을 알아챈 후에는 속여 판 그들이 야속하고 얄미운 생각이 들면서도, 싼 것만 좋아한 내가 모자라다는 생각이 든다. 싱싱해 보이던 과일상자 속에는 곰팡이가 잔뜩 피어 있고 신상품이라던 옷가지가 재고품임을 알았을 때는 더 더욱 허탈감이 든다.

국내에서 잡상인들에게 속은 것은 부지기수이고 해외여행 중에도 가이드의 은근한 부추김으로 바가지를 쓴 일이 한두 번이 아니다. 구입한 물건들을 하나하나 꺼내 보며 깊은 만족감을 느끼는 것보다 '싼 게 비지떡'이라는 말을 떠올리며 속아 넘어간 것에 화를 내는 경우가 훨씬 더 많다.

이런 일을 되풀이하면서 그 버릇을 왜 못 고치느냐고 스스로 책망을 하고, 남들 눈에 얼마나 주책이 없고 구차스럽게 비쳤을까 하는 걱정도 한다. 다시는 속지 말아야지 하고 다짐을 하건만 막상 닥치면 그 꾐에 여지없이 넘어가게 되니 그런 내가 원망스럽다. 이는 상인들의 교묘한 속임수나 내가 즐기는 깎는 재미보다는 남보다 더 탐욕스러움에 따른 대가를 치르는 것으로 보는 것이 옳을 성싶다.

이런 때는 되로 주고 말로 받는다고 해야 맞나, 아니면 겉으론 남고 속으론 밑진다고 해야 하나. 아니지! 약 바른 고양이 밤눈 못 본다는 말이 제격이겠지. 잘난 체하고 잔재주를 부리며 안간힘을 썼지만, 결국 부실한 물건을 샀거나 아니면 턱없이 많은 돈을 준 내가 '헛 똑똑이'임이 틀림없다.

자기 꾀에 스스로 넘어가는 씨름꾼이나 밤눈도 제대로 보지 못하면서 혼자서 약 바른 척하는 고양이와 같은 짓은 이제 그만두어야 하겠다.

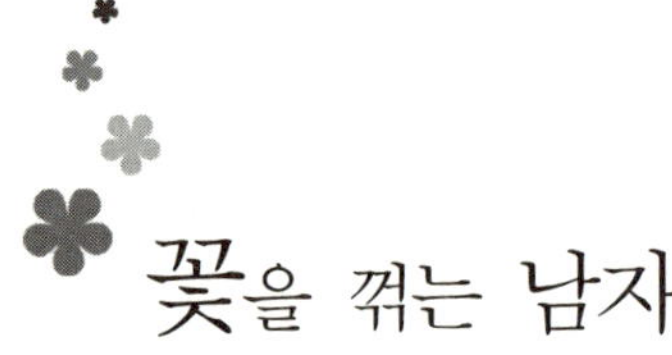

꽃을 꺾는 남자

라일락 향기가 마음을 흔드는 4월이 다가왔는데 아직도 스산한 바람이 겨드랑이를 파고든다. 늦은 강추위로 독감 환자가 늘어나고 벚꽃과 복숭아 축제의 시기도 연거푸 늦어진다. 농민들은 때 아닌 눈으로 갓 피어나는 배꽃이 망가졌다고 울상이고, '이상기온, 지구 온난화, 세기의 재앙, 지구의 멸망 …….' 등의 단어들이 언론에 등장한다.

날씨가 조금 풀렸다 싶어 동산을 오른다. 해가 솟아오르는가 했는데 잠잠하게 깔렸던 안개는 차츰 사라져 간다. 연두색 참나무 잎들은 앞을 다투듯 두 손을 치켜드는데 하늘하늘 여린 떡갈나무 새순들이 발길을 잡는다. 처음 볼 때부터 신기해서 눈여겨 봐둔 열매에 또 시선이 머문다. 연두색 잎사귀 사이로 뾰족이 내민 모습이 맞선을 앞둔 촌색시가 들뜬 마음을 추스리지 못하다가 누구에게 들킨 듯 수줍어 보인다. 옹기종기 서 있는 나무들 중 한 나무에 단 두 개의 열매가 대롱대롱 매달려 있다.

반가운 마음에 산을 오르내릴 때마다 만지작거리곤 했는데 오늘은 아예 그 녀석 앞에 털벅 주저앉아 쓰다듬는다.

'야! 떡갈나무 열매야. 너 오래간만이다. 코흘리개 시절 한주먹 꺾어 뒷집 순이 손에 쥐어 주며 놀던 때가 엊그제 같은데…….'

그 당시의 모습들이 동화의 등장인물들처럼 달려오는가 싶더니 안개 속으로 흐릿하게 사라져 버린다. 보드랍고 앙증맞은 열매를 다시금 만져 보다가 슬그머니 꺾어 점퍼 주머니에 넣고 몇 발자국을 떼어 놓는데, 채 들어가지 못한 잎사귀가 주책없이 얼굴을 내민다. 남이 볼세라 얼른 구겨 넣고 사방을 두리번거리며 잰걸음으로 내려온다. 유리병에 꽂아 거실의 탁자 위에 올려놓고 흐뭇한 마음으로 들여다보며 어루만져 본다.

어둑어둑 고요가 서서히 내려앉는 초저녁에 화단을 걷는다. 밝은 전등 빛에 비추어진 작은 영산홍들이 앞을 다투어 자태를 자랑하는 모습이 발길을 멈추게 한다. 연두색 잎사귀 사이로 새빨갛게 피어오른 모양은 무대 뒤에서 공연을 준비하는 무희 같고, 무리를 이룬 새하얀 꽃들은 저마다 기다란 목과 뽀얀 젖무덤을 드러내며 교태를 부리는 것 같이 보이기도 한다. 다소곳하게 홀로 피어 있는 보라색 꽃은 청상과부가 한숨을 토해 내는 듯하고, 줄지어 서있는 빨간 꽃잔디들은 실바람의 가락에 맞추어 내 가슴에 다가오는 것처럼 느껴진다.

들뜬 마음으로 몇 발자국을 떼어 놓는데 커다란 라일락 나무들이 을씨년스럽게 너울을 만들고 나를 맞는다. 풍겨오는 진한 냄새가 코를 찌르는가 싶더니 그 속으로 빨려 들어가는 듯한 기분이다. 내 앞에 한 쌍의 남녀가 다정하게 팔짱을 끼고 걷는 모습이 꽃처럼 아름답다. 부러운 마음으로 모퉁이를 따라가니 나무들이 불빛을 가려서 어둑어둑한데, 갑자기 '후드득 뚝' 소리가 나면서 나뭇가지가 심하게 흔들린다. 앞서 가는 이의 뒷짐 진 손에 희끗희끗한 것이 보인다.

'아! 꽃가지를 꺾었구나. 나이가 듬직한 사람 같은데 그러면 안 되지.'

그가 누군지를 알아보려고 걸음을 재촉하는데 마침 내가 사는 아파트 입구로 들어간다. 함께 가자고 소리를 지르며 헐레벌떡 달려가서 엘리베이터에 오른다. 호흡을 가다듬고 얼굴을 쳐다보니 뜻밖에도 엊그제 글쓰기를 시작했다며 내 방에 와서 책을 빌려간 사람이다.

참으로 어이가 없는 일이다. 서예가가 되어 중앙 무대에서 활동을 하고 있는데 글도 쓰고 싶어서 고등학교 때 국어 과목을 가르치던 은사에게 개인지도를 받는다는 사람이다. 손에 거꾸로 매달린 라일락은 눈치도 없이 더욱 짙은 냄새를 뿜어댄다. 꽃병에 꽂아 놓고 혼자 좋아할 것을 생각하며 그의 얼굴을 바라보니 욕심이 가득하다.

이런 내 마음을 알아챘는지 아니면 스스로 잘못을 깨우쳤는지는 모르지만 고개를 발밑으로 떨어뜨리더니 겸연쩍은 듯 뒤통수를 긁적인다. 하얀 종이 위에 진솔한 마음을 담아 글씨를 써내려가는 것만으로는 성에 차지 않아, 아름다운 마음을 원고지에 옮기고 싶다던 그의 말을 떠올리다보니 일치하지 않는 언행에 미운 생각마저 든다.

이튿날 아침, 어항의 물을 갈고 물고기들에게 먹이를 주니 신바람이 났는지 야단법석이다. 한 놈이 입에 넣는가 했더니 순식간에 다른 녀석이 빼앗아 먹는다. 작은 것이 저보다 큰 먹이를 힘겹게 끌고 가는데 덩치 큰 놈이 재빠르게 낚아챈다. 얄미운 생각에 그 놈을 혼내 주려고 손을 넣으니 다른 녀석들까지 혼비백산이 되어 달아나 수초 속에 숨는다. 이런 모습들이 어쩌면 동물들이 갖고 있는 공통적인 속성인지 모른다.

화분대에 꺾어다 꽂은 노란 꽃은 어느새 시들어 흉한 모양이 되어 버렸고, 진초록 잎들도 하나씩 둘씩 말라져 간다. 유리병에 정성껏 꽂 아둔 떡갈나무의 연두색 잎사귀는 축 늘어져 버렸고, 앙증맞게 새빨갛 던 열매 또한 추색이 완연하다. '화무십일홍(花無十日紅)'이라는 문구를 그려보며 생각에 잠겨 있는데 벨소리가 울린다. 문을 열어 보니 꽃을 꺾은 사람이 빌려간 책을 내민다.

거실에 들어서더니 "어! 이거 떡갈나무 아니에요? 뒷산 산책길에서 보고 예뻐서 꺾어 오려고 점찍어 놓았는데, 그거 아니에요? 맞죠?" 마 치 어젯밤에 자기가 당한 것에 앙갚음이라도 하려는 듯이 다그친다. 내 꼴이 마치 물건을 훔치다 들킨 좀도둑이 된 동자라고나 할까, 아니면 시어머니가 아끼던 질그릇을 깬 며느리가 된 격인가. 저질러 놓은 일 때문에 무어라 할 말이 없다.

이런 내가 어젯밤에는 꽃을 꺾은 이 사람을 나무라겠다고 쫓아 갔으 니 참으로 우스운 꼴이다. 진실을 말하고 싶어 글을 쓴다는 사람이 작 은 나무가 온 힘을 다해 이루어 놓은 꽃과 열매들을 나 혼자만 보겠다 고 가차 없이 꺾었다. 그러고도 남 보고 어쩌니 저쩌니 했으니 참말로 소가 지나가다가 웃을 노릇이다. 뭐 묻은 개가 뭐 묻은 개를 나무라는 형국이어서 그의 얼굴을 대할 생각을 하니 낯이 뜨거워진다.

거짓말하기가 싫어서 붓을 꺾었다는 어느 작가의 말이 절실하다. 꽃 을 꺾은 남자보다 더 나쁜 사람은 바로 열매가 달린 가지를 꺾은 내가 아닌가.

누가 나의 **원수**인가

"자식이 웬수라더니 맞는 말이지. 어쩌면 그렇게 두고두고 속을 썩일 수 있을까?"

부모들이 힘들 때 하는 말이다. 어렸을 때부터 감기에 걸리거나 설사를 하면 같이 아파하고, 밥맛을 잃고 투정을 하면 사정을 하며 달래다가 덩달아 굶기도 한다.

초등학교 입학한 후로는 공부하기를 싫어하고 허구한 날 싸우고 들어온다. 중학교 3학년이 될 즈음에는 건듯하면 짜증을 부리고 이유 없이 반항을 한다. 시커멓게 콧수염이 비치고 목젖이 튀어 나오기 시작할 때에는 이리 가라면 저리 가고 한 가지 일을 주문하면 열 가지 일을 저지른다.

대학교 입시 준비를 할 시기가 가까워질수록 행여 마음을 건드릴까 봐 눈치를 살피게 된다. 상전 모시듯 하는 데도 별스럽지 않은 일로 느닷없이 가출을 하여 속을 태운다. 공부를 다 하고 직장을 잡았는데도 혼기가 훨씬 지나도록 시집, 장가를 갈 생각은 하지 않고 딴전만 부리며 애를 태운다.

있는 힘과 없는 돈 다 들여가며 출가를 시켜주면 많이 싸주지 않았다고 원망을 한다. 따로 살림을 하면서도 반찬을 날라 주는 것을 당연한 일로 여긴다. 맞벌이에 시달린다며 제 아이 봐주는 것은 당연한 것이고 조금만 어려워도 도와달라고 손을 벌린다. '자식은 속 썩여주는 것이 의무다'란 말이 나올만하고, '무자식이 상팔자'란 말 또한 맞는 것 같다.

남편도 마찬가지이다. 혼자만 돈을 벌어 오는 양 거드름을 피운다. 직장 회식이네, 초상집 문상입네 하고 날이면 날마다 곤드레 만드레가 되어 밤늦게 들어온다. 그렇게 하고서 뭐가 잘났다고 함부로 주정을 하는 지. 해장국을 안 끓였다고 시비를 걸고 음식이 시고 짜다며 투정을 부린다. 아끼고 쪼개가며 살림을 꾸리는 공도 모르고 통장을 가져오라며 하나하나 따지려 든다. 벌어다 준 돈은 다 어디에 다 쓰고 용돈은 적게 주느냐며 호통도 친다.

아내는 어떤가. 자기도 돈을 모으려고 고달프게 생활을 한다며 생색을 낸다. 이것 도와 달라, 저것 가져와라, 시시각각 성가시게 군다. 애기 봐라, 설거지해라, 잔소리는 늘어만 가고 청소에 빨래는 기본이다. 늙어 갈수록 간섭은 잦아지고 자꾸만 밖으로 내 몰기만 하며 건듯하면 이혼을 하자며 위협까지 한다. 그러니 서로가 원수처럼 되어갈 수밖에 없다.

주위 사람들도 그렇다. 전철이나 버스 안에서 자리를 내어 주지 않으려고 일부러 창밖을 내다보고 있는 남학생을 보고 있노라면 울화가 치민다. 경로석에 앉아서 천연덕스럽게 눈을 감고 있는 젊은 여자를 대하면 얄밉기 그지없다. 아파트 승강기를 타면 인사는커녕 고개를 빳빳하게 세우고 힐끗거리는 젊은이도 괘씸하다. 모임 할 때면 사사건건 말꼬리를 잡거나 비위를 건드리는 사람이 보기 싫다. 제일 많이 가진 양 거드름을 피우고 혼자만 다 아는 것처럼 말허리를 꺾으며 참견을 하면 쥐어박고 싶다. 겸손한 한 척하고 고상하게 굴며 내숭을 떠는 사람 또한 마땅 칠 않다.

그러다 보니 하나 같이 나를 괴롭히는 존재 같은데 이런 생각도 든다. '정말로 그들이 다 나의 원수인가' 생각할수록 의문에 빠진다. 과연 그들이 나에게 나쁜 일만 하는가. 자식들은 정성을 다하여 부모를 받들고 배우자는 한결같은 사랑을 부어준다. 농촌이 바빠지면 봉사활동에 나서고 다른 지역 사람들이 재난을 당하면 팔을 걷어 부치고 달려드는 사람들로 붐빈다.

나에게 해를 끼치는 이들보다 도움을 주는 경우가 더 많다.

일을 덕으로 행하여 일가친척들로부터 존경의 대상이 되는 어른도 있고 이웃들과 아기자기하게 정을 나누며 살아가는 아낙들도 있다. 원수냐, 아니냐는 상대가 어떤 사람이고, 무슨 언행을 하느냐에 달렸다. 아무리 생각을 해 보아도 진정으로 나를 사랑해 주는 가족과 도와주고 감싸주는 주위 사람들이 소중하기만 한데 그들을 두고 원수라고 말할 수는 없을 것 같다.

이번 부흥사경회에서 확실한 답을 찾았다. 101세나 되었다는 원로목사님께서 가슴 찌릿한 말씀을 들려주셨다. 한 손에는 지팡이를 짚고 다른 쪽은 부축을 받으며 단상을 오르시는데 아슬아슬하다. 참석한 성도

들이 우레와 같은 박수로 맞는다.

"네가 알 바 아니니 알려고 애쓰지 말라! 알려고 하지 말고 믿으려고 노력하라!" 갑자기 너무나 큰 음성이 장내를 뒤흔드니 쥐 죽은 듯 조용하다.

"나의 원수는 누구입니까? 자식이 아니고 남편도 아니며 아내가 아닙니다. 물론 친척이나 이웃과 친구들도 아닙니다……. 말씀이 끊기고 잠시 정적이 흐르더니, 작은 소리로

"나의 원수는 바로 나입니다."

무슨 말인가? 내가 나의 원수라니. 이어지는 말씀에 차츰 그 의미를 알게 되면서 깊은 감동에 젖어든다. 그렇다! 내 앞에 닥치는 모든 고통이 남으로 부터가 아니라 바로 나 때문에 생겨나는 것이다. 남이 나를 어렵게 하는 것이 아니라 자기를 스스로 괴롭히는 것이다.

소크라테스는 '너 자신을 알라'했고, 석가모니는 '천상천하 유아독존(天上天下 唯我獨尊)'이라며 자신을 중하다고 강조했다. 실제로 나를 정확히 알고 중하게 여기는 것은 쉽지 않다. 모든 사람은 나를 다 아는데 나만 나를 모르고 있는 수가 많다. 서산대사는 '불자굴 불자고('不自屈 不自高)'라고 하며, 자신을 필요이상으로 낮추기만 하면 비굴해 지고 턱없이 높이면 교만해 진다고 하였다. 모든 일에 떳떳하게 임하면서도 겸손하게 행동을 하여야 한다.

노자는 나를 아는 것이 최고의 지혜라고 했다. 그가 가르침을 받고자 스승을 찾으니까 너무도 연로하므로 죽음이 가까워 온 터라, 말은 못하고 간신히 손가락으로 자기 입 안의 혀를 가리켰다고 한다. 그것처럼 부드럽게 살아가라는 뜻인데 이는 겸손의 극치를 이르는 교훈이라고

할 수 있다.

"버리고 또 버려서 모두 다 버리면 성스러운 사람이 된다."

라는 말로 마음을 다 비우라고도 하였다.

"배우고 또 배워라. 죽을 때까지 배우라"

고 한 공자는 쉬지 않고 정진하여 자신이 어떤 존재인지를 알아야 한다고 지적을 하였다.

"다 이루었다", "이웃을 네 몸 같이 사랑하라. 원수까지도 사랑하라"

라고 한 예수는 십자가에 달려 마지막으로 이런 말들을 남기면서 우리의 죄를 대속하기 위해 목숨을 내어 놓았다.

자식들을 이해해 주고 격려해 주면 잘 따른다. '네 아빠처럼, 엄마처럼 닮으라.'며 부부 간에 서로를 아껴주면 사랑이 넘친다. 남에게 하나를 주면 내게는 두 개가 돌아오는 법이다. 지피지기(知彼知己)면 백전불패(白戰不敗)라고 한다. 나를 정확히 바라보는 일에 힘쓰고 남의 마음을 깊이 헤아려 주는 일이 가치 있는 것임을 깨우쳐 주는 대목이다. 나를 내세우려 하지 말고 내가 먼저 부러져야 한다. 남들을 이기려만 하지 말고 상대에게 저 주려는 자세가 필요하다. 이런 것들이 비록 행하기 어려운 일일지라도 한 걸음씩 한걸음씩 나아가다보면 아름답고 행복한 삶이 내 앞에 다가 올 것이다.

'나의 원수는 바로 나다. 나를 죽여라. 나를 이기면 다 이긴 것이다. 내가 죽으면 다 이룰 수 있다'

평생을 중국의 오지에서 선교활동을 하며 꿋꿋하게 수도의 길을 걸어 온 노 목사의 말씀이 내 가슴을 흔든다.

할인인생

요즈음 기업들은 저마다 다양한 수법으로 사람들의 마음들을 사로잡느라고 야단이다. 앞을 다투어 선전용 각종 전단지를 대량으로 살포하고 신문과 라디오와 텔레비전을 통해서 총력적인 홍보전을 펼친다. 명품이라는 가구나 옷가지로부터 식료품이나 잡화에 이르기 까지 30%, 50%, 심지어 80%까지 할인을 한다고 떠들고, 자기회사 카드를 사용하면 보너스까지 준다며 마음을 사로잡으려 한다.

겉만 번지르르하게 발라서 새로운 모델이라 하고 대폭적으로 세일을 한다는 바람에, 아직도 더 쓸 수 있는 냉장고나 텔레비전 등의 가전제품을 비롯하여 자동차까지도 다시 바꿀 수밖에 없도록 자극을 한다. 이는 소비자들의 낭비 성향에서 기인된 것이고 그들의 잘못된 선택이라고만 떠넘길 수 없다. 바로 재벌들의 독과점 횡포 때문이라고 지적을 하는데 하등의 이의가 있을 수 없다.

나는 이와 유사한 유혹에 자주 넘어간다. 다시는 그런 올무에 걸리지 말자고 다짐을 하건만 얼마 안가서 그 꾐에 빠지고 만다. 오늘도 매장 앞 길거리까지 진열해 놓은 세계 명작 소설을 6권에 2만원, 손자들에게 줄 그림책을 4권에 1만 원을 주고 회심의 미소를 지으며 발 빠르게 집으로 향한다.

몇 발자국 걷다가 그럴싸한 제복을 입은 아가씨가 음악에 맞춰 온몸을 으쓱대며 잡아끄는 바람에 휴대폰 가게에 들른다. 거저 준다는 물건은 쳐다보지도 말라던 주위사람들의 당부도 까맣게 잊은 채 '공짜, 공짜, 정말로 공짜!'에 취해 기어이 일을 저지르고야 만다.

집에 와서 펼쳐 본 책들은 표지에서부터 모두 어설플 뿐이고, 겉모양에 반해버린 휴대폰도 시기가 훨씬 지나버린 구형이란다. 게다가 통화요금에 물건 값도 씌워서 거저 주는 대가를 고스란히 치러야 하는 것임을 알아채고는 분통을 터뜨리면서 자책을 한다. 그러면서도 또다시 잡상인들의 꼬임에 빠지고 광고 유인물에 넘어가는데도 양손에 물건을 거머쥐고 쾌재를 부르곤 하니 필경 나는 할인 체질임에 틀림이 없다.

오늘은 특별한 생각을 하게 되는 상황을 맞게 되었다. 이발을 할 때가 넘었는데 평소 호기심을 가진 터라 미장원에 들렀다. 시간도 부족하고 값도 싸다는 소문에 끌려 큰맘 먹고 가 보았다. 유니폼을 곱게 차려입은 예쁜 여자들이 반갑게 맞아주고 미소를 지으며 이런저런 말을 걸어오니까 은근히 기분이 좋아진다. 부드러운 손길로 깎아주고 잘 다듬어서 빠른 시간 내에 마치니 이발소보다 훨씬 낫다는 생각이 든다.

상쾌한 기분으로 선뜻 요금을 내어 주니 어르신이니까 성인보다 천 원을 덜 받는다며 도로 내어준다. '이게 웬 떡이냐?'하는 생각이 번뜩 머리를 스치는 순간 카운터에 붙은 안내문이 눈에 뜨인다. '70 이상 어르신은 1000원 할인'이라고 쓴 문구를 보니 부끄러운 마음이 든다. 마음을 고쳐먹고 아직은 그럴 나이가 아니라고 말해 보지만, 그대로 등을 미는 바람에 구겨진 지폐 한 장을 받아들고 출입문을 나선다.

눈부시게 비치는 햇살이 내게만 쏟아지는 듯한데 지나가는 사람들이 내 손을 쳐다보는 것 같아 얼른 주머니에 구겨 넣는다. 내가 어쩌다 벌써 어르신이 되어 이발료까지 활인을 받게 되었나. 엘리베이터에서 만난 아낙네와 물리치료실 간호사 보고 그렇게 부르지 말고 아저씨라며 정정을 해 주었는데 내 얼굴이 정말 그렇게 보이다니 한심스럽다. 실제 나이는 한참 멀었는데 이런 일을 당하니 생각할수록 씁쓸하다. 전 같으면 깎아준 이에 대한 고마운 마음과 싼값으로 이익을 본 것에 대해 기분 좋아했을 법도 한데 오늘은 어쩐지 내 처지가 처량하게 보여서 서글픈 느낌마저 든다.

지난 가을에 동창생들과 서울에 있는 고궁을 관람하러 갔었다. 손과 손에 주민등록증을 내밀고 난생 처음으로 경로 무료입장을 하면서 좋다고 낄낄대는데, 어느 친구가 나이 든 것이 그렇게 좋으냐고 책망을 하는 바람에 모두가 머쓱해진 일이 있다.

이제는 지하철 요금도 무료고, 병원 치료비와 약값도 대폭 혜택을 받으며, 오늘 이렇게 이발료까지 할인을 받게 되니, 기쁘다는 생각보다는 키가 차츰 움츠려 드는 것 같고 가슴도 점점 좁아지는 느낌이다.

이러다가는 내가 나이 들어가는 것도 깎아져서 결국 수명까지도 할인을 받게 될까봐 심히 염려가 된다.

실수로 만들어진 내 이름

내가 태어나서부터 오늘에 이르기까지 본명 말고 불려진 이름들이 상당히 많다. 이름 가운데 자를 넣어 '남생이' '남서방', 얼굴이 크고 넓적하다고 '왜쟁반', 머리가 크다고 '가분수' 등, 참으로 많기도 하다. 이렇게 불릴 때마다 창피하고 화가 나서 놀리는 아이들 멱살을 잡기도 하고 그것이 모두 부모 탓일 거라며 원망을 하기도 했다.

고등학교 2학년 때는 학교 대표 권투선수로 도민체전에 출전했는데, 실력이 부족한데다 왜 그렇게 했는지 몰라도 성인들과 맞붙이는 바람에 패배를 당해서 'K O 챔피언'이 되어 버렸다. 3학년 때는 학생회장으로 활약을 하여 '회장'으로 통하기도 하고, 벽지학교 교사로 근무하던 시절에는 '총각선생', 육상 선수를 엄하게 다루며 훈련시킬 때는 '빠따 선생', 교감이 되어서는 이것저것 잔소리가 심하다 하여 '안방마님'이란 별호까지 얻었다.

장학사나 교육연구사, 장학관으로 재직할 때는 성에 직명이 따라 불리어졌고, 교장과 교육장 업무를 수행할 때에는 물불을 가리지 않고 일을 추진한다하여 '불도저'라 명명되기도 했다. 혹자는 나의 성격이 타오르는 불길 같고 매우 도전적이라며, 내가 복무한 군대의 이름을 따서 '해병대사령관' 같다고 혀를 내두르는 사람도 있었다.

나이가 든 후에도 새로운 이름들이 연달아 나타났다. 퇴직 후 근 5년 여 동안 모대학교 외래교수로 일할 때는 학생들이나 교직원들이 '김 교수님'이라 불러주어 꽤나 기분이 좋았다. 그 직에서 물러나자마자 '김 백수'가 되어버리긴 했지만.

실제 내 이름은 남식(男植)이다. 대소가에 자손이 귀한 터에 아들을 낳았다 하여 일가친척 모두가 좋아했다고 한다. 한학자이신 증조부께서 충청남도(忠淸南道)를 대표할 만한 출중한 인물이 되라는 뜻에서 처음에는 남식(南植)이라고 지으셨다. 참으로 기쁜 일이라 한시라도 빨리 출생신고를 해야 할 텐데 부득이한 가정 사정 때문에 인편에 부탁을 하게 되었다.

동네 반장이 면사무로 가는 도중에 장마로 범람한 냇물을 건너다가 한자로 적은 종이쪽지를 그만 물에 떠내려 보내고 말았다. 막상 호적계에 당도하여 출생신고를 하려고 하니까 이름 앞의 한자가 「南」 자인지, 「男」 자인지 도무지 생각이 나질 않았단다. 쩔쩔매며 아무리 애를 써도 소용이 없게 되자 사나이다운 뜻이 담긴 「男」 자가 좋을 것 같아 그대로 신고를 했다고 한다.

내가 50대 중반쯤이었던가 우연히 이름을 풀이하는 역술가를 만나게 되었는데, 애초에 이름을 「男植」이 아니고 「南植」이라고 지었더라면 지위와 명예나 재화 등 모두가 지금보다 훨씬 더 나았을 거라며 아쉬워했다. 당시에는 그럴 듯하게 여겨지기도 했지만 지금 생각해 보면 동네 반장이 실수(?)로 인해서 생긴 이름이 더 나아 보인다.

점쟁이 말대로 아무거나 남(南)쪽에 심기만(植)했다면 과연 알찬 결실을 맺을 수 있었을까. 오히려 충청남도의 남(南)쪽 고을에다가 사나이(男)를 심었기 때문에(植) 열매를 잘 맺을 수 있게 되었다고 볼 수도 있다. 물론 점술이라는 자체를 믿기도 싫고 마음이 가지도 않는 터이기에 구태여 시시비비를 가릴 필요는 없지만……

내 이름은 예쁘거나 고상하지 못하고 투박하고 촌스러워 남 앞에 내놓기가 부끄러울 때가 있다. 하지만 조상님들의 축복 속에서 지어진 이름이기에 남다른 자부심을 갖기도 한다. 하루 세끼 기름진 밥을 잘 먹고, 하고 싶은 일에 즐겁게 몰두하며, 여러 사람들과 좋은 관계를 맺고 하늘나라 소망을 갖으며 살아가니 이만하면 족하지 않은가.

이것이 동네 반장의 실수로 생긴 이름 때문이라고 믿기는 어려울 것 같고, 많은 사람들의 도움 속에서 나름대로 목표를 정하고 열심히 살아온 덕이라는 생각을 해본다.

새롭게 찾아 온 손님

요즈음은 젊은 남녀들이 담배를 피우면서 자연스럽게 이야기를 나누는 모습을 흔히 볼 수 있다. 금연 구역인 대학 캠퍼스 휴식 공간에서도 학생들이 스스럼없이 피워댄다. 어른 앞에서 버릇없이 구는 행동이 밉고 자신은 물론이고 다른 사람에게까지 나쁜 영향을 미칠 생각을 하면 걱정스럽다. 이런 모습들이 날이 갈수록 자꾸만 늘어만 가니 이것이 과연 자유화의 산물인지 세계화의 물결인지 혼돈스럽다.

담배를 꼬나물고 으스대던 여학생을 불러 타이르니 선진국 청년들은 맘대로 피우는데 우리는 왜 안 되느냐며 따지려 든다. 강의가 시작되었는데도 책상에 머리를 대고 꼼짝도 않는 학생이 있어서 다가가 사유를 물으니 어젯밤 마신 술이 아직도 깨질 않는단다. 이들을 꾸짖기도 하고 알아듣도록 타일러도 보나 도무지 먹혀들지 않는다. 우리는 민주주의 나라이고 자유로운 세상인데 그게 어떠냐는 분위기인데, 진정한 자유가 무엇이고 참된 권리가 무엇인지는 알고 그러는지 모르겠다.

　지금 그들을 한심스런 눈으로 바라보지만 그러는 나는 훨씬 더 일찍부터 나쁜 행동을 했다. 제사를 지내고 나면 어른들이 음복을 하라고 권하는 바람에 조금씩 받아 마셨다. 이렇게 배운 술의 양이 점점 늘어 어른이 되어서는 말술을 먹게 되었다. 하여 어려운 살림에 식솔들을 힘들게 하였고 잦은 실수로 다른 사람들에게 피해를 입히기도 하였다.

　마침내 건강에도 문제가 생겨 고통을 겪으면서도 스스로 이를 제어할 수 없어 의사와 상담을 해보니, 매일 먹는 것은 물론이고 한번 입에 대면 끝까지 먹으려하는 것도 역시 알코올 중독 증세 중 하나란다. 지금은 술을 피해 온 지가 꽤 되었는데도 어쩌다 한번 입을 대다 보면 그 증세가 도져 잔뜩 취해 버리니 참으로 무섭다는 생각마저 든다.

　중학교 졸업 후 진학할 형편이 못되어 한 해 동안 농사를 지었다. 동네 형들이 담배를 가까이 하는 것을 덩달아 흉내를 내다가 고등학교 때부터는 줄곧 피우게 되었다. 성인이 된 후에는 기분 좋아서, 속이 상해서, 초조해서, 이 핑계 저 핑계로 급기야는 하루에 한 갑 이상 피우게 되었고, 이에 따른 후유증으로 지금까지 고생을 하고 있다. 이는 자신이 저지른 일의 대가를 받는 것이니 '자승자박(自繩自縛)'이라 할 수 있다.

　이런 나쁜 버릇을 잘라내려고 별의별 짓을 다했으나 번번이 실패하고 결국 건강이 나빠져서 더 이상 견딜 수 없게 되어서야 비로소 끊게 되었다. 한번 실수가 이처럼 커다란 피해를 가져다 줄 줄을 왜 미처 몰랐는지 후회가 된다. 젊은이들이 분별없는 행동을 할 때면 나처럼 될까 봐 염려스럽다. 나이 든 사람이 술에 취해서 횡설수설 추태를 부리거나 가락가락 가래 끓는 소리를 내면서도 담배를 피워대면 불쌍한 마음이

들고 혐오감마저 생긴다.

　요즈음 나는 다행스럽게도 반가운 손님(?)들을 찾아가는 즐거움 속에서 살아가고 있다. 직장에서 은퇴한 사람들은 비교적 시간이 여유로워서, 컴퓨터 공부, 서예, 산행, 골프 등 여러 가지 일을 접하게 되는데, 나 또한 예외는 아니다. 퇴직 후 늦게 시작한 문학공부 덕분에 중앙에 등단을 한 후로는 아침에 눈을 뜨면 컴퓨터를 두드리며 글을 써야 하는 버릇이 생겼다.

　아코디언 연주 또한 마찬가지이다. 학원까지 걷고 지하철을 타는 등 1시간 이상 걸리고 그곳에 머무는 시간도 3-4시간 걸린다. 그래서 거의 한나절을 소비하게 되는데도 비가 오나 눈이 오나 레슨 날짜를 어김없이 지키고 아침저녁으로 실시하는 연습은 한 번이라도 거르면 오히려 허전할 정도다.

　토요일이면 건강하지 못한 몸을 이끌고 40㎞나 떨어져 있는 농장에 가서 과일 나무나 작물들을 보살펴 주며 바쁘게 움직인다. 일주일에 한 번 이상은 꼭 다녀와야 직성이 풀리는데 그런 후에는 손과 다리의 근육이 뭉쳐 경련이 일어나고 몸살을 앓는다.

　건강관리를 위해 일주일에 한 번씩 친구들과 정기적으로 실시하는 산행 역시 빠지게 되면 웬일인지 불안하다. 틈이 날 때마다 장애우 목욕탕에 들러 거동이 어려운 사람들의 등을 닦아주고 수영장에서 영법을 가르쳐 주는 일 또한 마찬가지다. 그곳에 가야 할 날에 빠지게 되면 무언가 잃어버린 듯한 느낌이 든다. 여럿을 도와주고 돌아올 때는 나도 모르게 콧노래가 나오지만 그렇지 못한 날은 무언가 잃어버린 것 같고 기분이 좋질 않다.

젊은 시절에 술과 담배에 빠졌던 무분별한 열정과는 다르게 요즈음에는 여러 방도로 새로운 손님(?)들을 맞으며 맛보는 재미가 쏠쏠하다. 이런 일들쯤이야 흔히 하는 일인데도 남에게 드러내어 놓고 싶은 것은 나를 내세우려는 못된 마음을 버리지 못하기 때문이 아닐까.

술은 나에게 무엇인가

술! 술은 나에겐 할머니의 시린 가슴에 꼭 맺혔던 응어리다.

중학교 시절 주말에 큰댁으로 가면 구십 도가 가깝도록 굽은 꼬부랑 할머니께서는 나를 매우 반갑게 맞이하셨다. 으레 아랫목 이불에 넣어 두었던 따끈한 달걀을 꺼내서 남이 볼세라 조심스럽게 내 손에 쥐어 주시고 다정스런 눈빛으로 내 얼굴을 바라보시며 머리를 쓰다듬곤 하셨다.

겨울이면 6.25 사변 때 유엔군의 폭격과 인민군의 총칼을 피하기 위해 뒤 곁에 파 놓았던 토굴 속에, 곧 넘어지실 듯이 아슬아슬한 걸음으로 기어 들어가시어 빨간 연시와 동동주를 꺼내 오셨다. 굵은 핏줄이 불끈 솟은 두덕두덕한 손으로 조롱박에 술을 떠서 내 입에 대 주시며 등을 다독여 주셨다. 숨이 차서 다 마시지 못하면 당신이 마저 드시면서 얼굴에 울상을 지으시다가 그만 그릇에 눈물을 덤벙덤벙 빠뜨리셨다.

술 맛도 모르는 어린 나이인데도 그렇게 하신 이유를 나는 안다. 어디로 간다는 말 한 마디도 없이 집을 떠난 당신의 막내아들을 생각하였기 때문인 것을 알고 있기에 나도 따라서 바가지에 눈물을 얹었다. 떠돌이처럼 조선팔도를 떠돌아다니다가 나중에는 외국까지 드나드셨다는 아버지께서는 어느 날 바람처럼 훌쩍 떠나버린 후 영영 돌아오지 않으셨다. 주말에 검은 모자에 학생복을 입고 대문에 들어서는 나를 보시면 아마 당신 아들의 형상을 본 것처럼 반가우셨으리라.

할머니께서는 여러 종형제들 중 특별히 나를 귀여워하시고 볼 때마다 무어든 남보다 더 많이 먹이시려고 애를 쓰시며 깊은 사랑을 듬뿍 쏟으셨다. 굶주리며 자라는 나를 당신 아들의 분신으로 생각하셨기에 그렇게 안타까우셨나 보다. 그런 할머니께서 돌아가셨다는 부음을 군부대에서 받았을 때는 너무도 서러워서 주먹으로 철모를 내리치며 어쩔 줄을 몰라 했고, 특별 휴가를 나와서는 떠나가는 상여에 매달리며 얼마나 울었는지 모른다.

술! 술은 어머니와 누나의 가슴에 녹아 있는 통한의 눈물이다.

오랜 세월이 흘렀는데 기다리고 기다리던 아버지께서는 야속하게도 돌아오시지 않았다. 내가 장성한 후에는 언제 돌아가셨는지를 확인할 길이 없어 생신날을 받아 나 혼자 잔을 올리고 제사를 지냈다. 제례를 마치면 어머니께서 상 위의 잔을 내게 먼저 건네주시며 어서 마시라고 재촉을 하셨다. 나를 때때로 벽에 기대 놓고 머리끝에 손가락을 짚으시고 연필에 침을 묻혀 금을 그으시곤 하시며 내가 빨리 자라기를 바라셨듯이, 그 술을 먹고 어서 커서 아버지 대신 어엿한 가장 역할을 해달라는 애틋한 마음으로 그렇게 하셨을 듯싶다.

어머니께서는 명절이 돌아오면 굳은 얼굴에 말 한 마디 안 하시다가 차례를 지낸 후 술이 가득 찬 퇴주 그릇을 번쩍 들고 단숨에 들이키셨다. 그러실 때마다 나는 어머니께서 어떻게 될까봐 걱정스러워 울먹이며 팔에 매달려 그릇을 빼앗곤 했다. 방바닥을 치고 가슴을 두드리며 통곡을 하시던 나의 어머니! 이제나 저제나 아무리 기다려도 돌아오지 않는 남편을 원망하고 많은 세월을 삭이며 아픈 가슴을 녹여야 했을까. 거미 같은 어린 남매를 허리춤에 끼고 힘겹게 살아 온 통한의 눈물을 얼마나 많이 섞어 마셨는지 나는 안다.

세 식구가 쓸쓸하게 살다가 마침내 누나가 읍내로 시집을 가게 되었다. 누나가 가버리면 단 둘이서만 쓸쓸하게 살아갈 일이 막막하여 떠나는 모습을 차마 바라볼 수가 없었다. 슬그머니 어두컴컴한 광에 숨어들어가 술 단지에 띄워 놓은 바가지로 뻑뻑한 모주를 마구 퍼 먹고 취하여 엉엉 울었다. 빨강, 파랑 색종이로 장식한 신혼 택시 안으로 떠밀리며 뒤를 돌아보고 울부짖던 누나의 타는 마음이 그 술에 담아 있었기에 나는 더욱 서러웠을 것이다.

술! 술은 말 없는 위로의 몸짓이고 진정한 우정이다.

내가 오십을 넘은 나이에 들어섰을 때, 세상에서 가장 슬픈 일을 당하고 어찌할 바를 모르고 방황을 하고 있을 때, 나를 매우 아끼던 선배는 태안반도 어느 포구로 불러 위로의 술잔을 쥐어 주었다. 금쪽 같은 아들을 잃은 슬픔을 감내하지 못하고 울부짖는 나에게

"그래, 울어라 울어, 실컷 울어버려라."고 하며 목을 메며 따라주던 내 마음의 형도 꽤나 많은 눈물을 흘렸을 게다. 제 서러움에 겨워 몸과

마음을 가누지 못하는 나에게 더 이상은 무어라 위로할 말이 없었을 게다. 그저 잔을 연거푸 채워주는 것으로 위로를 대신했던 마음이 가득히 담겨져서 밤이 새도록 마셨는데도 울음을 그칠 수가 없었던 것 같다.

군대 훈련소 시절, 엄동설한에 함께 입대한 친구와 밤마다 진해만 바닷물 속에 들어가 고개만 내놓고 "어머님의 손을 놓고 돌아 설 때면……." 노래를 하는 등 혹독한 고통을 많이도 당했다. 함께 입대를 하여 뼈를 깎는 역경을 겪으면서도 피를 나눈 형제처럼 의지하며 감내한 친구는 지금 이 세상에 없다.

제대한 후에도 자주 만나 술잔을 앞에 놓고 옛이야기를 꽃피우던 그가 어느 날 갑자기 몹쓸 중병에 걸려 투병을 하고 있었다. 병원에서 회복할 가망이 없다는 통보를 받고 퇴원을 해서 문병을 가니 술 좋아하는 친구가 왔다며 상을 차리게 했다. 극구 만류하는데도 불구하고 추스르기 힘든 몸을 이끌고 나에게 잔을 들려주고 술을 따라주며 울먹였다.

자기가 더 어려운 상황인데도 나보고 슬픔을 이기려고 술에 의존하면 몸을 상한다며, 독한 소주 말고 순한 맥주를 마시라며 안쓰러운 표정을 짓던 그를 생각하면 지금도 가슴이 미어지는 듯하다. 그 때 잔 위에 부글부글 솟아올랐던 하얀 거품은 내 가슴을 태우는 연기였고, 잔 가에 맺힌 동글동글 맺힌 물방울은 그의 애잔한 눈물이었으리라. 공원묘원에 고이 잠든 친구는 지금도 그 일을 그리면서 나를 안쓰럽게 여기겠다.

꼬부랑 나의 할머니께서 두꺼비 같은 손으로 따라 주시던 조롱박, 아버지 제사를 지낸 후 어서 커서 가장 노릇을 하라며 어머니께서 쥐어 주시던 제주 잔, 명절이 되면 서러움에 북받쳐 오는 설움을 쏟아 부으시던 퇴주 그릇, 시집가는 누나를 보내기 싫어서 술 단지에서 퍼 먹던 모주 바가지, 따뜻한 마음을 가진 형이 포구에서 위로의 말을 담아 주던 소주잔, 자기가 더 중병을 앓으면서도 내 걱정을 하고 독한 술을 먹지 말라며 쥐어 주던 전우의 맥주잔, 이 모든 것들에 담겨진 술의 의미를 어찌 다 표현할 수 있으랴!

나에게 술은 그저 가슴을 저미는 슬픔이고 눈물일 뿐이다.

아름다운 멍텅구리

　동물의 세계와 관련된 동영상을 보게 되면 그들의 모습과 인간사회를 비교하게 된다. 언제 어디서든지 먹느냐 먹히느냐의 싸움이 이어지는 장면은 투쟁의 역사라고 할 수 있다.

　사자와 표범은 먹잇감을 낚아채려고 은밀한 곳에 숨어서 호시탐탐 노리고, 영양이나 얼룩말들은 평화롭게 풀을 뜯으면서도 그들에게 잡히지 않으려고 잠시도 경계를 늦추지 않는다. 사나운 맹수들은 먹잇감을 놓고 처참할 정도로 생사결단의 결투를 벌이고 초식 동물들은 풀밭을 향하여 경쟁적으로 몰려간다. 작은 벌레들은 앞을 다투어 풀잎을 갉아 대고 개구리는 벌레들을 혀로 찍어 목구멍에 넣으며 절호의 기회를 포착한 구렁이는 여지없이 개구리를 낚아챈다.

　하늘이 잘 안 보일 정도로 빽빽한 숲의 작은 식물들은 햇빛을 조금이라도 더 많이 받기 위해 하늘을 향해 틈새를 비집고, 사막의 잡초들도 물기가 있는 곳으로 뿌리를 뻗으려고 안간힘을 쓴다. 모든 동식물들은 이기면 살고 지면 죽게 되기 때문에 사생결단으로 싸우는 것이다.

인간사회도 마찬가지이다. 카인이 자기의 친 동생인 아벨을 죽인 이후, 사람들은 어려서부터 형제자매들과의 다툼을 시작으로 하여 성장하면서 이웃들과 끊임없이 부딪쳐 왔다. 개인끼리는 물론이고 국가나 민족과 인종과 종교 간에도 계속되어 왔다. 그러니까 인간의 삶 자체가 연속되는 경쟁의 과정이고 어쩌면 동식물보다 더 잔혹한 살상의 역사 속에서 살아 왔다고 볼 수 있다.

내 친구는 자기 선배가 주말 농장을 할 수 있는 텃밭을 거저 준다고 했는데도 극구 사양을 했다고 했다. 어려서 부모를 따라 힘겹게 일한 기억이 되살아나서 싫기도 했지만, 그보다는 다른 사람에 비해 경험이 부족하고 체력도 모자라서 작물을 제대로 키울 자신이 없었다고 한다. 더욱이 남의 밭의 작물들은 잘 자라서 풍성하게 결실을 이루게 되고 자기 것은 신통치 못할 것이 뻔한데, 그렇게 되면 화가 치밀어 도저히 견딜 수 없는 것이 더 큰 이유란다. 역시 다른 사람에게 지는 것이 싫고 남이 잘되는 것을 가만히 앉아서 보고 있을 수 없다는 뜻이다.

나 역시 생물이고 인간이기에 그와 비슷한 삶을 살아왔다. 한여름 가뭄이 들면 우리 논에 남보다 물을 조금이라도 더 많이 대려고 어른들에게 악착같이 대들었다. 그러다가 힘이 모자라면 상대의 바지자락을 쥐고 매달려 울부짖은 적이 한두 번이 아니다. 어렸을 때부터 몸과 마음이 연약하여 힘센 친구들에게 괴로움을 많이도 당했다. 자라면서 더 많은 패배의 슬픔을 뼈저리게 느끼면서 그때마다 앞으로는 누구에게도 지지 않겠다고 스스로 다짐을 하며 갖은 노력을 다했다.

중·고등학교 시절에는 남들이 힘들어하는 투기 운동을 해내서 평소 괴롭혔던 아이들에게 끝내 앙갚음을 하고야 말았다. 극한 상황에 처할 정도의 호된 훈련을 감내해야 하는 특수 부대도 일부러 지원하여, 보통 사람은 이겨내기 힘들 정도의 역경을 견뎌내면서, 싸우면 반드시 이겨야 한다는 의지도 길렀다. 교직 생활을 할 때도 남들보다 앞서려고 혼신을 다해 노력을 기울여 수많은 사람들의 경쟁을 물리치고 나름대로 목표를 성취했다.

그러다 보니 일상생활에서 늘 남에게 조금이라도 뒤져서는 안 되는 것이고 싸움에서는 결코 물러서면 안 된다는 생각을 바꾸지 못하고 있다. 이런 습관이 몸에 배어서인지 나이가 든 지금도 지는 것이 싫다. 하찮은 내기를 해도 반드시 이겨야 직성이 풀리고 만약 패배를 하면 화가 나서 식식거린다. 그런 행동이 남에게 상처를 주는 일이고 자신을 스스로 괴롭히는 일임을 뻔히 알면서도 말이다. 인생살이가 어찌 승리만이 존재할 수 있단 말인가. 이는 모자라도 한참 모자라는 처사인 것을.

요즈음 학창시절 친구들과 매주 한 번씩 만나 산행을 즐긴다. 즐거운 마음으로 산을 오르다가도 체력이 달려 선두 그룹에 서지 못하게 되면 기분이 나쁘고, 점심 식사 후 오락 게임을 할 때면 나보다 실력이 나은 사람에게 지고 나면 상대를 미워하게 된다.

하루는 친구와 게임을 하다가 상대가 반칙을 했느니 안했느니 하고 시비를 걸었다. 티격태격하다가 집에 당도하기도 전에 '잠깐 참았으면 괜찮았을 텐데' 하고 후회를 하게 되었다.

여러 사람들이 아직도 어린 아이 같다고 흉을 보았을 것을 생각하니 부끄러운 마음이 들었다. 그런 생각이 머리에서 떠나질 않더니 일요일 아침에 예배를 드리려고 집을 나서려니 더욱 불안스러웠다. 한참을 망설이다가 수화기를 들고 당시 그 자리에 있던 사람들에게 일일이 사과 전화를 한 후에 집을 나서니 그제야 마음이 홀가분해졌다.

그 후로는 언행을 조심한다고 다짐을 하면서도 다시 그런 상황에 처하면 이겨야 한다는 강박관념에 사로잡히게 된다. 이럴 때마다 '내가 이러면 안 되지. 욕심을 내려놓고 살겠다고 다짐을 했는데. 어떠한 경우든지 다투지 말고 남을 용서하며 사랑하라는 성인(聖人)들의 말씀도 있지 않은가. 용서는커녕 먼저 시비를 걸고 있으니 원 참…….'하고 자책을 하기도 한다.

어느 선배는 나의 이런 마음을 꿰뚫어 본 듯하다.

"세상을 모두 다 내 마음대로 살아갈 수 있다고 생각하면 오산이지. 약삭빠르고 욕심을 부리고 시기와 질투를 하면 안 되는 법일세. 다른 사람들보다 몇 발자국 뒤에서 걸어도 가고 때로는 일부러 져 주기도 해야 한다네. 남들이 보기에 좀 멍청하게 느껴질 때도 있어야 그것이 오히려 자신에게 득이 되어 돌아오는 수도 있지. 싸움은 결국 상대와 자신을 모두 해롭게 하지 않는가."

그분이 나이가 많은데도 후배들 못지않게 얼굴이 곱고 밝은 표정으로 여유를 가지며 살아가는 까닭을 그때서야 조금은 알 것 같았다. 내 방식대로 되지 않는다고 아내와 자식들을 꾸짖고, 하찮은 일인데도 나를 이겼다고 생각되는 다른 사람들을 미워하며 시비를 걸어 온 나를, 우회적으로 꾸짖는 것 같아 얼굴이 화끈거렸다.

앞으로는 남에게 져 주어 승리의 기쁨으로 희색이 만면해진 상대의 얼굴을 바라보는 즐거움을 가져 보아야겠다. 다른 이에게 져 주고도 기

뻐하는 나, 어쩌면 이것이 이기고 괴로워하는 것보다 진정한 승리의 삶
을 사는 모습일 게다.

　늦은 감이 있지만 이제부터라도 남에게 져 주는 연습을 많이 함으로
써 참된 기쁨을 누릴 수 있는 아름다운 멍텅구리가 되어야 할까보다.

미리 치러보는 나의 장례식

음악회를 위하여 준비된 곡을 열심히 연주하고 있는데 옆에 있던 사람이 하필 그 곡이냐며 나무란다. 얼마 전에 세상을 떠난 학원생이 좋아하던 곡이니 다른 것으로 바꾸라고 하는 소리를 들은 후로는 자꾸만 찜찜한 생각이 든다.

평소 연습해 둔 다른 곡을 골라 교체할까 궁리를 하는데 문득 이런 생각이 난다.

'그렇게 따지면 다룰 만한 것들이 별로 없지 않은가. 작사자나 작곡가, 그리고 노래를 부른 가수가 이미 세상을 떠난 곡들이 얼마나 많은데…….'

이런 사례는 비단 이 분야뿐만 아니다. 시와 소설 그리고 서예와 미술 등 모든 것이 다 이에 해당된다고 할 수 있다. 현재 활용하고 있는 것들 중에서 대부분이 이미 떠난 사람들의 유품(?)이라 해도 과언이 아니기 때문이다.

가까이 지내는 사람이 경치 좋은 곳에 마련한 자기 별장으로 초대를 했다. 현대식으로 설계하여 멋스럽게 지은 건물이다. 잘 다듬어진 정원과 분수가 펼쳐지는 연못과 각종 꽃들이 화려하게 만발한 화단 등 모두가 부럽기만 하다.

관상수와 과일 나무들이 어우러진 오솔길을 따라 뒷산에 올라서니 그들 내외가 묻힐 무덤이 웅장하게 자리를 하고 있다. 넓게 자리 잡은 터 위에 왕릉만큼이나 크게 만든 봉분 앞에 제물을 차릴 커다란 오석과 팔짱을 끼고 있는 망주석들이 그의 재력을 뽐내는 듯하다.

넓은 거실과 잘 꾸며진 방에는 주인과 관련된 자료들이 유리 상자 속에 즐비하게 전시되어 있다. 초등학교 때의 성적표를 비롯하여 중고등 학교 시절의 모자, 모표, 배지, 각종 상장, 대학시절에 사각모를 찍은 사진과 직장의 발령장과 감사장 등 별의별 것이 다 있다.

죽은 후에 이리 밀리고 저리 치이다가 남의 손에 의해 버려지는 것보다는 나을 것 같다는 마음이 들면서도, 과연 저런 것들이 먼 훗날까지 잘 보존이 될 수 있을 것이며, 후손들에게는 얼마나 도움이 될까 하는 의문이 생긴다.

아무리 가까운 혈육일지라도 불의의 사고를 당하거나 중병으로 인하여 고통 속에 죽어가는 사람을 바로 보려 하지 않는다. 장례식 과정에서 음식을 먹거나 시신을 대하는 일조차 탐탁하게 여기지 않는 사람도 있다. 사망한 자의 유품들은 무덤 속에 묻거나 아예 태워버림으로써 기억 속에서 모두 지워버리려 하고, 결국은 그에 대한 이야기를 꺼내는 것조차 꺼려하는 것이 상례이다.

평소 깊은 사랑을 나누며 살았던 관계인데도 마지막 떠나는 길에서는 그동안 다져 온 정을 멀리 하게 되는 이유는 무엇일까. 자신도 언젠 가는 그러한 길을 따라갈 것이고 소유했던 모든 것들도 그런 대우를 받을 것이 뻔한데, 음식물을 입에 넣었다 뱉으면 더럽게 보이는 것처럼 사람도 숨만 거두면 그렇게 느끼게 되는 것인가. 인간이 세상에 왔다 가는 것은 당연한 이치이고 자연의 순리일진대 먼저 떠난 이들과 관련된 것들은 왜 그렇게 혐오스러워 하고 공포의 대상이 되는지 모르겠다.

죽은 사람의 것들이 싫어서 없애 버리는 것들이라면 차라리 자기 손으로 처리하고 떠나는 것이 옳을 것 같다. 자질구레한 물건이나 사진 따위 등을 남겨서 구태여 남은 사람들에게 부담을 줄 필요는 없다. 재물을 남겨서 자식들끼리 치고받아 놀림거리가 되는 화를 자초할 이유가 없고 내가 진 빚을 물려줌으로써 욕되게 하는 일도 하지 말아야 한다. 물질뿐만 아니라 마음으로 진 짐들까지도 말끔히 청산하여야 하고, 엮어졌던 서운함도 가볍게 날려버리며 꽁꽁 맺힌 매듭도 시원하게 풀어버려야 한다,

부자로 살아 온 한 노인이 눈앞에 다가 오는 죽음을 스스로 느낀 후로는, 평소 아끼던 물건이나 재물들을 주위 사람과 가난한 이들에게 모두 나누어 주었다고 한다. 그가 세상을 떠난 후에 살펴보니 남아 있는 것은 화장실에 드나드는 슬리퍼 한 켤레와 장례를 치를 수 있는 비용만큼 저금된 통장만 남아 있었다. 가족들을 불러 모아 놓고 웃는 얼굴로 속 시원하게 다 털어 놓은 후에 세상을 떠났다는 이야기는 많은 생각을 하게 한다.

우리 풍습에 '종신을 못하는 아들과 딸은 자식이 아니다.'라고 하여 부모가 떠나는 자리는 반드시 지켜야 하고, 최후로 남기는 말은 꼭 기

억하고 받들어야 하는 것을 도리로 여겨왔다. 정말로 남기고 싶은 말이 있다면 죽음 직전에 정신이 몽롱한 상태에서 뜻을 제대로 전달하지 못하는 것보다는, 심신이 멀쩡한 상태에서 웃는 낯으로 확실히 전하는 것이 훨씬 나을 듯싶다. 요즈음은 유언장을 미리 써놓고 이것을 공증까지 받아 놓는 사람이 늘고 있다.

최근에 읽은 소설이 내게 새로운 것을 가르쳐 주었다. 의학적으로 치료 불가능한 병을 앓고 있는 교수를 그의 제자가 정기적으로 찾아와서 나누는 대화의 내용은 매우 감동적이다. 주인공이 자신과 관계를 맺었던 사람들을 모두 불러 놓고 미리 치르는 장례식 장면 역시 매우 이색적이다. 떠날 사람과 보내는 사람들이 서로 미소를 지으며 악수를 하고 다정하게 음식을 나누며 담소를 하는 모습들은 고개를 끄덕이게 만든다.

세상을 마감하기 전에 하지 않아도 될 것과 반드시 해야 할 일을 구별하는 것도 그리 쉽지가 않은 듯하다. 나도 더 늦기 전에 버려야 할 것들은 과감하게 치워 버리고 유언장도 써 놓으며 장례식도 한 번 근사하게 치뤄볼까 보다.

만약 그렇게 한다면 어떤 내용을 적어 두어야 할지 차분히 준비를 해야 하겠다. 장례식사와 추모사는 무슨 내용이 될 것이고 그것을 듣는 사람들은 어떤 표정을 지을까. 또한 나는 누구와 무슨 말을 나누고 있을는지 자못 궁금하다.

죽도록 사랑하고 싶다

정호승 작가의 수필집 목차를 훑어 내려가는데, 『사랑하다가 죽어버려라』라는 항목이 눈에 띈다. 너무나 생소하고 자극적인 말이어서 '이게 무슨 소리여! 사랑을 하며는 예뻐진다는 노래도 있는데 죽으라고?' 하는 생각을 하면서 매우 의아해 했다.

차츰 읽어가다 보니 실제로 그렇게 하라는 뜻이 아니라 그것을 위하여 혼신을 다하라는 의미임을 알게 되었다. 상대가 너무 좋아서 어떻게 이루 다 표현할 수 없는 상태, 그를 위해서는 아무 조건 없이 자기를 송두리째 내어 줄 수 있는, 그러니까 하나밖에 없는 목숨까지도 흔쾌히 던질 수 있는 그런 사랑을 강조하고 있는 것이다.

이러한 사랑을 단 한번만이라도 해보고 싶은 심정은 누구나 다 같을 것이다. 소설 속의 춘향이는 이 도령과의 사랑을 지키려고 형틀 위에서 갖은 고초를 감내했다. 베르테르는 연인 로테를 위해서라면 자신의 모든 것들을 바치는 행복을 누리고 싶다며 권총으로 자신의 머리를 쏘았다. 로미오는 잠시 눈을 감고 있는 줄리엣을 죽은 것으로 착각하여 독약을 먹고, 깨어난 줄리엣은 자기 때문에 세상을 떠난 로미오의 시체를 안고 오열하다가 그의 단도를 빼어 스스로 가슴을 찔렀다.

동서고금을 통하여 실제로도 이와 비슷한 이야기들이 끊임없이 이어져 왔고 이는 비단 연인들 사이에서만 있었던 일들은 아니다. 위기에 처한 자식을 몸으로 막아낸 어머니와, 숨을 거두려는 아버지를 구하려고 자기 손가락을 자른 아들과, 부하들을 위해 폭발하려는 수류탄을 가슴으로 덮치고 장렬하게 전사한 젊은 장교 등, 사랑을 위해 목숨을 기꺼이 던진 이야기들은 우리에게 진한 감동을 준다.

지난 여름에 피서를 다녀오는 자동차 안에서 막내딸이 갑자기 어려운 질문을 해서 당황을 했다. 친구들 중에 내가 위기에 처했을 경우에 자기 목숨을 걸고 구해 줄 수 있을 정도로 친한 사람이 있느냐는 것이다. 아니면 경제적으로 어려울 때 거액을 선뜻 내어 놓는다거나 급한 상황을 맞아서 도움을 청하면, 한밤중에라도 즉시 달려와 정성껏 도와 줄 수 있는 사람이 몇이나 되느냐고 했다.

대답할 말이 선뜻 떠오르지 않아서 한참동안 우물거린 끝에 "친구는 하나면 족하고 둘이면 과하며 셋이면 넘친다."라는 말로 대신하려 하니까 왜 동문서답을 하느냐며 시큰둥하였다. 내가 살아오면서 소중하게 여기는 것들을 아낌없이 나누어 주었어야만 그런 대우를 받을 수 있을 터인데, 아무리 생각을 해 보아도 그럴 정도로 남에게 주어 본 경험이 별로 많지 않은 것 같아서 그만 쓸쓸하게 웃고 말았다.

그 후 이와 비슷한 상항을 또 맞게 되었다. 내가 대수술을 하고 장기간 병상에 누워 있었는데 육체적인 고통은 물론이고 정신적인 어려움이 더 컸다. 그렇게 오랜 기간을 혼자서 쓸쓸하게 지내다 보니 이것저것 서운한 감정만 늘어났다. 위문을 한답시고 단 한번 얼굴을 내밀고는 발길을 끊어버린 형제가 야속하고, 아예 얼굴도 보이지 않는 자매도 미웠다. 하루라도 못 보면 살 수 없는 것처럼 붙어 다니던 친구가 소식이 없어 기분이 상했고, 평소에 잘 따르던 제자와 퇴임 후에도 종종 찾아주던 직장 동료들도 나타나지 않아서 괘씸한 마음이 들었다.

이렇듯 평소 가깝게 여겼던 사람들에게 배반(?)을 당했다는 생각을 하니 은근히 화가 났다. 내가 하도 속상해 하니까, 아내가 그렇게 보고 싶거든 혼자서만 애를 태우지 말고 먼저 전화를 해 보라고 했다. 그런 말을 들으니 더욱 흥분이 되어서, "미쳤나 먼저 손을 내밀게. 어디 회복되기만 해 보아라."라며 중얼거렸다.

훗날 마음을 가라앉히고 여기저기 연락을 해 보니까 미처 연락이 안 갔거나 아니면 나름대로 피치 못할 사정이 있었음을 알게 되었다. 그때서야 어린 아이처럼 내 입장만 생각하고 혼자서 속을 끓인 일이 어리석었음을 뉘우치게 되었고, 도움을 바란 나는 그들을 위해서 아무 것도 해준 일이 없었음을 깨닫게 되었다. 곱씹어 생각을 해 보니 받는 것 보다 주는 것이 더 값진 것이라는 단순한 진리를 미처 생각하지 못했던 것이 매우 부끄러웠다.

이러한 일들을 번번이 겪어 왔음에도 또다시 같은 상황을 되풀이해 온 날들이 후회스럽다. 연약한 풀 한 포기나 작은 나무 한 그루일지라도 사랑하는 마음으로 정성껏 가꾼 경험이 그리 많지 않고, 말 못하는 짐승이나 땅에 굴러다니는 돌멩이에게 특별한 관심을 보인 일은 더 더욱 없다.

흔히들 해 볼 법한 풋풋한 첫사랑에 푹 빠져 보았다거나 떠나보낸 연인을 가슴 태우며 기다려 본 절절한 사연도 내겐 존재하지 않는다. 억지로 끄집어 내 본다면 욕심을 부리며 받을 것만 생각만 했던 짝사랑의 추억이 하나쯤 있을는지. 춘향이나 베르테르와 같은 거창한 사랑은 그만 두고 비록 작은 것일지라도 아무런 대가를 바라지 않으며 흔쾌히 내어 준 기억도 선뜻 떠오르지 않으니 그저 안타까울 뿐이다.

나도 남들처럼 멋지고 아름다운 사랑을 단 한 번만이라도 해보고 싶다. 그러다가 죽어버릴지라도 말이다.

제2장

배우고 가르치며

가르치는 즐거움

감사하다며 조심스럽게 두 손을 내밀어 내게 악수를 청한다. 섭섭하다고 정중히 고개를 숙이며 경례를 한다. 교탁을 옆으로 밀고 겸연쩍은 눈빛을 보이더니 넙죽 엎드려 큰 절을 한다. 수줍은 듯 몸을 꼬면서 나의 두 손을 꼭 잡았다 놓는다. 정말 즐거웠다며 나를 꼭 안아 준 후 제자리로 돌아가는가 했더니 다시 앞으로 나와 팔로 허리를 감싼다. 예쁜 여학생이 아쉽다고 볼에 뽀뽀하는 시늉을 하며 까르르 웃으니까 모두들 함성을 지르며 박수를 친다.

다 함께 일어서서 불러주는 석별의 노래를 들은 후 마지막 인사를 하고 강의실을 나서려는데 뒤에서 "교수님! 이거…….'하는 소리가 발걸음을 잡는다. 평소 말수가 적었던 남학생이 음료수 캔을 손에 쥐어 준다. 계단을 내려오는데 강의 시간마다 나를 바라보며 미소를 보내던 여학생이 방그레 웃으며 핑크색 편지 봉투를 주머니에 찔러 준다.

오늘은 이번 학기 종강을 하는 날이다. 3교시 끝나는 시간 말미에 나와 헤어지는 느낌을 나름대로 표현해 보라고 했더니 이렇게 귀여운 모습들로 대한다. 강의를 훌륭하게 하지는 못하였지만 그저 성심껏 가르치려고 노력한 나를 위해서 후한 점수를 주는 줄 알면서도 코끝이 찡해 온다. 나이가 든 때문일까, 아니면 아직도 가슴에 열기가 남아서일까. 이렇게 서운한 감정이 몰려오는 것을 보니 힘들고 어려운 과정을 거치면서 미운 정 고운 정이 듬뿍 들었나 보다. 헤어진다는 것은 역시 아리고 쓰린 것임을 확인하게 된다.

지각을 했으면서도 '딸깍 딸깍' 구두소리를 내며 고개를 꼿꼿하게 세우고 교실에 들어서 제 자리에 앉던 고집 센 여학생, 게임 중독에 걸려 수업시간마다 엎드려 자던 꺼벙이 남학생, 정신적 질환으로 출석 대답도 않던 불쌍한 아이, 정서불안증이 있는지 잠시도 그냥 있지 못하고 다른 사람까지 방해하던 말썽꾸러기, 전체 학생을 대변하기라도 하듯 수업을 일찍 끝내 달라고 조르다 내게 호되게 꾸중을 들었던 반 대표, 이제는 모두가 예뻐 보이는 것도 짧은 기간이지만 알게 모르게 정이 든 때문이겠다.

오후에 다른 교실에 들어서니 왁자지껄하다. 그룹끼리 책상을 동그랗게 놓고 무언가 열심히 이야기를 한다. 인쇄된 자료를 들고 읽기도 하고 다양하게 몸짓을 하며 주먹으로 책상을 친다. 칠판 앞쪽에서는 노트북과 빔 프로젝트와 스피커 등을 설치하느라 분주하다. 한 학기 동안 공부한 것에 대한 소감을 그룹별로 발표한다.

이력서, 자기소개서, 보고서 등은 취업에 관련하여 필요한 것이었다. 일기와 서간문, 기행문, 설명문, 논설문, 감상문, 서정문, 수필 등을 하나하나 검사를 받을 때는 어린 학생 취급을 하는 것 같아 기분이 나빴는데 지금 헤아려 보니 고마운 마음이 든다.

쓰기가 어렵고 싫증이 났었는데 주제를 담은 작품을 이번 학기동안 10여 편이나 만들었으니 나도 글을 쓸 수 있게 되었다는 자부심을 갖게 된다. 반드시 연필과 지우개를 사용해서 정자로 또박또박 써야 한다고 해서 짜증이 났었는데 시간이 지나니까 악필이었던 것이 다소 다듬어진 것 같다.

책 읽을 기회가 별로 없었는데 여러 종류의 글과 관련된 교재의 예문을 접하며 공부를 하니 훌륭한 작가들이 쓴 좋은 글을 많이 접하게 되어 좋았다. 그런 글들을 낭독할 수 있는 기회를 경쟁적으로 가지게 되니 적극적으로 수업에 참여하게 되고 여럿 앞에서 낭독하는 능력도 길러졌다.

교수님께서 토론 장면들을 보고 국회의원 후보자 토론보다 수준이 높고, 텔레비전에서 벌이는 100분 토론이나 막장 토론에 못지않다고 격려를 해줄 때는 정말 그렇게 잘했나 하는 의아심이 생겼다. 그러면서도 흐뭇한 마음에 어깨가 으쓱거려졌다는 등 여러 의견을 제시한다.

어떤 팀은 고맙다는 내용과 당부하는 글을 돌아가며 읽고 다른 팀은 내게 하고 싶은 말을 하나하나 담아서 동영상으로 보여준다. 헤어지게 되어 섭섭하다며 심각한 표정을 짓고, 즐거운 시간이었다며 환하게 웃기도 하며, 사랑한다고 두 손으로 하트 표시를 하는 등 각기 재미있는 표현을 한다.

집에 돌아와 「자기표현의 방법」 수업을 마치며'라는 제목으로 감상문을 써서 제출한 내용들을 읽는다. 4개 반 120여 명의 글을 하나하나 읽으며 여러 가지 상념에 빠진다. 이 학생들이 방학이 끝난 후 다음 학기에 교정에서 얼굴을 대하면 어떤 표정을 지을까를 생각해 보고, 10년, 20년 뒤에 그들을 혹시라도 다시 만날 수 있으려나 하는 상상도 한다. 만약 그렇게 된다면 그때쯤 어떤 모습들을 하고 있고 무슨 일을 하고 있을지 자못 궁금하다. 종이 한 장 한 장을 넘기며 꼼꼼히 읽다보니 주어진 양식에 꽉 채워 쓴 글 위에 늠름한 젊은이들의 얼굴들이 겹쳐온다.

내 기분을 생각해서 공부한 느낌에 대해 듣기 좋게 토론을 하고 즐거웠다는 느낌을 썼으며 재롱을 섞어 귀여운 인사들을 했겠지만 고맙고 감사한 마음에 가슴이 뿌듯해진다.

'학불염이교불권(學不厭而教不倦)' 공자(公子)님의 말씀이 새롭게 가슴에 와 닿는다. 더 읽고 부지런히 배워서 알차게 가르쳐야 하겠다.

20대 초반부터 50년 가까이 줄곧 서 온 교단인데도 해마다 느끼는 기쁨은 변함이 없으니 가르친다는 것은 참으로 즐거운 일이다.

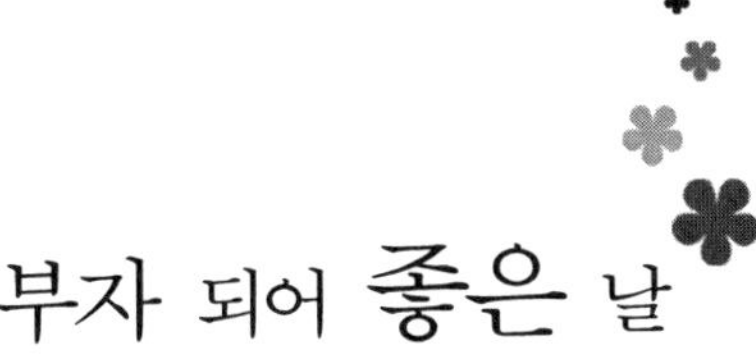

부자 되어 좋은 날

  어제 저녁 늦게 태국 여행을 마치고 돌아 온 터라 매우 피곤하다. 결강을 하고 싶은데 기다릴 학생들의 얼굴들이 떠올라 지친 몸을 이끌고 수업을 강행한다. 이렇게들 눈망울들이 초롱초롱하고 학습태도가 진지한데…….

  쉬는 시간이 되어 한숨을 돌리려는데 휴대폰에서 "마이 웨이" 신호음악이 은은하게 흐른다. "교수님 저 민지예요. 지금 어디세요. 예, 곧바로 그리로 갈게요." 단숨에 달려왔는지 헐레벌떡 숨을 몰아쉰다.

  학생들 여럿이 쳐다보는데도 아랑곳하지 않고 가슴에 안고 온 빨간 제라늄 화분을 건네며 내 손을 꼭 잡는다. 준비한 선물이 별스럽지 않게 보일 수도 있지만 요염한 색채를 자랑하는 장미나 고귀한 품격을 뽐내는 백합보다 몇십 배나 더 예쁘고 몇백 배나 더 아름답게 느껴진다. 꽃 자체도 좋지만 그 속에 사람의 마음이 담기면 향기가 더욱 진하게 풍긴다는 사실을 알 것 같다.

지난 학기에 수업하는 동안 맨 앞에 앉아 내내 미소를 잃지 않고 이 것저것 시중을 잘 들어 준 아이다. 강의를 할 때면 열심히 경청하며 그룹학습에는 누구보다도 적극적이었다. 종강을 하는 날에는 복도로 쫓아 나와서 이별의 섭섭함을 담은 사연을 담은 편지를 건네주며 수줍어했다. 고운 얼굴에 마음씨도 예뻐서 내 딸처럼 귀엽기만 하다. 제게 별로 잘해 준 것도 없는데 그런대로 정이 들었나보다. 왁자지껄하는 다른 학생들 틈으로 빨려 들어가 버린 그가 금방 또 보고 싶어진다.

오후 수업 시작 시간이 임박하여 현관에 들어서는데 남자친구와 손을 잡고 나오던 지혜가 내게 달려와 내 팔뚝에 매달린다. 갑작스런 일이고 여러 학생들 앞이라 매우 겸연쩍어 하는데, "교수님 내일이 스승의 날인데 아무 것도 준비를 못했는데, 대신……."하며 무릎을 굽히고 두 손을 머리에 얹어 사랑 표시를 한다.

지난번 점심식사 후 뜨거운 햇볕이 내려 쬐는 언덕을 힘겹게 오르는데 어디서 보았는지 쪼르르 달려와 그렇게 어려우냐며 내 등을 두드려 주던 학생이다. 남자 친구 손을 잡고 "빠이빠이"하며 유유히 계단을 오르는 모습을 보며 그들이 젊음을 마음껏 누리며 열정적으로 살아가길 빌어 본다.

수업이 모두 끝나자 휴대폰이 울리는 소리가 나서 열어보니, '충성! 사관생도 박00입니다. 가르쳐 주신 은혜에 감사드립니다. 스승의 날을 맞아 더욱 건강하시길 기원합니다. 또 연락드리겠습니다.' 라는 문자다. 퇴직을 하고 첫 학기에 맡았던 젊은이인데 설날 등 특별한 날에는 잊지 않고 이렇게 소식을 전해 오곤 한다. 학습태도가 좋고 질문을 자주하며 능동적으로 참여해서 신통하게 여겼더니 예상했던 대로 잘 커간다.

3년 전 가을 학기, 으스스한 추위가 다가오던 날에 지갑에 돈이 떨어졌다며 밥을 사달라고 하기에 직원식당에 데리고 갔더니 그것을 고맙게 여겼나. 아니면 휴식시간에 제 친구에게 무의식중에 욕설을 하다가 내게 들켜, 교단 앞에 나와 초등학생처럼 호되게 꾸중을 들었던 기억이 오래 남아서인가. 바쁜 훈련 일정 중에도 별로 잘해 준 일이 없는 나를 챙겨주는 마음이 기특하기만 하다.

집에 와서 이메일을 열어보니 나이 지긋한 사회복지과 졸업생이 특수아동 시설에 취업을 했다는 사연을 보내왔다. 직접 찾아뵙지 못해 죄송하다며 방학이 되면 식사 대접을 하겠단다. 젊은 학생들에게 뒤지지 않으려고 무척이나 애를 쓰면서도 때때로 물과 음료수를 챙겨주고 깍듯이 예절을 지키는 등 모범을 보이더니 과연 성숙한 여자답다. 두 아이의 엄마로, 회사원의 아내로, 며느리로, 딸로서의 역할을 해내는 그가 이제 불쌍한 사람들을 위해 팔을 걷어붙였으니 참으로 대견스럽다. 그런 외중에도 나를 잊지 않고 생각해 주는 그 마음이 고맙다. 겨우 한 학기 동안 함께 공부했을 뿐인데.

내일은 제대를 한 직후 조치원 읍내 학교에서 가르쳤던 제자들이 유성 한식집에서 저녁 식사 대접을 하겠다면서 우리 내외를 초대했다. 머리가 희끗한 장년들이 나를 둘러싸고 환하게 웃으며 어리광을 피울 것을 생각하면 저절로 웃음이 나온다.

이때쯤이면 어김없이 전화를 하는 제자가 있다. 벽지의 초등학교에서 중학교 입시를 위해 호롱불을 켜고 밤늦게까지 가르친 아이다. 그는 평소 공부를 꽤 잘했는데도 중학교 입시에 낙방을 하여 매우 당황을 했다. 교무실에 찾아와 믿기지 않는다며 통곡을 하는 그의 어머니 손을

잡고 나도 따라 훌쩍였었는데 지금은 중소기업을 이끄는 사장이 되었
다.

　내일은 스승의 날이다. 이맘때면 보고 싶은 얼굴들이 하나하나 생각
난다. 초임교사 시절에 군 입대로 인하여 학기 중에 휴직을 하게 되었
다. 이사 짐을 멘 채 읍내로 가는 산 고개를 터벅터벅 넘어가는데 떠나
지 말라고 떼를 쓰며 끈질기게 따라오던 탄광촌 학교의 조무래기들은
어디서 무슨 일을 하고 있을까. 운전하기 좋으라고 하얀 양모 등받이를
보내 온 자동차 정비업체 사장, 퇴직하고 심심할 테니 세월을 낚으라고
낚시 세트를 보낸 주부, 황태 맛을 보라며 소포로 보내온 강원도 건어
물상회 주인, 작은 체구에 허약한 몸이었는데 지금은 국내 유수의 로펌
회사에 근무하며 가끔 소식을 전하는 변호사, 공부를 잘하여 반장을 지
냈는데도 가정형편이 어려워 독학을 해서 성공한 증권회사 지점장…….

　이렇듯 신통하고 귀여운 제자들을 많이 둔 사람이 나 말고 누가 있
을까 하는 생각까지 하게 된다. 어제와 오늘, 반가운 소식들이 한꺼번
에 몰려오니 내가 세상에서 가장 큰 부자가 된 듯하다.

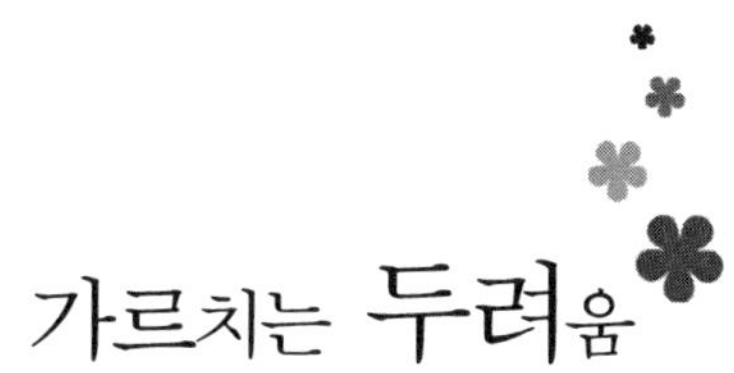

가르치는 두려움

　가르치는 일은 매우 즐겁고 보람된 일이지만 그 과정이나 결과에서 비롯된 일을 놓고 보면 후회스럽기도 하고 때로는 두려움마저 느낄 때가 있다. 그래서 나는 두 딸들이 초·중등학교 교사로 첫 발령을 받을 때 '아이들을 가르치는 것은 쉽고 안전한 직업이라고 생각할는지 모르지만, 까딱 잘못하면 아이들의 생활에 나쁜 영향을 줄 뿐만 아니라 자신도 오래도록 후회를 하게 되므로 매우 어렵고 두려운 일이기도 하다.'라는 충고를 했다.

　생각해 보면 젊은 시절부터 지금까지 오랜 세월 동안 학생들을 가르치면서 크고 작은 잘못을 많이 저지른 것 같다. 지금도 미술전시회 등에서 그림을 대할 때마다 생각나는 일이 있다. 도시학교에서 초등학교 고학년 여자 아이들을 가르칠 때다. 키가 작고 몸집도 왜소하지만 매우 영리하여 반장이었던 여자 아이가 미술 시간에 수채화를 그리고 있어서

한 수 가르쳐준답시고 도화지 위에 덧칠을 해 주었다. 이곳저곳 아이들을 살피며 한 바퀴 돌아와 보니 책상에 엎드려 훌쩍이고 있어서 그 이유를 알아본즉 내가 그렇게 해준 것이 오히려 그림을 망쳐 놓았다는 것이다.

그가 나중에 국전에 입선을 하여 가슴이 뿌듯했고 내 수필집에 예쁜 그림도 그려 넣어 주어서 고마웠지만 그 때를 생각하면 지금도 아찔한 마음이 든다. 화가인 그는 먼 곳에 살면서도 다른 친구들과 일 년에 한두 번씩 꼭 찾아와서 식사 대접을 해 주곤 한다. 그럴 때면 내가 잘못했던 이야기를 하면서 깔깔거리면 미안한 마음이 들고 못할 짓을 했다는 생각에 얼굴이 화끈거린다.

이런 실수를 하게 된 것은 본래 그 분야에 재주를 타고 나지 못한 탓도 있지만 또 다른 이유가 있다. 초등학교 5학년 때 담임선생님께서는 그림을 자주 그리게 하셨는데 형편이 어려운 까닭에 필요한 용구를 제대로 갖출 수가 없었다. 허름한 종이에 크레용 도막으로 색칠을 하는 도중에 선생님께서 내게 다가오시더니 느닷없이 뒤통수를 때리면서,

"이 녀석, 반장이라는 놈이 준비도 해오지 않고 이게 무어야! 앞에 나가 손들고 서 있어!" 라고 했다. 얼떨결에 아프고 놀라기도 했지만 그 보다는 궁핍한 내 처지가 너무도 서러워서 시간이 끝나도록 숨을 죽이며 흐느꼈다.

그 후로는 미술 시간만 돌아오면 싫고 두려웠다. 사범학교에 다닐 때는 필수 과목이나 마찬가지인데도 그 시간이 되면 슬그머니 빠져나와 교실 바닥에 숨어서 영어 공부를 하거나 소설책을 읽곤 하였다. 교사가 되었을 때는 제대로 배우지도 않고 가르치는 것이 죄를 짓는 것 같아서

다른 사람에게 사정을 하여 교환 수업을 하는 등 많은 어려움을 겪었다. 이는 흔히 있을 법한 교사의 한번 꾸중이 학생이 평생 살아가는데 깊은 상처를 주고 다른 사람에게까지 영향을 끼치고 있음을 보여 준다.

교육 현장에서는 이런 일들이 자주 일어난다. 가정 형편이 어려운 학생에게 교육비를 못 냈다 하여 호된 꾸지람을 하거나, 전후 사정을 잘 알아보지도 않고 도둑 누명을 씌워 심한 구타를 가한 사례도 있다.

고등학교 때 친구는 졸업식이 내일 모레인데 도서관에서 빌려간 책 한 권을 반납하지 않았다는 이유로, 담임선생이 졸업장을 주지 않겠다고 으름장을 놓았다 해서 지금도 원망을 한다. 큰 잘못이 아닌데도 전체 학생들을 한 시간 내내 기합만 준 일로 인해 축출 대상 교사 1호로 꼽혔던 교사도 있다. 나도 이와 비슷한 잘못을 저지른 때가 많았다. 침착하지 못하고 부족했던 나의 행동들을 떠올리면 부끄럽기 짝이 없다.

교사는 아이들을 가르치기 전에 우선 학생을 하나하나 잘 살펴보아야 한다. 심신의 건강 상태는 어떤지, 다른 아이들과의 관계는 좋은가, 가정환경에 문제가 없으며 집에서 꾸중을 듣고 오지는 않았는지 등 여러 방면에 걸쳐 주의 깊게 알아보아야 한다. 만약 다른 학우들과 다투었다면 그 이유는 무엇이고, 본인과 상대는 잘못이 없었는지부터 차분히 따져보고 적절한 지도를 해야 한다.

행동이 거칠고 공부를 못한다 하여 함부로 대해서는 안 되고, 얼굴이 예쁘고 공부를 잘한다 해서 다른 아이들보다 더 귀여워해 주는 일은 삼가야 한다. 작은 실수에 대해 '사랑의 매'란 구실로 체벌을 해서는 안 되고, 학생의 입장을 고려하지 않고 함부로 말을 하거나 행동을 하는 일은 하지 말아야 한다. 가르치는 사람의 하찮은 실수로 인해 동심에 멍을 들게 할 수도 있고 돋아나는 희망의 싹을 뭉개 버릴 수가 있기 때문이다.

그렇기 때문에 가르치는 일은 참으로 어렵고도 두려운 것이다.

스승의 길

　현대교육을 혹평하는 이들은 '교사는 많으나 스승은 없고, 학생은 많지만 제자가 없다, 따라서 학교는 있으나 교육은 없다'고 한다. 평생을 교직에 몸담고 학생들을 가르쳐온 사람으로서 이 말을 들을 때는 부끄럽고 '나는 과연 아이들을 어떤 마음으로 어떻게 가르쳤는가.' 하고 반성을 한다.

　하지만 이 시간에도 산간벽지와 외딴 섬에서 온갖 어려움을 무릅쓰고 제자들을 끔찍이 사랑하며 혼신을 다해 교육에 임하는 스승이 많고, 그들의 가르침에 의해 훌륭한 인물이 된 제자들도 얼마든지 있다.

　교육에 대하여서는 사람들이 시대의 변천과 지역의 사정에 따라 그 의미와 내용과 방법을 다양하게 제시하고 있다. 어느 학자는 교육활동을 '상구(上求)와 하화(下化)의 상호작용'이라고 한다. 상구(上求)는 선현들의 높은 가르침을 구(求)하고 스스로 자기를 도우며 깨달아 자기혁신을 꾀한다는 것이다. 반면 하화(下化)는 아래 사람을 존경하고 남을 도우며 깨닫게 하는 것을 의미한다.

예로부터 교육을 '줄탁동시(啐啄同時))'에 비유했었다. 병아리가 알 속에서 나오려고 부리로 알을 쫄 때, 알을 품던 어미닭이 소리를 알아듣고 동시에 밖에서 쪼아댄다. 병아리는 깨달음을 향해 앞으로 나아가는 수행자이고 어미닭은 수행자에게 깨우침의 방법을 일러주는 스승인 셈이다. 결국은 스승과 제자의 상호작용이 잘되어야 교육이 잘 이룩될 수 있음에 비유한 말이다. 논어에서, 가르치는 자와 배우는 자가 서로 노력해야 교육이 이루어진다고 한 것도 일맥상통하는 말이다.

공자는 '아무리 배워도 싫증이 나지 않고 아무리 가르쳐도 지치지 않는다.'라고 하고, 소크라테스도 가르치고 배우는 일을 즐거워하고 이를 위해 목숨까지 바치는 일을 주저하지 않았다. 이처럼 가르치는 일은 다른 것과 비교하거나 이권을 따져 하는 것이 아니라 그 일이 그저 좋아서 행해야 한다. 그리하면 학생들도 공부하는 과정 그 자체가 행복할 수 있게 된다.

요즈음은 사회 변천에 따라 스승도 하나의 직업으로 인식되어 희생과 봉사를 자랑으로 삼아온 덕목이 차츰 퇴색되어 가고 있다. 가르치는 이들이 물질만능주의에 편승하고 배우는 사람들은 잘못된 교육 방법으로 인하여 배우는 것을 오히려 고통스러워하고 있음은 개탄을 해야 할 일이다. 이러한 상황에서 가르치는 사람은 모두 옷깃을 여미고 마음을 가다듬어야 한다.

스승은 제자들 모두가 미래의 가능성이 있다고 보는 자세가 필요하다. '훌륭한 농부는 씨앗을 보면서 열매를 상상할 줄 안다'고 했다. 자성예언(自省豫言)의 이론에서 피그말리온 효과와도 일맥 상통한다고 불

수 있다. 설리번이 '육체만 가진 동물'이라고 표현되었던 헬런 켈러의 가능성을 믿고 열성껏 교육을 실시한 결과 세기적인 인물로 키운 일을 기억해야 한다.

제자들에게 적절한 모험, 실의, 위기 등을 경험할 수 있도록 의도적으로 다양한 기회를 제공해 줄 필요도 있다. 그들이 한 일에 대하여 최종적인 책임을 지는 보호자 역할도 해야 한다. 엄격하면서도 온정이 담겨져야 하고 허용적인 분위기를 조성하면서도 권위가 있어야 하며 정서적 안정감을 보여줘야 한다. 그들의 약점이나 부족한 점에 대한 비밀을 보장해줘야 한다.

아이들을 잘 이해하고 가르치는데 힘을 기울여야 한다. 스승은 오답으로 생각하지만 제자는 그것이 최선의 답이라고 생각할 수도 있다. 일찍이 피아제는 오답에 비중을 더 두었고 황희 정승도 부하나 제자들에게 늘 '네 말이 옳다'고 했다지 않는가. 스승이라고 해서 제자들보다 먼저 알았을 뿐이지 완벽할 수는 없다. 공자님이 '인(仁)이 무엇인지는 모르나 가르칠 수는 있다'고 말씀한 것도 이러한 의미에서 비롯되었다고 할 수 있다.

'서로 얼굴을 아는 사람은 온 천하에 가득하나 마음속을 아는 사람은 몇이나 될꼬.'하는 명심보감의 가르침도 유의할 만하다. 그들은 미숙하므로 무엇이든 자기 스스로 잘할 수 없다고 생각하며 스승의 하찮은 언행에도 커다란 오해를 할 수가 있다는 것에 유의해야 한다.

아이들이 성장해 가는 수준에 맞게 가르쳐야 한다. 나비가 제 모습을 갖추려면 알에서 애벌레가 깨어나고 그것이 자라서 성충이 된 후 번데기가 된 다음에 비로소 탄생한다. 그 중 어느 과정을 뛰어넘어 갈 수는 없다. 그 단계에서 배울 기회를 놓치면 그 후에 배운다는 것은 매우 어려운 일이다. 발달 수준에 따라 단계적인 교육방법을 구안하여 적용하는 일 또한 스승의 몫이라고 판단된다.

가르친다는 생각을 줄이고 도와준다는 생각을 더 많이 해야 한다. 서둘러서 한꺼번에 다 가르치려 덤비지 말고 스스로 깨우치도록 기다릴 줄 알아야 한다. 화초도 사람이 자라게 하는 것이 아니라 스스로 노력해서 커 가는 것임에 유의해야 한다.

가르치는 이는 지루할지 모르나 배우는 이는 하나하나가 새롭다는 사실도 잊어서는 안 된다. 교육을 잘하기 위해서는 다양하게 변신도 잘할 줄 알아야 한다. 때로는 비극의 주인공이 되고, 많은 이들을 웃길 줄 아는 코미디언으로 바뀌고, 사색을 즐기는 철학자의 심오한 모습을 보여 주는 등 다양한 교육방법과 내용의 변화가 필요하다. 그러면서도 진실의 일관성도 유지해야 한다. 많은 사람들이 교육을 일컬어 '종합예술'이라고 말하지 않았던가. 가르치는 일은 힘들고 고통스럽지만 그 속에는 즐거움이 있다.

바른 가름침의 길이 어떤 것인가를 잊지 않는 자만이 진정한 스승이라 할 수 있다.

사모곡

교직에서 근무를 하다가 퇴직을 한 후에도 대학 강단에 서게 되는 행운을 얻어 보람된 나날을 보내고 있다. 오늘 따라 학생들이 특별하게 공부하는 모습을 보고 새로운 감동을 느끼면서 의미 있는 시간을 갖게 되었다.

지난주에 어버이날을 맞아 학생들에게 '나의 어머니'라는 제목으로 글을 써보도록 과제를 주었다. 동기를 유발하기 위해 나의 누나와 돌아가신 어머니의 관계를 예로 들어 부모와 자식 간의 사랑에 대해 논하다 보니 감정이 격해졌다. 교실 분위기가 숙연해진 듯해서 강의를 멈추고 둘러보니, 바로 앞자리의 여학생이 눈가에 물기가 비치는가 싶더니 책상에 엎드리는데 등 위로 잔잔한 물결이 인다. 쉬는 시간에 가까이 가서 그 연유를 물으니 대답을 하지 않고 넋 나간 표정으로 눈물만 텀벙텀벙 흘린다.

'평소 지나치리만치 침착하면서도 담담하게 보였는데 왜 이럴까. 과연 그렇게 할 정도로 내가 열강을 했는가. 그저 글 쓰는 실마리를 잡을 수 있도록 하기 위해 예를 들어주었을 뿐인데…….'

무슨 사연이 있을 것 같은 느낌이 들지만 더 이상 물으면 마음을 다치게 할 것 같아 돌아서려는데, 다른 여학생이 다가와 그의 어깨를 싸안고 무언가 속삭이더니 따라서 훌쩍거린다. 두 아이를 보고 있자니 내 서러움을 주체할 수 없어 얼른 복도로 나오는데 다독거려 주던 학생이 뒤따라 오며 이런 말을 전한다. 몇 달 전에 갑작스런 사고로 어머니를 여의었는데 요즈음에도 걸핏하면 눈물을 흘리며 슬픔에 잠기곤 해서 안타깝단다. 충혈된 눈가에 이슬이 맺힌 채 설명하는 그의 모습을 대하자니 내 가슴에도 잔잔한 물결이 일렁이는 것 같다.

이 이야기를 해준 여학생은 반 대표답게 여러 모로 모범적이다. 차분한 성격으로 흐트러짐 없이 바른 언행을 한다. 깍듯하게 예의를 갖추려 하고 매사에 맺고 끊음이 확실하다. 수업 시작 1-2분전에 학습 분위기를 조성하고 내가 일임한 출석 점호부터 칠판 점검과 시청각 기기 설치 등 학습 준비에 이르기까지 빈틈이 없다. 간간히 수업에 써야 할 많은 워드 작업 등 여러 가지를 부탁해도 아무 불평 없이 제 때에 잘해 온다. 수줍어하는 것 같으면서도 일을 대하면 적극적이고 완벽을 기하려고 애를 쓴다. 속이 꽉 차있는 것 같고 행동하는 하나하나가 깎은 알밤 같아서 누구든지 말만 들어도 며느리 감으로 욕심낼 만하다.

그가 속한 A팀에게 쓴 글을 다듬어서 시범적으로 평가회를 갖도록 사전에 임무를 주었더니 발표를 시작한다. 칠판 앞에 토론할 좌석을 둥그렇게 차리고 영상 기기를 차려 놓느라고 분주하다. 복사를 해서 돌린 자료를 보니 표지부터 아름다운 색깔로 디자인을 하고 깨알같이 정성껏 써내려 간 글의 뒷장에는 관련된 사진까지 첨부되어 있다. 학급 대표와 팀의 리더도 겸한 이 학생이 자기가 쓴 글을 화면에 비춰가며 천천히 읽어 가기 시작한다.

"민지야! 엄마가 잘못했어. 한번만 만나줘……"

"엄마의 손길이 필요하던 때는 이미 지나갔는데 이제 와서 무슨 낯으로 우릴 만나? 우리 남매를 떼어 놓고 떠나가서 얼마나 많은 세월을 울면서 지내 왔는데……."

우여곡절 끝에 만난 어머니가 하염없이 눈물을 흘리며 비석처럼 굳어 있는 자신을 조심스럽게 안아 줄 때는 미운 마음이 들면서도 따스한 느낌이 들었다고 한다. 시간이 지날수록 점점 얼굴이 빨개지고 음성이 흔들려서 은근히 걱정을 하고 있는데 잘 참고 이어간다.

"오랜만에 엄마와 함께 자리에 누었다. 문득 눈을 떠보니 엄마가 잠자는 동생의 머리를 쓰다듬고 볼을 만지며 숨죽이며 울고 있다. …… 우리는 새벽닭이 울 때까지 아무 말도 하지 못한 채 서로가 눈물을 닦아주며 가슴을 태웠다."

그 후 엄마와 연락이 끊긴 지 1년이 훌쩍 지났는데도 사랑을 충분히 받지 못하고 자라서인지 말썽만 부리던 남동생이 가출을 해서 조바심을 했다며 목이 멘다. 그럴수록 엄마에 대한 미움과 원망이 더해졌다는 대목에서는 음성이 마구 떨리더니 더 이상 읽어 가지 못하고 울음을 터트리며 칠판 쪽으로 몸을 돌린다.

교실 전체가 적막이 흐르고 학생들이 숙연해지는 것을 보니 감수성이 예민한 젊은이들이라 가슴에 와 닿는 느낌은 같은가 보다. 모두가 이 글을 따라 읽어가며 자식을 두고 떠나버린 어머니에 대한 미움과 그리움에 대해 공감할 수밖에 없었을 것이다. 한 많은 세월을 힘겹게 살아 온 오누이 모습이 내 머리를 파고들고, 어렵게 만난 모녀가 밤을 새우며 서로가 눈물을 닦아 주는 장면은 가슴을 아리게 한다.

하늘을 찌를 듯이 자존심을 내세울 나이에 아무에게나 말할 수 없는 속사정을 선뜻 털어 놓기가 어려울 텐데, 여러 학우들 앞에서 진실 된 마음과 굳센 용기를 보여주는 그가 장하다. 겉으로는 스스럼없이 내어 놓는 것 같지만 내심으로는 어찌 부끄럽지 않고 마음 또한 아프지 않겠는가.

"엄마, 사랑해."

꺾어지는 음성으로 간신히 끝을 맺으며 감정을 어찌할 수 없는지 고개를 창밖으로 돌린다.

평소에 별로 말이 없던 남학생은 주먹으로 눈을 비비고 있고, 재잘거리기를 좋아하던 여학생도 눈물을 닦고 있는가 싶더니 여기저기에서 훌쩍거리는 소리가 들려온다. 젊은 시절부터 남편 없이 우리 오누이를 키운 나의 어머니께서 꼬부랑꼬부랑 지팡이를 짚고 유리창너머로 다가오시는 듯하다 금방 사라진다. 눈을 닦고 또 씻으며 찾아보노라니 그리움이 파도처럼 몰려온다. 불러도 대답이 없고 보고 싶어도 어쩔 수 없는 그 분…….

학생들에게 글에 대한 평가를 하도록 주문을 하니까 각기 소감을 발표한다. 말수가 적고 무뚝뚝하던 아이가 제일 먼저 일어선다. 평소에 방법도 모르고 자신이 없어서 글쓰기가 매우 어려웠는데 저렇게 자신이 겪은 일을 솔직하게 털어 놓으면 될 것 같다고 한다. 기승전결(起承轉

結)이 자연스럽게 이어지고 제목도 마음에 든다고 하며, 더욱이 서두에서 주제를 암시해서 호기심을 유발한 것은 잘한 일이라고 판단이 된다고 한다. 글 전체가 많은 감동을 주는 내용이었고, 독자들이 생각할 수 있는 여유로운 공간을 남긴 것 등이 참으로 좋았다고 입을 모은다. 남의 글을 감상하는 요령에 따라 나름대로 발표를 하는 것을 보니 내 자식들처럼 예뻐 보인다.

한 남학생이 손을 번쩍 들고 일어서서 가라앉은 음성으로 자기가 겪은 이야기를 소개한다. 평소에 어머니가 등교 시간에 이것저것 챙겨주는 것이 귀찮고 하시는 말씀이 잔소리 같아 짜증을 부렸는데, 이 글을 읽고 나니 고마움을 새롭게 느끼게 된다며 머리를 긁적인다. 나의 누나와 어머니 이야기를 듣고 엎드려 울던 여학생은 글의 흐름 하나하나가 마음을 너무도 슬프게 만든다면서 자기도 비슷한 처지라는 말을 하다가 끝내 이어가지 못한다.

이런 광경을 바라보자니 나의 어머니께서 돌아가셨을 때, 누나가 몸부림을 치며 "엄마, 엄마 ! 이렇게 가시면 우리들은 어떻게 해!" 통곡을 하던 모습이 떠오른다. 그 때의 정경과 지금 이 학생들의 이야기가 번갈아 가며 애틋한 장면들을 그려 가는 듯하다. 이를 배경으로 펼쳐지는 과거와 현재의 울음소리가 어우러져 애잔한 곡조가 만들어져 가는 것 같다. 이참에 '어머니의 마음'이란 노래를 해보자고 권하니까, 모두가 조용한 가운데 음성을 가다듬고 애잔하게 부른다.

"나실(낳실) 제 괴로움 다 잊으시고……."

어머니를 생각하는 노래는 왜 이토록 서럽게 들리는지…….

한마디 말이

　한 학기 동안 잘 도와준 조교들과 함께 점심식사를 하러 소문난 식당에 들렀다. 정원과 간판이 아담하고 멋있게 장식되고 실내 분위기도 아담하며 종업원들 또한 정결한 차림이어서 썩 마음에 든다. 듣던 대로 음식도 정갈하고 맛깔스럽게 보여서 대접하는 입장에서 흐뭇하다. 다른 사람들도 같은 기분인지 밝은 표정으로 식사를 시작하였다.

　"아주머니. 반찬들이 모두 맛있게 보이네요. 고추 절인 것이 있으면 주실 수 있을까요. 나는 그 걸 참 좋아하는데."

　일행 중 한 명이 주문을 하니까, 젊은 여자 종업원이 예쁘장한 얼굴에다 잘 차린 몸 매무새에 어울리지 않게 퉁명스런 음성으로,

　"없는 것 찾지 말고 있는 것만 찾으세요!" 라고 대답을 하더니 홀쩍 나가버린다.

　아무도 예상하지 못한 말씨라서 부탁을 한 당사자는 얼굴이 빨개지고 다른 사람들은 어안이 벙벙하여 서로 얼굴만 바라본다. 모처럼 좋은

분위기인데 그만 망쳐 버린 셈이어서 자리를 주선한 내가 민망스럽다.

'없다고 하면 그만이지 꼭 그렇게 말을 해야 하나? 차라리 웃으면서 농담조로 하던지…….'

주인을 따로 불러 항의를 하고 싶으나 꾹 참아본다. 그런 후로는 다른 음식점을 들를 때에도 자꾸만 그 생각이 나서 눈치를 살피곤 한다.

살다 보면 뜻하지 않게 이런 일을 겪는 경우가 많다. 내가 수술을 하고 견디기 어려운 고통을 겪게 되었는데 그 통증을 조금이라도 가라앉히려면 뜨거운 물에 몸을 담가야 했다. 집에서 식구들의 도움으로 반신욕을 하다가 그것이 시원치 않아 부축을 받아가며 온천엘 자주 다녔다. 바쁜 사람들에게 번번이 신세를 짓다보니 미안한 마음이 들어서 나중에는 혼자서 운전을 하고 갔다. 그 때마다 혹시 아는 사람을 만나게 되면 부자유스런 내 모습을 보여주게 될까봐 두리번거리며 주위를 살피다가 살그머니 탕 속에 들어가 목만 내밀고 있곤 했다. 그날도 보통 때처럼 몸을 담그고 있는데 전에 함께 근무하던 상사가 난데없이 내게 다가와 말을 걸었다.

"한참만일세. 큰 고생한다며 좀 나아졌나? 옛날에는 그런 수술을 하면 대개 폐인이 된다고 했는데, 괜찮을지 모르겠네. 아무리 의술이 발달했다고 하지만 어려울 텐데 걱정이네. 조심하게 그려."

퇴원을 할 당시 담당의사가 회복이 될 것이라고 일러준 날짜가 훨씬 지났는데도 여전히 아파서 온갖 걱정과 두려움에 시달리고 있는 판에 그런 말을 들으니 매우 충격적이었다. 그런 후로는 망가진 내 모습이 자꾸만 떠올라 잠을 제대로 이루지 못하다가 급기야는 불면증으로 이어져 또 병원을 찾아가기에 이르렀다.

우리 주위에서는 이보다 훨씬 심한 말을 주고받는 경우를 자주 볼 수 있다. 지하철 객실이나 버스 안에서 아무렇지 않은 듯이 욕설을 주고받는 젊은이들이 있는가 하면, 교양 있어 보이는 나이든 사람끼리도 험한 말을 자주 들을 수 있다. 순박해야할 어린이들의 입에 담아서는 안 될 소리가 나오고, 곱게 단장한 여인들이 남을 헐뜯는 이야기를 거침없이 해 대며, 작은 일로 시작된 일인데도 극단적인 언사로 격한 싸움을 벌이는 경우를 보게 된다. 그저 아무 생각 없이 던져진 말 한마디가 피차간에 공격성을 유발하여 싸움으로 번져서 결국 둘 사이를 갈라놓게 되며 보는 이들의 마음까지 상하게 한다.

어느 학자가 실험한 것을 보면, 화를 낸 사람의 타액을 물에 섞었더니 색깔이 달라졌는데, 그것을 흰쥐에 주사를 했더니 불과 몇 분도 안 되어 죽어버렸다고 한다. 만약에 부부싸움을 하게 된다면 둘이 내 뱉는 언사의 독성이 빠져 나가게 문을 활짝 열어 놓아야 하고, 어린 자녀들은 다른 곳으로 도피시켜야 하겠다.

남을 배려하지 않은 막말은 상대를 자극하여 마음의 상처를 받게 하고 말하는 당사자에게도 악영향을 끼친다. 상대를 무시하고 아픈 곳을 긁어대거나 다시는 보지 않을 것처럼 마구 하는 말들은 상호간에 큰 피해를 준다.

남태평양에 있는 작은 섬에 사는 어느 인디언들은 원시적인 생활을 하면서도 나쁜 말은 절대로 하지 않는다고 한다. 이럴 경우 그들이 믿는 신이 큰 벌을 내리는 것은 물론이고, 다른 사람에게 급속도로 전염되어 많은 이들의 마음을 더럽히게 된다고 믿기 때문이라고 한다.

초·중학생의 90%가 큰 욕을 한 경험이 있다는 신문기사를 읽으니 걱정이 되고, 텔레비전 연속극에서조차 험한 말을 하는 것을 대하노라면 한심스럽기도 하다. 심지어 국회 의사당에서 의원들끼리 퍼붓는 욕설과 소위 지도층이라는 사람들이 마구 쏟아내는 극단적인 말들을 접하며 살아갈 수밖에 없는 우리의 현실이 부끄럽다.

가까운 사이일수록 말을 더욱 조심해야 하고 나이가 들수록 말수를 줄여야 한다고 했다. 사람을 평가할 때에 말을 그 주요 기준으로 삼았던 선인들의 지혜를 본받아야 하겠다.

한마디 말이 얼마나 무서운 것인지를 다시금 생각하게 된다.

우리말의 묘미

"할아버지 왜 내 거시기를 만져?"

"그러면 좀 어때. 이 녀석아!"

여섯 살 된 손자의 손을 잡고 뒷도랑 산책을 즐긴다. 초등학교 운동장을 걷다가 철봉에 매달리고 싶다고 해서 부축을 하려다 하도 귀여워서 슬쩍 한 번 만지니까 빙글빙글 웃으면서 하는 말이다.

'녀석이 내가 귀여워하니까 좋아서 그러나, 아니면 정말 싫어서인가. 그런 말은 어디서 들었으며 낱말의 의미가 무언지 알기나 하며 그러는지.'

"어제는 할머니가 만지더니 오늘 또 만지네. 그렇게 자꾸 만져서 닳아 없어지면 어떻게 해."

"허, 참!"

또박 또박 대꾸하는 것이 오히려 대견스러워 꼭 안아 주며 다시 한 번 거기에 손을 넣으려고 하니 허리춤을 움켜쥐며 자지러지게 웃는다.

어렸을 때 우연히 여자 어른들이 모여서 이상한 말을 하던 기억이 난다. 어느 한 사람이 가을 떡을 돌리려고 이웃에 갔더니 밤이 깊지도 않았는데, 내외가 거시기를 하는 소리가 들려 민망스러웠다며 이야기를 시작하니까, 다른 이들도 덩달아 비슷한 이야기들을 하며 깔깔거렸다. 당시에는 그 의미를 전혀 몰랐었는데 철이 들면서는 평소에 점잖게만 여겼던 분들인데 어째서 그런 말을 입에 담았는가 하는 의문이 생겼다.

처녀와 총각이 남 몰래 사랑을 한다거나 과부와 홀아비가 비밀리에 왕래하는 경우에도 이 말이 등장한다. 요즈음에는 누구와 누가 거시기 한다고 하면 곧 '사귄다'는 것을 의미한다. 이 말이 방송 드라마에서도 자주 등장해서인지 어른들은 물론이고 아이들도 많이 사용한다.

어린이집에 다니는 네 살짜리 손녀가 뜬금없이 남자 친구와 사귀고 싶은데, 다른 애를 더 좋아해서 기분이 상당히 '거시기' 하다고 해서 식구들이 모두 어안이 벙벙해 하기도 했다. 이런 경우에는 위와는 다른 의미를 담고 있다.

얼마 전 고등학교 동기동창회 행사 중 여흥시간에 디스코 음악에 맞추어 춤을 추는 시합을 하는 프로그램에 참여한 일이 있다. 막상 내 차례가 돌아왔는데 춤을 추는 재주도 없고 해서 색다른 방법을 동원한답시고 철썩 주저앉았다. 신발을 벗어 음악에 맞추어 땅바닥을 두드리며 '아이고 땜'을 놓으며 우는 시늉을 하는 등 나름대로 특이하다는 행동을 시도했다. 남다른 몸짓을 열심히 하여 히트를 치려고 했는데도 관중이 별 반응이 없이 시큰둥해서 당황을 했다. 진행자가 그건 좀 '거시기'하다며 낮은 점수를 주는 바람에 나는 겸연쩍어지고 결국 우리 조가 결국

꼴찌를 하게 되었다. 이때는 아마 별스럽지 못하다는 표현일 게다.

　수업시간에 선생님의 갑작스런 질문을 받고 '거시기, 거시기'하며 허둥거리거나 대화 도중 사물의 이름이 선뜻 떠오르지 않아 얼른 입에서 나오지 않을 때도 이 말을 사용한다. 이 밖에도 상황에 따라 여러 가지 뜻을 나타내는데 다양하게 쓰인다. 한 낱말이 이렇게 폭넓게 활용되는 것을 알게 된 후로는 우리말이 참으로 신기하게 구성되었다는 생각을 하게 된다.

　한 낱말이 두루 쓰여지기 때문에 막상 그 의미를 꼭 집어 나타나게 정의를 해보라고 하면 선뜻 그 답을 내어 놓기가 어렵다. 반면에 풍부한 어휘로 여러 가지 의미를 충분하게 담을 수 있어 사물을 표현하기가 좋고 느낌을 자유롭게 나타낼 수 있어서 편리하기도 하다.

　같은 계통의 색깔 표현 방법도 여러 가지이다. '푸르다, 푸르스름하다, 푸르죽죽하다, 파랗다, 새파랗다……. 불그스레하다, 불그무레하다, 불그죽죽하다, 벌겋다, 붉다, 빨갛다. 새빨갛다……. 노르무레하다, 노르끄레하다, 노르티티하다, 누르죽죽하다, 누렇다, 노랗다, 샛노랗다…….' 표현하는 등, 얼마나 많은가.

　신체의 각 부위와 연관된 용어도 마찬가지이다. 가령 '머리'하면, 머리통, 대가리, 대갈통, 두상, 두통, 까까머리, 단발머리, 더벅머리, 그리고 '귀'는 귓등, 귓구멍, 귀때기, 귓밥, 귓속, 귀걸이, 귓속말 등 이 낱말과 관계된 용어는 참으로 각양각색이다.

　이러한 이유들로 외국인들이 우리말을 배우기가 매우 어렵다고들 한다지만, 다양한 의미를 풍부하게 담아낼 수 있는 우리말과 과학적인 짜임새로 이루어진 우리글에 대하여 새로운 자긍심을 갖게 된다.

'거시기!' 생각하면 할수록 재미있는 말이다.

노란 고무신

계룡산 산행을 시작한다. 입구에서 동학사 경내에 이르기까지 원색차림의 등산객들로 붐빈다. 석가탄일이 아직 멀었는데 벌써 울긋불긋 불등(佛燈)들이 물결을 이룬다. 상가에는 목탁과 염주를 비롯하여 단장, 효자손, 밀짚모자, 월남 모자까지 진열되었는데, 한쪽 귀퉁이에 을씨년스럽게 자리한 노란 아기 고무신이 내 발길을 잡아끈다. 생각보다 비싸지만 부르는 대로 선뜻 값을 치르고 양손에 나누어 쥔 채 가슴에 안아본다. 쳐다볼수록 앙증맞고 만져볼수록 귀엽다.

"으응, 아이고, 으응" 하며 몇 시간 째 이어지는 신음 소리. "힘주어요. 하나, 둘, 셋" 의사와 간호사들이 사중창으로 불협화음을 내는가 싶더니 드디어 "아~앙, 아~앙……."하는 소리가 들린다. "야! 됐다. 됐어! 만세, 만세!" 나도 모르게 소리를 지른다. 목을 길게 내밀고 귀를 기울이던 양가 식구들이 손뼉을 치고 장하다며 소리를 지른다.

2009년 3월 7일 08시 43분 7초……. 드디어 막내딸의 아기가 이 땅에 태어났다. 모두들 애타게 기다렸으나 언제쯤일지 도무지 예측할 수 없어 초조하기만 했다. 아기를 가진 엄마는 자신의 진통이 시작되었는데도 그 시간을 알지 못했고, 박사 학위를 가진 의사도 초음파를 통해 뱃속을 훤히 들여다보고 있으면서도 탄생 일자를 정확히 알지 못했다. 오직 생명을 주신 분만이 알고 있을 것이라고 생각을 하니 감탄을 금할 수 없고, 어쩌면 아기는 알고 있었을 수도 있다는 상상을 하니 신비스럽기도 하다.

창 너머로 비쳐지는 파란 하늘을 바라보며 여러 가지 생각을 한다. 나도 저렇게 울었겠지. 아니 이 세상의 모든 이들이 그렇게 했을 테지. 저 소리의 의미는 무엇일까. 깜깜한 뱃속에서 엄마의 심장 소리만 듣고 있다가 밝은 세상을 만나니 기분이 좋다는 걸까.

아기를 바라보며 혼자서 중얼거려 본다.

"그래! 이제 새 세상을 만났으니 마음껏 바라보아라. 희망찬 태양도 보고 속삭이는 별들의 이야기도 귀 기울여 들으려무나. 세상 것들은 어떻게들 생겼고 무엇들을 먹고 살며 무슨 생각들을 하며 살아가는지 잘 살펴보아라. 귀엽게도 하품을 하는구나. 오냐! 네 마음대로 해 보렴. 입을 벌려 공기도 실컷 마셔 보고, 코를 통해 온갖 냄새도 다 맡아 보며 혀로 달고 시고 짜고 매운 맛들도 실컷 보려무나.

세상의 추한 것과 악한 것은 아예 대하지 말고 선하고 아름다운 것만 찾아보고 느껴 보아라. 네가 하고 싶은 일과 즐기고 싶은 일은 무엇이고 하지 말아야 할 일들은 무엇이며, 그렇게 하면 어떤 일이 일어날지도 따져 보거라. 지금까지 세상에 알려진 일과 아직 모르는 일들은 무엇이며 네가 할 수 있는 일과 할 수 없는 일은 무엇인지도 살펴보아라."

"1.6킬로그램인데 인큐베이터에 넣었어요."

흥분한 듯한 제 아빠의 말에 나는 소스라치게 놀란다.

"아니?……."

단숨에 의사에게 달려가 물으니 웃으면서 체온을 조절하느라 잠시 그렇게 하는 거라며 2시간만 기다리란다. 놀란 가슴을 쓸어내리고 숨을 길게 내 뿜으며 창 너머로 방안을 들여다본다. 다른 아기들과 달리 눈을 연속적으로 깜빡거리고 입을 크게 벌려 연방 하품을 한다. 걱정이 되어 간호사를 붙잡고 연유를 물으니 정상적인 상태란다. 내가 신경과민증상인가? 아니지 너무 좋아서 이러지.

태어난 지 한 달 하고도 보름이 지난 지금, 티 없이 맑고 고운 그를 바라본다. 도톰하게 살이 오른 볼에는 생기가 돋아나고 어쩌다 내 눈과 마주칠 때면 전기가 통하는 것 같다. 얼굴을 바라보노라면 아무 걱정이 없고 그저 평화스러우며 즐거워만 보인다. 말 그대로 천사 같은 모습이다.

젖을 달라고 보채거나 오줌을 쌌다고 울어도 예쁘기만 하다. 팔다리를 움직이는 것은 엄마에게 무슨 신호를 보내는 것 같고, 대변을 보아도 도무지 냄새도 나질 않으며 바라볼수록 그저 사랑스럽기만 하다. 아무리 못났어도 제 새끼는 예뻐 보인다더니 이를 두고 하는 말인 것 같다. 이제는 방긋거리기까지 하여 온 식구들을 놀라게 한다. 얼굴을 들여다볼수록 옹알이하는 소리를 들을수록 내 마음도 맑아지는 것 같다.

머지않아 나에게 어리광을 부리며 까까를 사달라고 졸라대겠다.

내일이면 저의 집으로 간다는 말을 들은 후부터는 걱정이 된다. 막상 가버리면 온통 빈집 같은 분위기일 텐데 허전해서 어찌한단 말인가. 내게 그동안 못된 감기가 찾아와 한 번도 제대로 안아보지도 못했는데.

노란 고무신을 작은 아가 발에 대어 본다. 아직도 헐렁해서 신기기에는 어림도 없다. 하루빨리 이 신발을 신고 "할비 할비"하며, 아장아장 걸었으면 좋으련마는…….

그 때가 언제쯤일지 내 귀를 아가의 입에 대고 대답을 기다려 본다.

고슴도치 새끼 자랑

　지난주에 총동문회에 참여했더니 한 친구는 미국에 사는 아들네 집에 가서, 서너 달 동안 머물며 관광을 하게 되었다고 흐뭇한 표정을 지으며 손을 내민다. 어떤 선배는 사위들이 서울에서 변호사 사무실을 갖고 있고 회계사 업무도 맡고 있다며 침이 마르게 칭찬을 한다. 다른 후배는 딸들이 영국에서 명품 점퍼와 코트를 사왔다고 은근히 자랑을 해서 부럽기도 하고 마음이 졸아드는 기분도 들었다.

　씁쓸한 마음으로 집에 돌아와서 그들에 비해 내 처지는 어떠한지를 생각하다가 마음을 돌이켜 보니, 그들이 나보다 훨씬 복이 많고 반드시 즐거운 것만은 아니라는 생각이 들었다. 자식들을 서울이나 외국으로 보낸 사람들은 대부분 그들 걱정에 노심초사하고, 자손들이 보고 싶어 안달을 하며 밀려오는 외로움에 몹시 힘들어 한다고 한다. 그런 사람들 못지않게 속 깊고 든든한 딸이 셋이나 되고 교수와 연구사 그리고 복지사인 사위도 얻었다. 더욱이 그들이 앞뒤 동네에 거주하여 늘 함께 살

다시피하니 누구 못지않은 복을 누리며 살고 있는 셈이다.

자식들 모두가 믿음의 사람들이 되어 진실되게 살아가려 노력하고 안팎으로 안정된 직장에서 나름대로 성실하게 생활을 하여 믿음직하다. 사위들은 가끔 집에 들러 정겨운 이야기를 해 주고 딸들은 유행하는 옷가지들을 입혀주기도 하며, 저희들 나들이에 동행을 하게 해주는 등 여러 가지 기쁨을 주곤 하니 나만한 사람도 그리 흔하지 않을 듯싶다.

손자 손녀들이 보고 싶으면 언제든지 음료수나 과자 등을 사들고 찾아가고, 때로는 직접 기른 상추와 아욱, 그리고 토마토와 자두 보따리를 가지고 들러서 쑥쑥 자라는 그 놈들 머리를 쓰다듬어 주고 안아주는 재미도 본다. 녀석들이 주말이면 우르르 몰려와 사랑한다고 손을 벌려 품에 안기며 볼에 뽀뽀를 할 때면 깨물어 주고 싶도록 예쁘고 세상이 다 내 것 같은 기분이 든다.

제 부모들한테 우리 집에 가게 해달라고 자꾸만 조른다는데 실제로 만나게 되면 시끌벅적 야단들이다. 특별한 음식이 나오면 제일 먼저 내 입에 넣어주고 피곤한 것 같으면 앞을 다투어 어깨와 다리를 주무른다. 그러다가 흥이 나면 장기자랑을 하며 갖은 재롱을 떨기도 한다.

간혹 함께 밤을 보내게 되면 어떤 녀석은 동화책을 읽어 달라고 하고 다른 녀석들은 내 양팔을 베고서 옛날이야기를 해 달라며 조르는 통에 고통(?)을 당하기도 한다. 함께 어울려 놀다가 각기 집에 돌아갈 때면 고사리 같은 손들을 내밀어 악수를 청하고 "빠이빠이" 하며 양팔을 흔들어 주어 따뜻한 사랑을 한껏 맛보게 된다.

어젯밤에 다섯 손자 손녀들이 함께 잠을 자고 옹기종기 아침 식탁에 모여 앉았다. 셋째 놈이 기도를 해달라고 하니까 모두 두 손을 모으고 눈을 감는다. 건강하고 착하며 씩씩하게 자라도록 해 달라는 나의 간구가 마쳐지니 수저로 밥을 떠올리고 젓가락으로 반찬을 집으려고 야단들인데 열두 살 큰 아이가 양팔로 가로 막는다.

"잠깐! 할아버지께서 먼저 잡수신 후에 시작해야지."

'어! 이놈이 벌써 이렇게 컸는가.'

제 동생들에게 나름대로 식사 예절을 가르치려고 하는 모습을 보게 되니 놀랍고도 기특하여 등을 도닥거려 준다.

거실에서는 막내 손녀의 걸음마 학습에 모두들 조마조마, 한걸음씩 걸을 때마다 합창을 하며 세더니 스물 한 발자국이나 떼었다고 손뼉을 치며 좋아한다. 얼마 전 막내딸의 주선으로 첫 돌도 채 돌아오지 않은 아이를 데리고 새 사돈 내외와 제주도 여행을 다녀왔다. 3박 4일 동안 비행기를 타는 것을 시작으로, 서귀포를 비롯한 여러 곳의 해변과 성산 일출봉, 그리고 용두암과 한라산 등 곳곳의 관광지를 다니느라고 온종일 차를 타고 또 걸었다.

마지막 날에는 한국의 최남단 마라도를 왕복하는 동안 배를 탔는데 마침 풍랑이 거칠게 일어 어른들도 멀미를 하고 아기의 눈이 퀭 들어갈 정도로 지쳤다. 성인들도 힘들다고 엄살을 부리고 짜증을 하는데 아기는 오히려 잘 참아 주었다. 새 사돈 양가 내외에게 수시로 재롱을 선물하여 어색한 분위기를 새롭게 바꾸어 주고 잘 먹고 자는 등 별 탈 없이 여행을 마칠 수 있게 해주어서 참으로 다행스러웠다. 그랬던 녀석이 이번에는 걸음마로 다시 한 번 짜릿한 기쁨을 맛보이고 있는 것이다.

오늘은 아이들과 함께 수영장엘 들렀다. 각자 옷을 잘 벗어 정리하고 수영복을 갈아입은 후 큰 아이가 체조를 하고 물에 들어가니 작은 손자도 제 형을 따라 물에 들어가고 두 손녀들도 합류한다. 큰 놈은 자유영 속도가 하도 빨라 따라갈 수가 없고 작은 녀석은 잠수를 하며 평영을 한다. 큰 손녀의 배영 폼도 제법인데 작은 아이는 내 등에 매달려 물장구를 치며 좋아한다.

수영을 마치고 샤워를 하는데 두 손자가 내게 다가와 비누칠을 해주고 수건으로 등을 문지른다. 하도 고마워서 내가 큰 놈을 닦아 준다니까 혼자서도 할 수 있다며 사양하더니 제 동생까지 챙긴다. 저희들이 스스로 머리를 감고 드라이를 하고 탈수기로 옷을 짜기도 한다. 손을 잡고 나오는 손녀들은 빨간 모자에 마스크를 하는 등 매서운 추위에 단단히 대비한 차림이다. 제 앞가림을 못하고 징징거릴 때가 엊그제 같은데 이런 모습을 보게 되니 대견스럽기만 하다.

음료수를 사먹으라고 천 원짜리를 두 개씩 주었더니 속닥거리더니, '아이티 난민 돕기' 모금함에 한 장씩 넣은 다음 자판기에서 캔 두 개를 꺼내어 나누어 먹는다. 제일 어린 아이가 다른 것을 더 사먹자고 하니까 큰 아이가 몸에도 좋지 않고 또 절약도 해야 한다며 만류를 하더니 남은 돈을 모아서 내게 도루 준다.

이렇듯 의젓하게 크는 모습이 참으로 귀엽고 신통하다. 엊그제까지만 해도 푼돈을 달라며 졸라대더니 어느새 많이 자란 것을 보니 대견스럽다. 나도 아이들처럼 지폐 몇 장을 모금함에 넣으니 마치 커다란 일이나 한 듯 기분이 좋다. 여러 차례 이곳을 다녔어도 모금함은 거들떠보지도 않았는데 나이든 내가 오히려 어린 아이들에게 한 수 배우게 된 셈이다.

"참 착하네요. 어쩜 저렇게 예쁘게 키웠어요."

휴게소 소파에 앉아 이런 모습을 지켜보고 있던 아낙네들이 칭찬을 하는 바람에 나도 모르게 어깨가 으쓱거려진다. 아이들 가운데에 서서 키를 재어 보니 내 어깨 위를 따라 쑥쑥 올라오는 느낌이다. 요즈음에는 말끝마다 경어를 쓰고 내가 하는 일을 거들어 주려고 하는 것을 보니 많이 자란 것 같다.

큰 손녀가 '할아버지가 저희들과 함께 수영을 다니니까 매우 좋아하는 것 같은데 얼굴이 전보다 훨씬 상한 것 같아 안쓰럽다.'고 말하더라는 제 어미의 말을 들으니 가슴이 뜨뜻해진다.

누구나 있을 법한 일일 테지만 이 세상에서 나만 큰 복을 누리고 있는 듯싶어 친구들과 교우들에게, 나중에는 가끔 들르는 병원의 의사에게까지도 자랑을 늘어놓았더니 참으로 착하다며 장단을 맞추어 준다. 비록 놀림을 받을지라도 여기저기 다니며 더 많이 자랑을 해야 하겠다.

고슴도치도 제 새끼는 귀여워한다고 하지 않는가.

손가락질

　손가락은 그 하나하나의 길이와 생김새가 다르듯이 의미와 구실이 각기 다르다. 또한 이를 통해서 표현되는 말 또한 매우 다양하다.

　중요한 약속을 할 때에 말만으로는 부족해서 새끼손가락을 건다. 요즈음 젊은이들은 그것만으로는 믿을 수 없는지 엄지손가락을 대고 문지른다. 나중에는 약속한 증거를 확실히 남겨야 한다며 복사를 해서 나누어 갖는다는 의미로 손등을 비비는 시늉을 하기도 한다.

　하려는 일들이 하도 막연해서 도저히 바라는 바를 이룰 가망이 없는 일을 비유하는 말로는 '손가락으로 하늘을 찌르기' 라고 하고, 잘난 사람이나 특별한 사물을 가리키는 의미로는 '몇 손가락 안에 꼽힌다.' '손가락으로 꼽을 정도'라는 말을 쓴다.

　아무 일도 하지 않고 뻔뻔스럽다는 의미로는 '손가락하나 까딱 않는다.'를 사용하고, 자기가 주장하는 말이 틀림없다고 장담하는 말로는 '손가락에 장을 지지겠다.'고 한다. 이렇듯이 하나의 낱말에 많은 뜻을 표현할 수 있는 우리말의 우수성을 생각하면 참으로 놀랍기만 하다.

이들과 또 다른 뜻의 '손가락'과 관련된 경험을 하게 되는 계기를 맞았다. 미수(米壽)를 맞으신 스승님을 모시고 가끔 식사를 하며 대화를 나누곤 한다. 그럴 때마다 많은 경험을 하신 분께 좋은 정보를 얻을 수 있어 이롭고 여러 가지 삶의 지혜도 배우게 되어 좋다. 무엇보다도 훌륭한 인격과 이에 맞게 행동하는 모습에서 감동을 자주 받는 것이 큰 기쁨이다.

그 연세에 정기적으로 운동으로 몸을 다지시고 식사도 잘하시며 혼자서 집안일을 다 하신다. 홀로 생활하시면서도 정결하게 꾸며 놓으시고 매사에 언행이 여유롭고 부드러우시며 베풀기를 즐겨하신다.

작년까지만 해도 왕성한 문학 활동을 펼치셨는데 요즈음은 눈도 어둡고 수준 낮은 글을 만들어 비웃음을 살까봐 붓을 꺾으셨다고 한다. 나이가 많으니 젊은 사람들 틈에 아무렇게나 끼지 않고 물러나 앉아야 한다며 외부 행사에도 되도록 참여하지 않으신다. 아직도 피부에 윤기가 흐르고 표정이 부드러워 보이도록 건강하게 사시는 이유는 아마 그런 삶의 방식에서 기인된 것으로 여겨진다.

내가 건강 문제로 어렵다고 털어 놓으니까 무성하던 수풀과 아름답던 꽃도 시들어 가고, 동물의 세계를 호령하던 맹수들도 신음을 하며 죽어 가는 것처럼 인간도 피할 수가 없는 과정이라며 쓸쓸한 표정을 지으신다. 나이가 들면 아픈 곳이 많이 생기고 좀처럼 완쾌되기가 쉽지 않다며, 그래서 늙어가는 것은 슬픈 일이라고 하신다. 그렇다고 스스로 얻은 질병의 고통을 남의 탓으로 돌리거나 투정을 부리면 남을 괴롭히고 빈축을 사게 된다는 충고도 빼놓지 않으신다.

저녁 식사를 대접한 후 댁으로 모시려고 하니까 밤이 깊어 어렵겠지만 대학병원 영안실에 들러야 한다고 하신다. 지난 주일에는 서울에 있는 고등학교 동창생이 세상을 떠난 것을 신문의 부고란에서 알고 조문을 다녀왔는데, 오늘은 초등학교 후배가 세상을 떠난 것을 들었다며 주위 사람들이 하나 둘씩 사라져 가는 것이 안쓰럽다고 하신다.

오랜 동안 만나지도 않았고 연락도 없었는데 서울까지 다녀오시고, 이 밤에 또 가시느냐며 그냥 댁으로 가시자고 하니까, 마지막 길인데 가보는 것이 마땅한 일이라고 하신다. 연로하신 몸으로 지금처럼 지내시는 것도 대단한데 누가 알든 모르든 당신이 할일에 충실하려는 모습에 고개가 숙여진다.

조문을 마치고 댁으로 모셔다 드리는 차안에서 지금껏 참으로 훌륭하게 사셨다며 앞으로의 바라는 것이 무엇이냐고 여쭈었다.

"이제 와서 무슨 소망이 따로 있겠나. 늘 그랬듯이 그저 남에게 손가락질 받지 않다가 저 세상으로 가는 것이 가장 바라는 걸세. 하지만 그렇게 하는 것이 어디 그리 쉬운 일인가."

말씀하시며 고개를 좌우로 흔든다. 남에게 비웃음과 비난, 그리고 지탄을 받지 않는 삶이 어떤 것인지를 몸소 행동으로 보여 주시는 이 분이야말로 정녕 아름답고 영원한 나의 스승이시다.

'그래! 나도 비록 칭찬은 받지 못하더라도 손가락질은 받지 않도록 노력을 해야지.' 다짐을 해 본다.

다시 틀고 싶은 둥지

우리들의 코 흘리게 시절! 허기진 배를 책보 끈으로 동여매고 고통을 참느라고 안간힘도 많이 썼다. 차가운 마룻바닥에서 몽당연필에 침을 묻혀가며 글씨를 쓰고, 흐릿한 등잔불 아래서 '영이야! 놀자. 철수야 가자!' 졸린 눈을 비비면서 잘도 읽었다. 점점 커가면서 힘차게 솟아오르는 태양을 바라보며 하늘 같이 높고 바다만큼 넓은 꿈을 키웠다. 세월이 많이 지났는데도 그 시절 생각이 주마등처럼 스쳐 지나간다.

옛날 일들이 생각나서 큰맘 먹고 모교를 방문했다. 건물도 많이 달라져서 당시에 내가 배우던 교실은 흔적도 없다. 폐교가 되어 모든 서류는 몽땅 교육청으로 가져갔고 보듬어야 할 후배와 새로 맞을 교사도 없다. 시골뜨기 코흘리개들을 어엿하게 키워준 은사님들 생각이 간절하다.

구구단을 못한다고 벌을 주시던 호랑이 선생님, 미술 준비를 안 해왔다고 호령하시던 키다리 선생님, 군대 이야기를 자랑삼아 해주시던

털보 선생님, 키 크고 몸이 호리호리해서 불린 미꾸라지 선생님, 운동
회 때 각개 전투를 연출하여 찬사를 받으신 발바리 선생님, 집안이 가
난해서 장사를 하셨다 해서 별명이 붙은 고구마 선생님, 그분들의 모습
은 왜 오랫동안 지워지지 않고 이리도 보고 싶은지.

우리들의 몸과 마음을 감싸 주시던 분들의 모습이 영화처럼 떠오른
다. '뜰에 핀 백합화'의 아름다움과 '다뉴브 강의 잔물결'이 흘러넘치는
낭만적인 노래를 가르쳐 주셨던 멋쟁이 선생님, 오르간을 켜시며 '진흙
속에 묻힌 옥도 갈아야만 보석된다.' 고함을 지르시던 합죽이 교장선생
님, 6.25 피난 시절 방앗간에 숨어서 '장백산 줄기줄기,' ' 아침은 빛나
라 이 강산' 등 뜻도 모르는 노래를 가르쳐 주시던 깐깐이 교감선생님
이 그립다.

전쟁이 발발하기 직전에 흰 저고리에 까만 치마로 예쁘게 단장한 처
녀 선생님을 데리고 머리를 박박 깎은 채 어느 날 갑자기 사라져 버린
총각 선생님, 새록새록 뵙고 싶은 분들이나 그럴 수가 없도록 가버린
세월이 안타까울 뿐이다.

소꿉장난을 하던 친구들은 어디서 무엇을 하고 있는지 궁금하다. 반
장을 맡았던 순종이, 색시 같이 숫기가 없던 석이, 남자보다 제기를 더
잘 차던 영희, 늘 웃는 얼굴 같지만 부모 잃은 서글픔이 항상 묻어있던
성경이, 성격 좋고 털털한 영호, 날쌘돌이 칠복이, 모두들 먼저 하늘나
라에 가버렸으니 그곳에서나 만날 수 있을는지.

은사님과 친구들은 어디로 가버렸는데 학교의 얼굴이라는 교문은 아
직도 의젓하게 버티고 있다. 만국기 아래서 지르던 함성이 담겨있는 운
동장은 너부죽하게 엎드려 있고 청운의 꿈을 날라다 준 앞산은 여전히

우리들을 내려다보고 있다.

　허허 벌판이 된 모교지만 모교를 끔찍하게 사랑하는 천여 명의 동문들이 건재하고 있다는 사실에 자부심을 갖고 싶다. 학교가 다 없어졌다 해도 그들의 애교심이 이곳을 지키고 있으니 모교도 다시 일어설 수 있을 것이다. 　이제 세종시의 탄생을 통해 연기군에 많은 인구를 유입하게 되면 더 크고 좋은 학교로 탈바꿈할 수 있을 것이다. 하늘은 스스로 돕는 자를 돕는다고 했다. 우리들에게 주어진 절호의 기회를 놓치지 말아야 한다. 이보다 더 어려운 일들도 해냈는데 다시 일으킬 여지는 얼마든지 있다.

　교가가 울려 퍼지는 운동장에서 귀여운 후배들이 씩씩하게 뛰어 노는 모습이 다가 오는 듯하다. 두 눈만 꾸벅이며 아무 말 없이 서 있는 교문을 향해 큰 소리로 외쳐 본다.

　"동문들이여! 모두들 힘을 냅시다. 두 주먹 불끈 쥐고 똘똘 뭉쳐 우리의 꿈이 서린 둥지를 새롭게 틉시다."

인생은 허무한 것인가

원숭이처럼 철봉에 매달려 재주를 부려서 모두가 혀를 내두르게 했던 재롱이는 허리 디스크로 고생을 한다. 태권도 3단이라고 주먹 자랑하며 친구들을 무던히도 괴롭히던 깐돌이는 고관절염이란다. 구령대에 올라 위풍당당하게 호령을 하던 대대장은 중병 판정을 받고 병상에 누워 처절하게 투병생활을 하고……

나 또한 손에 쥔 물건을 찾으려고 두리번거리는 일이 잦아지며 마땅히 내가 할일이고 혼자서 해낼 수 있는데도 남에게 미루게 된다. 별스럽지 않은 일인데도 걱정을 하느라고 밤잠을 설친다. 하찮은 감기만 걸려도 금방 어떻게 될까 봐 전전긍긍하는 처지가 되어버렸다. 나이가 들면 약봉지만 하나 둘씩 늘어 간다더니 호랑이도 잡을 듯이 펄펄뛰던 나였는데 어느새 이렇게 되었단 말인가.

인생여정의 내리막길에서 힘겹게 기어오른 고개고개를 뒤돌아보니 만감이 교차한다. '인생 칠십 고래희(人生七十古來稀)'란 시기가 내게도 다가 왔다고 생각하니 덧없이 흘러간 세월이 허무하고 빠르게 지나간 시간이 아깝기만 하다.

　나이가 들수록 세월이나 시간과 연관된 생각을 자주하게 된다. 지난 봄 필리핀 여행 중에 안내원에게 아름다운 바다의 일몰 광경을 보여줄 것을 당부하였더니 마닐라 부근의 해변으로 인도를 하였다. 저녁노을은 쪽빛 바다를 딛고 미소를 머금으며 온 세상을 물들이려는 듯이 아름답게 펼쳐져 있다. 하얀 요트들은 끼리끼리 모여 한가롭게 떠있고 무지개 무늬로 장식한 여객선들은 육지에 두고 온 연인을 못 잊어 하는 듯이 울음 섞인 목소리로 구슬픈 곡조를 읊어댄다. 넓은 날개를 너울너울 늘어뜨린 싱그러운 야자수 사이로 불그스름한 태양이 수평선을 말 등 삼아 타고 앉아 환하게 웃고 있는 듯하다. 말 그대로 장관이다.

　일행은 이 광경을 하마 놓칠세라 촬영을 할 장소를 이리저리 찾아다니다가 사진기를 설치하고 각기 자리를 잡았다. 그런데 어쩌나! 이렇게 야단법석을 떠는 동안 아름답던 태양은 그만 순식간에 바다 속에 숨어버리고 말았다. 이에 따라 마음에 평안을 가져다주던 수평선은 뿌옇게 흐려지고 도화지에 물감을 뿌린 듯하다. 불그레한 노을도 점점 옅어진다. 몸매를 뽐내던 예쁜 요트들은 하나 둘씩 어디론가 사라지고 애처롭게 울어대던 뱃고동 소리도 멈추어 버린다. 그러니까 순식간에 주인공이 사라지니 조연들도 따라 없어진 셈이다.

　지금도 그때 생각을 하면 '눈 깜박할 사이'란 말이 실감이 나고, 우리가 살아가는 상황에 비유가 된다. 얼른 어른이 되고 싶어서 세월이 길게만 느껴졌던 소년기가 지나고, 마음과 꿈이 너무도 커서 세상 것을 다 가지려 했던 청년기를 순식간에 보낸다. 목적을 이루어 많은 것을 손에 쥐었는데도 모자란다고 허둥대던 장년기가 순식간에 지나가 버린다. 인생을 정리하고 마무리해야 할 노년기에 이르게 되면 흘러간 날들이 빠르다는 느낌이 들게 마련이다. 이를 두고 많은 사람들은 '세월은 유수와 같이 흘러간다'고 하고 '시간은 날아가는 화살 같이 지나간다'고 한다.

과연 그 말이 맞는 것인가. 지구의 자전으로 하루가 지나고, 공전으로 1년이 지나는 것은 오래전부터 그렇게 해 온 우주의 법칙일 뿐이다. 사람들이 거기에 하루라는 시계와 일 년이라는 달력을 붙여 놓고 세월을 탓하는 것에 불과하다. 예나 지금이나 시간은 그대로인데 그것을 정한 인간들이 매달려가면서도 빠르게 흘러간다고 아쉬워하고 괴로워한다. 그러니까 스스로 정해 놓은 시간 위를 정신없이 걸어가다가 급기야는 펄펄 뛰어가고 결국은 넘어지고 쓰러진다고나 할까.

이렇듯 앞만 보고 달려 왔기에 목적을 이루고도 부족하다며 더 가지려 하고 많이 누리고 싶어 두 발을 동동거린다. 이 세상의 부귀영화는 한정되어 있는데 인간의 욕망은 끝이 없어서, 서로가 차지하려고 아귀다툼을 하다가 원하는 바를 다 취하지 못하고 결국 인생은 허무한 것이라고 투덜대는 셈이다.

가깝게는 가족과 이웃, 나아가 국가와 민족, 그리고 크게는 인류의 평화를 위해 작은 일일지라도 하루하루를 보람된 것들을 조금씩 이루어 나아가는 것은 뜻있는 일이다. 이러한 일에 몰입하며 나름대로 자신의 존재 가치를 느끼게 하는 것 자체가 참된 삶이라고 할 수 있다.

그런 사람들에게는 덧없이 흐르는 세월이 아니라 쓸모 있는 날들이고, 빠르게 날아가는 시간이 아니라 넉넉하게 머물고 있는 보배로운 촌음인 것이다. 내가 세월에 떠내려가고 시간에 쫓겨 가는 것이 아니라, 자신이 스스로 그것을 움켜잡고 잘 활용해 간다면 그것이 바로 값진 삶으로 이어지는 것이다.

덧없이 흘러가버렸다고 푸념하는 세월과 빠르게 지나갔다고 한탄하는 시간들을 길고 굵게 살아서 풍요롭고 값진 삶을 이룬 분들은 수없이 많다. 국밥장사를 하여 평생 이룬 재산을 장학금으로 선뜻 내 놓은 80대 할머니, 50평생을 나병환자들을 돌보다 그 병으로 천국에 간 내과 의사, 편안한 도시생활을 뒤로 하고 오지나 낙도에서 2세 교육에 평생을 바친 무명교사 같은 분들을 두고 누가 인생을 허무하게 보냈다고 하겠는가.

무소유의 가르침을 준 법정 스님, 이웃을 섬기는 마음을 일깨워 준 김수환 추기경, 진정한 봉사가 무엇인지를 보여준 테레사 수녀, 아프리카에서 성인처럼 활약한 슈바이처 박사 등 이러한 삶을 이루다가 떠난 사람들은 수없이 많다.

어디 그뿐인가? 불후의 명작을 남긴 톨스토이와 섹스피어, 아름다운 멜로디를 안겨준 슈베르트와 모차르트와 베토벤, 『만종』을 그린 밀레와 천지창조의 신비를 일깨워준 미켈란젤로, 에디슨을 비롯하여 인류에게 문명의 혜택을 마음껏 누리게 한 수많은 과학자들, 그 밖에도 역사학자와 철학자, 탐험가 등 인류를 위해 공헌하며 값진 인생을 산 사람들은 너무나 많다.

더 크게는 사랑의 예수와 인애의 공자와 자비의 석가는 세상 사람들이 짧고 허무하다는 일생에서 얼마나 위대한 업적을 남겼는가? 그러니까 세월이 물같이 흐르는 것이고 시간이 눈 녹듯 사라져 간다고 탓만

할 수가 없다. 자신이 스스로 이룬 생애에 대하여 한숨만 쉬지 말고 원
망을 하지 말 것이며, 내 앞에 닥친 순간이 보배로운 일들을 하기에 충
분한 시간이라고 생각하고 작은 일에도 감사하며 가치 있는 일을 실천
하는 삶을 살아야 한다.

　이는 오래 사는 것이 중요한 것이 아니라 얼마나 잘 사느냐가 중요
한 것이고, 또 그렇게 살아야 아름답게 죽을 수 있음을 깨우칠 수 있으
니까 말이다.

　인생을 어찌 허무하다고만 탓할 수 있겠는가.

우리의 **삶**이 고통만은 아니다

어느 임금이 생을 마감할 즈음, 보좌관을 불러 세우고 '인생이란 무엇인가?'라는 말을 한마디로 정의해 오라고 과제를 주었다. 처음에는 영문을 모르고 머뭇거리다가 3개월의 말미를 주는 바람에 이리저리 그 해결 방법을 찾았다. 결국 이와 관련된 책들을 모두 모아서 유명한 학자들에게 읽게 하여 그 답을 찾아오게 하였더니 내어 놓은 답은 '인생은 곧 고통이다.'라는 것이었다고 한다.

몇 년 전에 모든 권력을 한 손에 거머쥔 최고의 권력자가 '힘들어서 못해 먹겠다.'고 푸념을 하는 기사를 읽고 처음에는 어안이 벙벙했었는데 곰곰이 생각해 보니 그럴만하다는 생각도 든다. 한 가정을 꾸리어 가기도 힘든 법인데 하물며 국정을 펼치기란 그리 쉽지 않았을 것이다. 누구든지 세상을 살아가면서 고통스럽다는 표현을 한번쯤 해보지 않은 사람은 없을 것이다.

어쩌면 우리의 삶 자체가 처음부터 끝까지 힘든 여정이라 할 수 있다. 아기가 태어날 때만 해도 엄마의 산고 이상으로 어려움을 겪었을 것이고, 평생 동안 먹고 입는 것을 비롯하여 모두가 힘든 과정이라 할 수 있다.

걸음마로부터 시작하여 초, 중, 고 대학에 이르기까지 이어지는 공부도 험난한 고갯길이고 졸업을 한다 해도 일자리를 구하기가 그리 쉽지 않다. 직장인이 되어서도 이 눈치 저 눈치들을 보아야 하고 승진을 하려고, 또는 밀려나지 않기 위해서 안간힘을 써야 한다.

가장과 주부로, 부모와 자식으로, 형과 동생으로, 어른과 아이로, 노인과 청년으로, 일터나 조직의 리더나 또는 따르는 자로서 하여야 할 일들은 많고 어느 것 하나 쉬운 일이 없다. 오늘은 모두 해결되었다고 생각했는데 날이 새면 다시 나타나는 문제들은 왜 그리 많고 어찌 그리 힘이 드는 것뿐인지…….

나도 지금까지 살아오는 동안 이런 과정들을 거쳐 왔다. 헐벗고 굶주리던 성장과정, 모자라고 궁핍해서 주눅이 들었던 학창시절, 깨물고 버텨도 괴로웠던 군대생활, 올라가면 갈수록 경쟁이 심해지는 직장여건, 속을 썩이던 제자들과 직원 그리고 학부모들, 어느 한 사람 대하기가 쉽지 않고 어느 하나 술술 풀려지는 일이 없다. 수없이 구르고 넘어지면서 깨진 무릎과 흐르는 피를 미처 내려다 볼 겨를도 없었다.

이제는 고통이란 단어를 생각하기조차 싫은데 '고통 없는 삶은 아무 의미가 없다'라는 말을 들은 후로는 삶 자체를 새로운 각도에서 바라보게 되었다. 힘겨웠다고만 여겼던 상황이 삶의 단단한 버팀목이 되어 주고 뼈를 깎는 괴로움이 오히려 좋은 약이 된 경우도 있다.

만약 배고픔을 모르고 성장했더라면 밥이 귀한 줄 몰랐을 것이고, 넉넉한 환경에서 공부했으면 자칫 나쁜 길로 빠졌을 수도 있다. 편안한 군대생활이었으면 내 앞에 닥친 역경들을 이겨낼 수 없었을 것이며, 직장에서 치열한 경쟁이 없었다면 당시의 그 자리에 안주하여 뒤처지고 말았을 것이다.

실은 나를 위해 많은 고통을 감수해 온 사람들을 생각하면 내 고생은 참으로 별스럽지 못한 것이다. 가파른 삶의 고비마다 보호해 주신 어머님, 모든 것을 나에게 떠밀리고 양보하신 누님, 곤궁한 살림을 잘 꾸려 준 아내와 참아준 자식들이 고맙다. 열악한 여건 속에서도 잘 가르쳐주신 은사님들, 대소가 어른들과 형제자매, 이웃 등 내 생애와 관련된 분들의 힘겨운 도움이 없었으면 오늘의 나는 존재할 수 없다.

비단 사람들뿐만 아니라 세상의 모든 것들이 다 그렇다고 할 수 있다. 풀 한 포기와 나무 한 그루도 공기와 흙의 노력으로 자라고, 영롱한 자태를 자랑하는 진주도 조갯살이 찢긴 상처의 아픔으로 만들어진 것이다. 화려한 꽃들과 소담한 열매도 수백 만 킬로미터를 달려 온 빛의 아픔에서 비롯되었다.

이에 비하면 지금 겪고 있는 일들은 하찮은 것인데도 아프다고 괴로워하고 슬프다며 가슴을 쓸어내린다. 학생이 시험을 잘못 치렀다고 고층 아파트에서 뛰어 내리고 기업가가 사업에 실패했다고 강물에 뛰어든다는 소식들을 대할 때면 참담함을 금치 못한다.

등반가가 어둠을 만나서 길을 잃고 절망 속에 빠짐으로써 구원받을 수 있는 캠프를 코앞에 놓고서도 희생을 당했다는 사연과, 나치시절 감옥에서도 희망을 버리지 않음으로써 극적으로 살아남았다는 이야기는 우리에게 좋은 가르침을 준다.

아름답다고만 생각되는 사랑도 슬픔만 남겨진 아픔으로 마침표를 찍을 수 있고 가슴이 메어지게 슬픈 이별도 새로운 기쁨으로 다시 만나게 되는 경우도 있다. 고급 승용차라 할지라도 탄탄대로만 달리는 것이 아니라, 굽이굽이 고개를 힘겹게 올라가야 하기도 하고 출렁이는 다리를 아슬아슬하게 건너야 할 때도 있다.

늙은 독수리가 무디어 버린 부리와 발톱을 피가 나도록 바위에 때려서 뽑아내고 새로 나온 것으로 40여년을 더 산다는 이치를 생각하면서 웬만한 고통은 참을 줄 알아야 한다.

그러고 나면 고통이 클수록 효과가 좋게 나타난다는 이치를 깨달을 수 있을 테니까.

제3장

브라보! 즐거운 인생

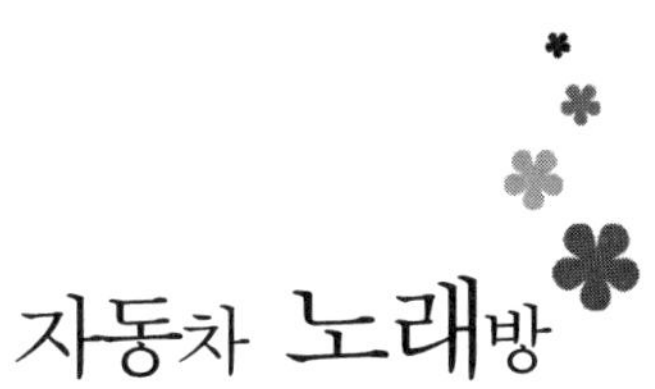

자동차 노래방

오늘 따라 자동차가 유달리 힘 좋게 달리는 것 같고 승차감도 한결 아늑한 기분이다. 차에 오를 분들이 나를 대하면서 지을 표정들을 생각하니 콧노래가 절로 나온다. 평택에서 고향 전의, 그리고 공주를 거치는 동안 함박웃음을 짓는 사촌 누나와 형수, 그리고 친누나가 차례로 차에 오른다. 무엇인지 몰라도 올망졸망한 것들을 손에 들고 있는 품새가 범상하질 않다. 아내가 한 분 한 분 손을 잡고 끌어 올리며 "어서 올라와요." 하면서 짐들을 받으니 반가워하는 눈치다.

이 분들이 보따리에서 은행 구은 것과 호두 깐 것을 꺼내어 내 입에 넣어 주고 옛 향취가 풍기는 동동주 병을 내어 보이며 자랑에 침이 마른다. 5년이나 묶었다는 매실즙과 검정콩을 촘촘히 섞어 빚었다는 설기떡, 그리고 고급양주라며 내 보이며 의미 있는 웃음을 짓는다. 카세트테이프도 덩달아 신이 나는지 '봄날은 간다'의 곡조를 간드러지게 흘리는데 아가씨들의 연분홍 치마가 봄바람에 휘날리는 듯하다.

세 분들은 모두 동갑의 연세에 남편들이 일찍 돌아가시어 홀로 쓸쓸하게 지낸다. 현직에 있을 때부터 함께 모시고 여행을 하고 싶었는데 바쁘다는 핑계로 이제껏 미루어 왔다. 마침 태안에서 꽃 박람회가 열린다고 하여 큰맘 먹고 나섰다. 인파가 몰려 교통체증이 심하고 관람장도 매우 붐빈다는 뉴스를 들으니 칠십이 훨씬 넘어 몸이 성치 못한 노인들을 모시고 갈 걱정에 조바심이 된다.

이리저리 정보를 수집해서 묘안을 짠다. 많은 사람들이 움직이는 시간을 피하기 위해 전날 목적지에서 가까운 홍성에서 숙식을 하고 새벽에 일찍 떠나기로 했다. 온천욕을 한 후 생선회를 대접하는데 동동주와 양주가 어울리니 모시는 입장인 내가 먼저 취하고 신이 나서 덤벙거린다.

거나하게 식사를 마친 뒤에 오색 불빛이 번쩍이는 노래방에서의 즐기는 여흥에 열여섯 처녀(?)들처럼 마냥 즐거워하고 여관방 베갯머리의 도란도란 이야기는 밤 새는 줄을 모른다. 늦도록 잠들을 설쳤는데도 새벽같이 일어나 달리는 차안은 마냥 즐겁다. 개발의 신화가 담긴 천수만 A.B지구와 안면도를 바라보며 새벽바람을 마음껏 들이쉬는데, 테이프에서는 '감격시대'의 미풍이 속삭이고 거리의 사랑은 휘파람을 불어댄다.

어느덧 행사장 입구에 도착하니 우리보다 먼저 온 사람들이 벌써부터 길게 줄을 서있고 입장을 하기 시작하니 웅성거린다. 안내원에게 살그머니 노인들을 모실 방법을 알아보니 6개 동의 시설을 역순으로 구경을 하면 지루하지 않고 편하게 다닐 수 있다고 귀띔을 해 준다.

그 덕에 무사히 관람을 마치고 귀가를 하는데 행사장으로 향하는 차들은 꼬리에 꼬리를 물고 서 있다. 창문으로 고개를 쑥 내밀고 큰소리를 지르는 청년과 운전대에 머리를 얹고 있는 여자와 차에서 나와 길가에 서 있는 노인들이 짜증스러워 보인다. 이런 모습을 바라보자니 짓궂은 승리감에 젖게 되면서도 그들의 처지에 마음이 간다. 저들의 고통을 아는지 모르는지 내 차안에서는 좋다고 손뼉을 치며 '총각선생님'과 '소양강 처녀'의 사랑이야기 노래가 흥겹다.

광천에 들러 젓갈과 햇김을 손에 들려주니 내가 돈을 쓰는 것이 미안하다면서도 자못 흐뭇한 표정들이다. 점심으로 먹은 아욱 섞인 복국 맛이 기가 막혔다는 것을 보니 마음은 어릴 때 고향의 추억들을 더듬고 있는 가보다. 서해안 고속도로를 달리기 시작하는데 '대지의 항구' 노래는 말을 매는 나그네를 보고 달빛이 꿈에 어리는 항구를 찾아 가라며 재촉을 한다. 끊임없이 계속되는 리듬에 맞춰 운전대를 두드리다 보니 때늦은 여행이지만 그래도 참 잘했다는 생각이 든다.

"집에 가야 하늘 같은 남편이 있나, 토끼 같은 자식이 있나, 그러지 말고 친정으로 가지. 내가 공짜로 먹여 주고 재워 줄게."

평택에 당도하니 형수가 농을 건다. 사촌누나는 눈을 흘기면서도 그리 싫지 않은 표정이다. 모두 고향으로 향하게 되니 더욱 신이 났나보다. '오빠생각, 꽃밭에서' 연이어 부르는 노래에 창밖의 나비도 따라서 춤을 추는 듯하다.

앞 도랑에 돌돌돌 흐르는 물소리가 들려오고 연못에서는 물고기들이 솟구치는 형수댁에 당도하니 어머님 품속에 안기듯 평화롭다. 청국장, 더덕구이, 산나물 등 갖가지 반찬이 흐드러지다. 동동주 잔을 기울이며 다시 '동백아가씨' '나그네 설움'은 이어진다. 나이 든 사람들이라고 여겨지지 않을 만큼 음정 박자가 정확한 것을 보니 즐거운 동행은 노약한 심신의 피로도 말끔히 씻어주는가 보다. 잠을 자다 눈을 떠보니 새벽녘인 듯한데도 도란도란 이야기는 그칠 줄 모른다. 동네 연극배우로 출연했던 일과 노래자랑대회에서 입상한 자랑들이 줄줄이 나온다.

이튿날 한 분 한 분을 차에서 내려 드릴 때마다 오는 가을에 한번 더 구경 시켜달라고 어린아이 떼쓰듯 한다. 곰곰이 생각해 보니 내가 들인 시간과 돈보다 저 분들이 기울인 정성이 더 크고 많은 듯하여 언제든지 오케이라며 다짐을 한다.

형수가 건네 준 카세트테이프에서는 가수 이미자가 부른 '기러기 아빠'란 노래가 새어 나온다. 애처롭게 퉁겨지는 기타의 리듬과 가냘프게 흘러오는 아코디언 가락은 애간장을 다 녹인다. 차창 너머로 등이 구부정한 세 분들이 뒤뚱거리며 걷는 모습이 오버랩 되는가 싶더니 순식간에 사라져 버린다. 가슴이 뜨듯해지는가 했는데 나도 모르게 뜨거운 물줄기가 볼을 타고 흐른다.

자동차 속의 노래방 멋도 그럴 듯하다.

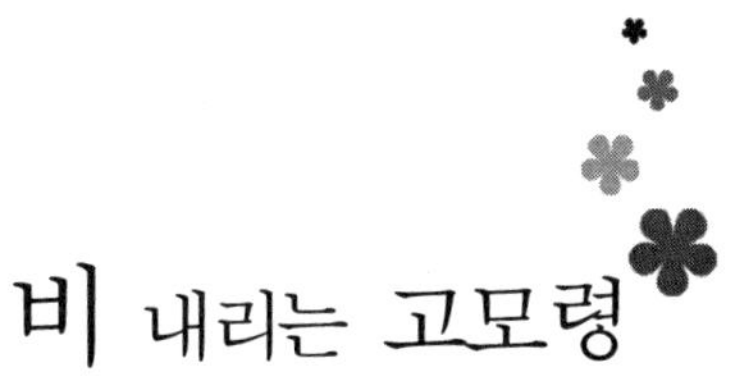

비 내리는 고모령

　이 노래는 8.15 해방 후 유호가 작사를 하고 박시춘이 작곡하여 가수 현인이 노래한 작품이다. 고모령은 대구 어느 곳에 위치한 작은 고개인데 일제 강점기에 징병이나 징용을 당한 아들들과 떠나보내는 어머니들이 통한의 눈물을 흘린 장소라하여 이를 소재로 곡을 만들었다고 한다.

　전쟁터에서 고향에 돌아가지 못하고 어머니를 그리워하는 아들은 스스로 '망향초' 신세를 한탄하면서 이 노래를 부르며 애수를 달랬을 것이다. 아들 걱정에 마음 졸이는 어머니는 수많은 세월을 사립문 밖을 내다보고 또 바라보면서 눈물을 흘렸으리라.

　이렇게 슬프고 아픈 마음들이 오선지 위에 그려졌기에 여러 사람들을 그토록 울렸고 마침내 국민가요가 되었나 보다. 예로부터 오늘에 이르기까지 이와 비슷한 고난을 겪는 남성들은 어머님 생각에 애를 태우며 이 노래를 불렀고, 한이 맺힌 어머니들은 보고 싶은 아들이 그리워 눈물지으며 들었을 것이다.

이런 상념을 떠올리게 하는 가사와 곡조는 세월이 많이 흘렀는데도 부를 때마다 가슴을 저미면서 3절까지 끝내 부르기가 어렵다. 우연히 접한 시집에서 '고모령역 근처에 가면 옛날 어머니의 눈물이 모여 산다.……'고 노래한 구절들을 읽다보니 사람들의 애틋한 마음을 모두 담아내려고 얼마나 애를 썼을지 짐작이 간다.

나 역시 이 곡을 매우 좋아해서 기회가 주어질 때마다 부르게 되는데 이번에 연습곡으로 받아 기분이 더욱 좋다. 학원 원장은 1.2주 전에 가르쳐 준 곡을 내가 나름대로 터득하여 연주가 가능해졌다고 판단되면 다른 곡을 가르쳐 준다. 그럴 때마다 처음 대하는 어려움에 처하기도 하지만 기대와 설렘으로 가슴이 벅차오르는데, 이 노래를 배우기 시작한 후로는 그런 기분이 최고조에 달하는 느낌이다.

아코디언은 대체로 나이든 사람들이 좋아하는 편이나 익히기가 만만치 않은 악기여서 배우려고 결단하기가 좀처럼 쉽지 않다. 그래도 시작하기를 참으로 잘했다는 생각이 들어 별스럽지 못한 실력이면서 때로 자랑을 늘어놓는다.

바람기 하나 없는 잔잔한 호수에서 배를 저어가듯이 은은한 감이 들고 쓰라린 가슴을 쥐어짜는 것처럼 애통하게 우는 것 같은 슬픔을 느끼게 된다. 때로는 누구에게 무언가를 간절하게 호소하는 듯한 감동을 갖게 한다. 그런 음색에 끌려서인지 틈만 나면 악기를 메고 양손으로 눌러가며 흥얼거리기도 하고, 애수의 정서가 짙게 깔린 노래를 연주할 때는 그 속에 푹 빠져 들어가 가게 된다. 요즈음에는 '목포에 눈물' '여자

의 일생', '전선야곡' 등을 연속해서 공부하게 되어 가슴이 더욱 울적했
는데 이번에 또 이런 곡을 대하니 더욱 진한 감정이 일렁인다.

　동우회 회장으로부터 노인병원에 위문 공연을 하자는 연락을 받았다.
어르신들 대상이니 '아리랑'과 '도라지', '황성옛터' 등을 준비하라고 한
다. 비교적 쉬운 곡이기는 하지만 갑작스러운 일이고 처음 대하는 곡들
이라 그날 밤은 물론, 이튿날 새벽부터 시작하여 오전 내내 집중적으로
연습을 하였다.
　멋지게 차려 입은 예쁜 사회자의 멘트로 공연은 시작된다. 강당을 꽉
메운 청중은 몇 명을 빼고는 거의 80대 전후의 노인들이다. 연주할 차
례가 다가와서 긴장을 했는데 그런대로 잘 해냈다. 연이어 가수들의 노
래와 관객의 분위기에 맞는 연주가 진행된다. 팀장이 원숙한 솜씨로
'비 내리는 고모령'을 넘어갈 때는 위문단이나 관객 모두가 숙연해진다.
'이제 나도 웬만한 것 한두 곡쯤은 혼자서 연주할 만도 한데 이 곡을
준비 해 올 걸' 하는 마음에 못내 아쉽다.
　관중석을 돌며 박수를 유도하다가 빈자리에 앉아 본다. 옆에 앉아 있
는 할머니의 손을 살짝 잡으니 빙그레 웃으며 어눌한 말투로 고맙다고
한다. 이 분은 공연 시작 전부터 이상한 행동을 했다. 아무나 보고 히
죽거리고 무대에 정돈해 놓은 의자를 자꾸 가져가는가 하면, 쓸데없이
이러 저리 돌아다니다가 나중에는 보조원들에 끌려가다시피 했다. 모두
마친 후 건강하게 잘 지내시라고 인사를 건네니까 고맙다며 연방 굽실
거리더니 내 귀를 잡아 자기 입에 대고,
　"쌀밥하고 고깃국 끓여 놓을 게 애들 데리고 또 와. 응!"

하며 환하게 웃으며 바가지를 들고 쌀 닦는 시늉을 한다. 갑작스러운 일이라 어안이 벙벙해지는가 싶더니 가슴이 뜨거운 것으로 꽉 차오는 느낌이다.

'오죽하면 처음 보는 나에게 이럴 수가 있을까. 두고 온 자식들과 이웃들이 얼마나 보고 싶어서 저러나.' 하고 생각을 하니 안쓰럽기만 하다.

다음 공연 때는 멋지게 독주를 해 보겠다고 다짐하며 건반과 코드를 더듬어 간다. '어머-님의 손을- 놓-고 떠나-올 때엔 /부엉새도 울었다오 나도 울었-오……'

다음에 내가 이 곡을 연주하면 그 노인이 먼저 울까. 아니면 내가 먼저 울게 될까.

흑인 영가보다 더 슬픈 노래

　지하철에 올라 자리를 하고 있는데 하얀 단발머리를 단정하게 빗은 할머니가 꼬부랑 할아버지의 손에 잡혀 오르더니 맞은 편 좌석에 앉는다. 동그란 얼굴 바탕에 까만 눈과 오뚝 솟은 코와 도톰한 입술과 갸름한 턱을 갖춘 것을 보니 젊었을 때에는 꽤나 예뻤을 듯싶다.

　갑자기 숙였던 고개를 번쩍 들고 나를 뚫어지게 쳐다보는 바람에 흠칫 놀라 차창과 바닥을 번갈아 보다가 슬그머니 훔쳐본다. 여기저기 두리번거리면서 누군가를 찾는가 싶더니 두 손을 가지런히 모아 무릎 위에 올려놓는다. 그것도 잠시 손가락으로 무언가를 가리키면서 노래를 부르기 시작한다.

　'돌아와요 부산항에……."를 시작으로 이어지는 나지막한 노래를 듣고 있자니 소설 속에나 등장함직한 그림들이 머릿속에 그려진다. 무남독녀인 이 여자는 일곱 살 때 할머니로부터 노래를 배웠다. 아버지는 외항선을 탔었는데, 어느 날 갑자기 사라지더니 일본여자와 딴 살림을 차렸다. 생과부 신세가 되어버린 어머니와 함께 어둠의 나날을 보내는데 잊어버릴 만하면 집에 들르곤 했으나 눈 한 번 바로 뜨지 않으며 말 한마디도 따스하게 건네주지 않는다.

찌든 살림에 입에 풀칠하기도 힘든 터에 그래도 남자랍시고 정성스럽게 차려 준 보리밥상 앞에서, 모래 씹은 얼굴로 반찬 투정을 하곤 하다가 어디론가 또 훌쩍 떠나 버린다. 결국 작은 부인에게 버림을 받고 거지꼴이 되어 돌아 온 주제에도 두 모녀를 무던히도 괴롭히더니 끝내 욕된 세상을 마치고 만다.

여인은 노랫말 속에 등장하는 오륙 도의 검푸른 파도를 생각하는지 차창 위에 붙어 있는 남해안 청정해역 홍보 그림을 곧바로 쳐다보며 흥얼댄다. 섬마을 집에서 시집 갈 자기의 혼수 바느질을 하며 청승맞게 부르던 친정어머니 생각을 하고 저러나? 아니지 소름 끼치도록 무서웠고 꼬집어 주고 싶을 정도로 미웠던 아버지에 대한 원망을 한꺼번에 떠내 보내려는 것이겠지.

"미워도 한 세상 좋아도 한 세상……."

나이도 어린데 살림살이가 힘들어 숟가락 수를 줄일 양으로 일찍 시집을 보내게 된다. 벙어리 삼년, 귀머거리 삼년만 버티면 된다는 당부 위에 덮쳐오는 시집살이는 더욱 커져만 간다. "세월 따라 구름 따라……." 이 대목에서 스르르 눈을 감는 것을 보니 미워도, 좋아도, 그저 거짓 몸짓으로 살아 온 세월의 굴곡을 더듬고 있으리라.

갑자기 벌떡 일어나더니 큰소리를 지르며 발을 탕탕 구른다. 남편이 잡아당기는 손을 뿌리치며 "노세, 노세 젊어서 노세……." 빠른 속도로 손뼉을 친다. 양가 부모들을 하늘나라에 떠내 보내고 호박 넝쿨처럼 매달렸던 자식들도 품에서 벗어났다. 쇠한 몸을 이끌고 굶주리며 그들을 돌보느라 자신의 삶을 잃어 버렸던 허무한 나날을 이참에 새로이 헤집어 보고 더듬어 대나 보다.

모든 짐에서 벗어났다는 후련함인가. 아니면 아직도 자기를 박대한 남편에 대한 원망스러운 마음을 씻어 버리려는 안간힘인가. 갖은 세파를 겪는 동안 다리 한 번 제대로 못 뻗고 가슴 한 번 쓸어내릴 겨를도 없었다. 이제 칠십 고개에 올라서면서 모든 것 다 벗어 놓게 되었으니 실컷 뛰며 놀아 보고도 싶겠다.

그를 바라보며 머릿속으로 이런저런 이야기를 꾸미는 동안 차내는 더욱 붐비는데 시선은 모두 그에게 쏠린다. 손을 꼭 잡고 넋을 잃은 양 천정만 바라보던 남자가 아는 사람들을 만난 것 같다. 모두들 걱정스런 눈으로 바라보는데 아내가 그 동안 우울증을 앓아 왔는데 이제는 치매 현상까지 나타나서 대학병원에 간다며 자기가 죄인이 된 양 머리를 긁적인다.

"여보! 어서 출근해야지. 늦겠어. 당신 오늘은 이 넥타이를 매면 어떨까?"

허리에 맨 보자기 끈을 풀어 남편의 목에 댄다. 기가 막히는지 넋 나간 듯 우두커니 허공만 바라보다가 아내의 입술에 묻은 거품을 닦아주며 흐트러진 머리칼을 정성스럽게 매만져 준다.

노래를 되풀이 한다. "꽃피는……." "미워도……." "노세……." 병원이 가까워 오자 일으켜는 손에 매달려 질질 끌려가면서 또 불러댄다. " 며

칠 후 며칠 후 요단강 건너가 만나리.……"

한국 여인들의 한을 모두 다 풀어 버리기라도 하듯이 털어내는 가락
들은 흑인들이 목화밭에서 피를 토하듯이 불렀다던 영가보다 훨씬 더
슬프게 들려온다.

수인(囚人)들의 찬양

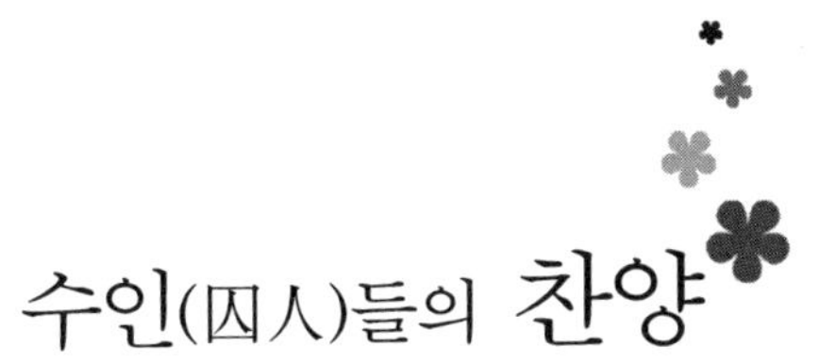

"나 같은 죄인 살리신 주 은혜/ 잃었던 생명 찾았고 광명을 얻었네……."

300여 명의 사람들이 넓은 강당에 모여 성가를 부른다. 사회자의 인도에 따라 이어가는데 착 가라앉은 음성이 분위기를 더욱 무겁게 한다. 찬양을 이끄는 목소리가 뜻하지 않게 음정이 맞지 않아 듣는 이가 불편할 정도다. 따라 부르는 관중의 노래도 방향을 잃은 듯하여 조마조마한데 드디어 음정과 박자가 뒤틀려간다. 이를 알고 있는지 아예 모르는지 인도자는 손바닥으로 연설대를 두드리니 쫓아가는 이들은 손뼉과 무릎을 치니 장단이 잘 맞지 않는다.

이곳에 수용되었다가 출소된 성도의 안내에 의해서 4인조 'OK BAND' 악단의 연주가 시작된다. "나 같은 죄인 살리신/ 사랑으로/ 살아 계신 주……." 대학부속병원장의 알토색소폰과 인테리어 사장의 테너색소폰의 멜로디가 잘 어울린다. 내 아코디언에서 흘러나오는 애잔한 음색과 음악 교사이었던 멤버가 튕기는 베이스 기타의 묵직한 반주가 그런 대로 조화를 이룬다.

죄수들 중에 질환을 앓고 있는 사람들을 수용하고 있는 법무부 치료 감호소에서 예배를 드리는 장면이다. 'OK BAND', 어려운 사람들의 시름을 시원스레 풀어주자는 의미에서 합의된 작은 악단이다. 모두가 하나님을 믿는 사람들이라 불우한 이들을 도와주자는 의도에서 의기투합한 것이다. 창단한 지 얼마 안 되어 두어 번 맞추어 보았을 뿐인데 연주할 기회가 찾아와서 오늘 처음으로 이 무대에 섰다.

연주를 마치고 의자에 앉아 예배를 드리고 있는데 바로 옆 여자 석에서 훌쩍이는 소리가 나서 고개를 돌려보니 가녀린 젊은이다.

'어쩌다 이곳까지 왔을까. 얼마나 괴로울까. 부모는 계신가. 결혼은 했는가. 무슨 잘못을 저질렀기에 …….'

별의별 생각이 다 나는데 그 옆에 나이가 들어 보이는 중년여자의 눈가에도 물기가 비친다. 설교를 하는 목사님도 감동이 되었는지 준비한 원고를 뒤로한 채 즉석 말씀을 이어가니 믿음의 과정이나 결과에 대한 설명이 가슴에 와 닿는 듯하여 코끝이 찡해온다.

어디선가 "아멘!, 아멘!" 소리가 크게 들려 바라보니 건장한 청년이다. 설교 중간에 연거푸 추임새를 넣는 음성에 힘이 많이 들어가 있다. 자기를 힐끔힐끔 쳐다보는 이들을 의식하지 않고 소리를 더욱 높여간다. 환자복 위에 솟아 오른 앞가슴이 근육과 불끈 솟은 주먹이 예사롭질 않다.

무술을 단련한 무도인의 정도를 따르느라 사기꾼들의 시비도 비켜가려 했을 것 같고 폭력배들의 매질도 참고 또 참느라고 힘들었을 것이라는 상상을 해 본다. 불끈거리는 주먹만 만지고 또 만지다가 마침내 분통을 터트렸을 것이라고 돌려 생각을 해보지만, 귀티 나는 그가 흉악한 범죄를 저지르고 이곳에 와 있다는 사실은 좀처럼 이해가 되질 않는다.

슬그머니 그의 옆자리에 앉아 본다. 여러 사람들이 쳐다보는 데도 계속해서 의자를 두드리는데 나와 눈이 마주쳐지니 싱긋이 웃는다. 푹 엎드린 채로 어깨를 흔들며 기도를 하더니 목사님의 축도가 끝났는데도 고개를 숙인 그대로이다. 잔잔하게 흔들리는 등을 쓰다듬으며 손을 잡으니 그도 힘을 준다. 쳐드는 얼굴을 바라보니 콧물과 눈물이 뒤범벅인데 주먹으로 눈물을 훔치더니 다시 손뼉을 치며 흥얼거린다.

늦은 밤에 나는 이 글을 쓰면서 그들이 있을 그 곳을 향하여 달려가 본다. 자신이 부르는 노래의 음정이 잘 맞지 않는 줄도 모르고 열심히 찬양을 인도하던 사회자, 사랑하는 애인 생각에 잠을 이루지 못할 가녀린 처녀와 집에 두고 온 자식들 생각에 애간장을 태울 여인이 안쓰럽다. 벅찬 감정을 누르지 못하고 의자를 두드려 대던 젊은이는 지금쯤 무엇을 생각하며 어떤 모습을 하고 있을까.

서러운 몸짓과 후회의 눈물과 가슴의 멍울을 토하는 듯하던 노래 소리, 그리고 정결한 마음을 담아 두 손을 모으고 기도를 하던 모습들이 창문 너머로 연달아 달려간다.

실향민을 위한 노래

'고향이 그리워도 못가는 신세/ 저 하늘 저 산 아래 아득한 천리/ 언제나 외로워라 타향에서 우는 몸…….'

머리가 하얀 노파가 한숨을 쉬며 눈물을 훔친다. 의자에 앉아 지팡이를 짚고 있는 영감의 굵은 주름에도 물기가 흐르는데 예서제서 한숨 소리가 들려온다. 어디서나 흔히 볼 수 있는 우리들의 고향사람들 모습이다.

'고향!'

언제 불러도 엄마 품속 같다. 부드럽고 따스하며 아늑한 거기, 바로 그곳이다. 그래서 보고 싶고 가고 싶으며 안기고 싶은 품이다. 소년 소녀들이 저마다 아름다운 꿈을 꾸던 둥지이고 처녀 총각들이 나누던 애틋한 사랑의 온기가 남아 있는 아지트다. 힘겨운 품앗이 가래질로 긴긴 봄날의 보릿고개를 넘기고 온 식구의 밥줄이 매달린 물꼬 싸움도 아량으로 덮어가며 땡볕 여름을 보냈다. 가을 떡에 사랑을 얹어 토담 위로 넘겨주고 도란도란 사랑방 이야기로 겨울밤 새는 줄을 모르던 데가 바로 거기다.

이렇게 따뜻한 정을 나누던 보금자리가 어느 날 갑자기 개발이라는 이름 아래 깊은 물속에 잠겨 버리고 말았다. 문전옥답은 수십 길 물속에 묻히고 양지바른 뒷산에 모셨던 조상들의 유골은 불에 태워 버렸다. 모든 것을 송두리 채 잃었는데도 항의 한마디 못하고 그저 꿀꺽꿀꺽 눈물만 삼켜야만 했다. 고향을 지키겠다며 큰 맘 먹고 귀향한 젊은이들은 도루 도시로 가 버렸는데, 갈 곳 없는 노인들만 남아서 정부에서 마련해 준 비탈진 땅만도 감지덕지하며 둥지를 틀었다.

바로 전라북도 산골마을, 댐 건설로 정든 고향에서 밀려난 사람들이 살고 있는 터전이다. 오늘 그곳에 있는 경로당에 위문 공연을 하러 갔다. 80세 된 노인회장이 안내 방송으로 사람들을 불러 모으고 전화로 재촉을 한 끝에 공연장을 가득 메웠다. 젊은이는 한명도 보이지 않는데 바로 옆에 위치한 면사무소에서 나온 50대 중반의 면장이 가장 어린 편이다.

준비해 간 음료와 과일과 떡을 내려놓으니 고맙다며 반긴다. 남녀유별의 전통은 여전하여 따로 모여 음식을 나누는데 정겨움이 모락모락 솟아오른다. '울어라 열풍아, 여자의 일생, 목포의 눈물…….' 이들 세대에 유행했던 곡들이 흐르니 박수를 친다.

내가 소속된 '바람과 소리' 악단은 창단된 지가 얼마 되지 않아 오늘 첫 번째 연주를 하러 나섰다. 아코디언 셋과 색소폰과 키보드가 각각 하나씩, 그리고 무명 가수 두 사람으로 구성된 미니 악단이다. 마땅한 장소가 없어 회원이 운영하고 있는 분재원의 비닐하우스 속에서 석유냄새를 맡아가면서 열심히 훈련을 했다. 연주 수준이 신통스럽지는 못하지만 어려운 사람들에게 작은 도움이라도 주자는 뜻에서 힘을 합쳤기에 모두가 열심이다.

단원들 모두가 하마 틀릴세라 성심을 다하여 합주를 한다. 사회자는 언제 그렇게 준비를 했는지 이어지는 곡마다 그 배경을 설명하는데 매우 진지한 자세다. 식당을 경영하는 가수가 감기로 목이 쉬었는데도 음정과 박자를 맞추며 진지하게 노래를 부르는 것을 보니, 아마 실향민의 서러움이 가득 드리워진 이 곳 분위기에 마음이 움직였나 보다.

공연을 펼치는 단원이나 관람을 하는 노인들의 마음이 한데 어우러지니 흥이 한껏 돋우어진다. 테너 색소폰의 구성진 멜로디가 타향살이 아픔을 토해내고 애처롭도록 가녀린 아코디언 곡조는 뽕을 따던 아가씨가 서울로 가버린 사연을 써 내려간다. 다양한 화음을 뿜어내는 전자 오르간의 멜로디가 박달재를 울면서 넘어가는데 궂은비는 숨을 죽이며 주룩주룩 내린다. 반짝이 옷으로 말끔하게 단장한 가수가 고향 잃은 슬픔을 구성지게 담아내니까, 고향 떠난 나그네는 서러움에 복받쳐서 목이 멘다. 그 속에 관중들의 웃음과 박수소리가 섞여지니 훈훈한 분위기가 무르익어 간다.

여든 두 번째 생일을 맞았다는 등 굽은 노인이 노들강변 노래에 맞춰 백사장에 휘휘 늘어진 가지를 부여잡고 덩실덩실 춤을 추니까, 아르헨티나로 이민을 갔다가 생일을 축하하러 왔다는 막내딸은 '아빠하고 나하고 만든 꽃밭에'란 동요를 부르며 사뿐사뿐 몸짓으로 애교를 떤다.

정든 고향의 산과 들을 송두리째 물속에 묻어버린 이들의 한 맺힌 눈길은 마침내 허공을 떠도는데 공중을 가르는 손뼉소리는 서러움을 한 꺼번에 쏟아낸다. 어떤 음정이 이들의 쓰린 가슴을 보듬어 줄 수 있으며 어느 박자가 서럽게 굽어진 등들을 어루만져 줄 수 있으랴만 그래도 악기의 선율은 애절하게 흘러만 간다.

'대전블루스'와 '이별의 부산정거장'을 끝으로 행사를 마치려는데 한 곡 더 청하는 바람에 '나에 살던 고향은 꽃피는 산골/ 뜸북뜸북 뜸북새………'가 이어진다.

면장이 나와서 인사를 하더니 우리끼리라도 단합하여 잘 살아보자며 '희망의 나라'를 부르니까 모두들 일어나서 몸을 흔드는데 그 가사와 멜로디가 각별한 의미를 더 얹어준다.

내년에는 이분들이 덩실덩실 춤을 추며 부를 수 있는 아름답고 희망찬 노래들을 더 많이 준비해야겠다.

황실타운 애가

가슴이 답답하더니 두근거리고 머리털이 서는 것 같기도 하며 앞이 흐려졌다 밝아졌다 한다. 작은 키에 끈이 길다란 가방을 멘 노인이 운전대 앞으로 다가오며 환하게 웃더니 점점 멀어진다. 반가운 마음에 눈을 비비고 다시 보려는데 어디론가 자취를 감추어 버린다.

평소 내가 존경하며 따르던 은사님 댁 근처에서 신호를 대기하고 있는 중이다. 대전시 서구 월평동 황실 타운 아파트 102동 1103호, 그곳에 가면

"자네 왔군. 어서 오게"

하고 반갑게 맞이하셨다. 그렇지만 지금은 그런 말씀을 들을 수 없다. 얼마 전에 하늘나라로 이사를 하셨기 때문이다.

떠나시기 이틀 전에 저녁식사를 하자고 하실 때에 뵙지 못한 것이 얼마나 후회스러운지 모른다. 마침 노인 병원 위문 공연을 하려고 회원들과 온종일 연습을 하고서 오후에 공연을 마친 다음에 돌아 온 터라,

힘들고 피곤하다는 핑계로 마지막으로 주시려는 사랑의 복을 스스로 차 버린 셈이다.

달포 전에 예산에 사는 선배가 은사님을 뵙고자 하여 내가 안내를 맡았다. 칠십 중반의 노인인 제자가 넙죽 엎드려 큰 절을 올리니까 빙 그레 웃으시며 고개를 숙이시는 은사님의 모습이 참으로 정겹게 보였 다. 지리산 토종꿀이라며 고급스럽게 포장한 보따리를 풀어 놓고 용돈 에 보태 쓰시라며 봉투를 손에 쥐어 드리니까, 마음으로만 받겠다며 극 구 사양하시며 실랑이를 벌이는 광경 또한 보기에 좋았다.

두 분에게 점심을 대접했더니 선배는 자기가 관광해설사로 일하고 있는 수덕사를 구경시켜드리겠다며 초대를 했다. 대접해 드릴 음식점을 알아 놓고 장수한다는 뽕나무 지팡이도 직접 깎아 놓았다며, 빨리 모시 고 오라고 연락이 왔었는데 내가 그만 입원을 하는 바람에 약속을 이행 하지 못했다.

"비록 지친 상황이라 해도 부르실 때 달려갔어야 했고 몸이 완쾌되지 않았을지라도 틈을 내어 언약을 지켜야 했어요."

나무라는 아내의 말이 나의 마음을 더욱 아프게 한다.

은사님은 원래 영어 교사로 봉직하시면서 글쓰기를 즐기시어 한국 문단의 원로 수필가로 존경을 받았다. 나도 퇴직을 한 후에 문학 공부 를 시작했는데 글을 쓰는 기본적인 요령을 가르쳐 주셨다. 그런 후로도 맞춤법이나 오·탈자만 지적을 해 주실 뿐이지 글의 주제나 내용 등에 대해선 별로 말씀을 하지 않으셨다. 그럴 때마다 불만스러워서 툴툴거 렸는데 나중에 생각을 해 보니 내가 홀로서서 독창적으로 좋은 글을 써 가기를 바라시는 깊은 뜻을 미처 몰랐던 것이다.

만나 뵐 때마다 좋은 글을 쓰라고 격려하시며 내 글이 문예지에 실릴 때마다 칭찬을 해 주시곤 하셨다. 지난 스승의 날 즈음에 식사를 하시면서 어서 책 한 권 더 만들라고 채근하셨는데, 이제 새 책이 나온다 해도 칭찬해 주실 분이 안 계시니까 소용없으니 안타깝기만 하다.

"여보게 어디 갔다 이제 왔나. 나 죽을 뻔 했네. 참으로 내 평생에 이렇게 아픈 적은 없었던 것 같았어."

작년 가을에 나 보고 말씀하실 때 벌써 병환이 깊으셨던 것 같다. 커다란 집에서 그런 고통을 당신 혼자서 감내하시느라 얼마나 힘드셨을까. 그럼에도 오히려 나의 건강을 더 염려해 주셨으니 고맙고도 죄송스러울 뿐이다.

은사님께서 세상을 떠나셨다는 소식을 처음으로 접했을 때는 이 분의 정결하고 진실된 삶을 소재로 '장수의 비결'이라는 글을 쓰고 있었다. 인자하셨던 모습을 떠올릴수록 모시고 지내온 날들이 새록새록 생각이 난다. 일본 아이들과 함께 공부를 하실 때에 국가대항전(?) 씨름 시합을 한 이야기는 단골 메뉴였다. 단신임에도 불구하고 상대편을 연이어 다섯이나 연거푸 넘어뜨렸다는 무용담을 되풀이하실 때마다 신바람이 나셨다.

세계 제2차 대전 때는 학도병으로 끌려가 갖은 고생을 다 하시다가 견디다 못해 탈출 계획을 주도하다가 발각되어 서대문형무소에 갇혀서 심한 고초를 당하셨다고 한다. 이를 기념하여 김수환 추기경 등 당시 함께 했던 분들과 세우셨다는 조국수호비의 사진을 가리키시며 요즈음 젊은이들의 애국정신에 대해서 걱정을 하셨다.

대전 근교의 경치 좋은 곳을 찾아 산책을 즐기게 하시고 시내의 이

름난 음식점에도 데리고 가셨으며 효험을 보았다는 병원도 안내해 주셨
다. 작년 봄에 조치원 고북저수지 언덕에 있는 '구름나그네'란 식당에서
매운탕을 대접했을 때는 매우 기뻐하셨다. 바로 발 아래의 물 위에서
청둥오리들이 노니는 정경을 내려다보시며 마치 스위스 제네바에 있는
레만 호에 온 것 같다며 좋아하셨다. 식사를 마친 후에 복사꽃과 배꽃
이 즐비한 언덕을 넘으시며 지으시던 환한 얼굴과 비닐하우스 속에 쪼
그리고 앉아서 빨간 딸기를 입 안에 넣고 우물우물하시던 모습이 그립
다.

　때로 나의 언행이 못마땅하다 싶으면 완곡하게 충고를 하시고 다른
사람이 화를 내어도 조용히 말씀을 하시며 상대를 진정시키려고 하셨
다. 남에게 신세를 많이 짓거나 속된 언행으로 지탄을 받으면 죽어서
천국에 갈 수 없다며 바르게 살아가야 한다는 교훈도 주셨다. 어떤 경
우라도 도리에 어긋나는 언행을 하지 않으려 하시고 폐가 되는 일은 더
욱 마다하셨다.

　은사님은 이렇게 많은 것들을 몸소 행동으로 가르쳐 주신 스승님이
면서 나를 당신의 아들처럼 사랑해 주신 아버지 같은 분이시다. 어렸을
때에 고향 앞산에 우뚝 서서 늘 나를 지켜주던 큰 바위처럼 믿고 기대
며 따랐는데 이제 누구를 의지하며 살아가야 할지 모르겠다. 이렇게 빨
리 떠나실 줄 알았더라면 조금이라도 잘해 드렸어야 했는데 …….

　황실타운아파트 앞을 지나가자니 그리움이 밀물처럼 몰려오는데 옆
의 차에서 들려오는 구슬픈 멜로디가 내 가슴을 더욱 아프게 한다.

표정 없는 얼굴들

휠체어를 탄 수십 명의 노인들이 보조원들의 도움으로 입장하고 좌우 열을 맞추어 정돈한다. 지나온 세월이 몽땅 얹혀진 듯이 몇 줌 안남은 흰머리가 가냘프고, 병마에 시달린 흔적이 주렁주렁 매달린 주름살이 슬퍼만 보이는데, 이런저런 걱정이 얼기설기 서려 있는 수척한 얼굴 또한 쓸쓸하다. 어딘지 알 수 없는 먼 나라를 향해 끝없이 달려가고 있는 윤기 잃은 시선들은 이래도 저래도 모든 것을 그저 내맡겨 버린 듯 덤덤하고 무표정한 모습들이다.

사회를 맡은 근무요원이 마이크를 잡는다.

"어르신들, 오늘이 며칠이죠?"

"……."

잠시 침묵이 흐르더니 누군가 "1월 12일!" 외마디 소리를 지른다. 이어서 무슨 요일이고 날씨는 어떤지 질문을 던지며 답을 맞힌 사람에게는 커피를 뽑아 주고 우유를 선물하겠다며 떠들어도 아무런 대꾸가 없다. 이런 분위기를 일깨우려는 듯이 말쑥하게 차린 여자 원장이 단상에 올라가 어린양을 부리며 갖은 애교(?)를 다 떨어도 도무지 따라 웃는 이가 없다.

무대 위에서 이런 광경을 내려다보고 있자니 가슴이 뭉클해지고 숨이 벅차 온다. 눈앞이 침침해면서 휠체어 바퀴들과 하얀 머리들이 내 앞으로 몰려오는가 싶더니 곧바로 가물가물 멀어져 간다. 사방이 점점 더 어두워지는 듯하더니 돌아가신 집안 어른들의 모습이 하나 둘씩 나타난다. 반가운 마음에 주먹으로 눈을 부비고 자세히 바라보려는데 어디론가 사라지고 감색 조끼를 입은 보조원들의 얼굴만 하나 둘 보인다.

진행 순서에 의해 단골메뉴인 '행복이란' 곡을 합주하고, '대전 부르스' '단장의 미아리 고개' 등 계속해서 독주와 협주가 이어지는 데도 관객들은 여전히 미동도 않는다. 구성진 옛 노래의 가락이 흥겨워 웃기도 하고 따라서 손뼉을 칠 수도 있으며, 때로 서러운 마음에 눈물을 흘릴 만도 한데 어쩐 일인지 아무런 반응이 없다.

'저분들은 지금 무슨 생각을 하고 있을까? 음악 소리를 듣기는 하는 걸까.'

모두가 멀뚱하게 바라만 보고 있으니 이런 생각이 들고 마음이 착잡해진다. 세상을 하직할 날이 머지않았다고 모든 것을 체념하고 있는 것이 아닌가하고 생각되고, 첩첩산중에서 병마에 시달리고 외로움에 지쳐 모두가 귀찮을 것이라는 느낌도 든다.

어쩌면 흐르는 가락들에 대한 관심보다는 아들과 손자와 며느리와 오순도순 모여서 당신이 만든 김치와 청국장에 윤기 흐르는 쌀밥을 맛있게 먹던 일을 그리고 있을지도 모른다. 영감님과 함께 소파에 앉아 텔레비전의 오락 프로그램을 즐기던 생각을 할 수도 있고, 예쁜 손가락이 춤을 추듯 연주하는 손녀의 피아노 반주에 따라 애잔하게 이어가던 손자의 바이올린 선율을 듣고 있을지도 모른다.

보고 싶어도 어쩔 수 없는 가족들 생각에 넋을 놓고 있는 것 같다는 마음에 안쓰럽고 이 행사에 할 수 없이 끌려 왔지만 자신의 몸을 제대로 가눌 수조차 없다. 구석구석까지 저며 오는 통증 때문에 음악소리는 커녕 스스로 신음소리를 삼키고 있을지도 모른다는 생각에 가슴이 아려 온다.

억지로 박수를 유도하던 원장은 무표정한 관람 태도가 마치 자기 잘못 때문인 것처럼 생각되는지, 미안함을 떨치기라도 하려는 듯이 옆에 서 있는 보조원들의 손을 잡고 덩실덩실 춤을 춘다. 무대에서 내려 온 나도 그들 속에 슬그머니 끼어 들어가 박수를 치며 몸을 흔들어 본다. 중간에 앉은 할머니 앞으로 가서 손을 잡고 춤을 추는 시늉을 해보니 허공만 바라볼 뿐이다. 휠체어 속을 돌아다니며 손을 꼭 잡아 주고 등을 두드려 주어도 모두들 멍하니 앉아만 있다.

몸이 비교적 온전하다 싶은 노인의 손을 어루만지며 장단에 맞추어 주니 싱긋이 웃으면서 내 손을 꼭 잡고 따라 흔드는데 거칠고 뻣뻣한데도 따뜻하다. 춤을 추자고 일으키려니까 숨을 몰아쉬며 손을 내젓는다. 작은 몸짓을 잠깐 동안 했을 뿐인데 이마에 송송 땀이 난 것을 보니 힘이 부쳤나 보다.

공연이 끝나고 휴게실에서 만난 근무요원에게 면회 오는 사람들이 얼마나 되느냐고 물어보니 근무한 지 6개월이 넘었는데도 지난 추석 무렵 딱 두 사람만 다녀갔단다. 어쩌면 병약한 부모를 이곳에 두고 그

럴 수가 있단 말인가. 하도 기가 막힌 일이어서 남의 일 같질 않다

요즈음 노인 요양병원 등의 각종 시설이 늘어서인지 내 주위에서도 이런 곳으로 향하는 이들이 하나 둘씩 늘어만 간다. 아무도 찾아 주지 않는 적막한 방에서 쓰디 쓴 고독을 혼자서 머금고 세월을 깎아가며 살아가는 그분은 얼마나 외로울까. 이 시대의 노인들은 너나 할 것 없이 이런 곳으로 갈 짐을 싸야 한다는 생각을 하니 가슴이 답답하다.

머릿속에 남아있는 무표정한 얼굴들이 쉽사리 지워질 것 같질 않다.

꼬마들의 콘서트

두 살짜리 꼬마가 음악에 맞추어 엉덩이에 양손을 대고 거위처럼 뒤뚱거리더니 손을 앞으로 모으고 물방개처럼 빙글빙글 돈다. 팔을 가슴에 엇갈려 대고 으쓱거리고 잠자리가 훨훨 나는 시늉을 하기도 하며 개구리가 펄쩍 뛰는 모양도 한다. 박수를 쳐주면서 "와르르" 웃으니까 내게 달려와서 담뿍 안긴다.

"오늘 할아버지를 즐겁게 해드리기 위해서 준비를 했습니다. 귀엽게 봐 주세요. 모두 경례!" 하니까, 한 목소리로 "할아버지 축하드려요." 하며 큰절을 한다. 꼬마도 따라서 배꼽 인사를 하니까, 장내는 다시 웃음바다가 된다.

사회자가 안내에 의해 열 살짜리 사내아이가 '당신은 사랑받기 위해 태어난 사람'을 리코더로 연주한다. '바디워십'과 '오직 예수' 합주에 이어 큰 아이들 남매의 'habanera'와 '베토벤의 비창'의 바이올린과 피아노 독주가 이어진다.

다음 준비를 하는 동안 내가 아코디언으로 찬양과 옛 노래를 연주하니까, 잘한다고 박수를 치고 환성을 지르며 허풍을 떤다. 반주기에서 상쾌한 가락이 흐르니 작은 꼬마의 율동은 다시 시작된다. 발뒤꿈치를 들썩거리며 앙증스럽게 몸을 마구 흔드는 폼이 귀엽다. 왈츠음악이 나오자 두 손녀가 나비가 춤추듯 발레를 하고, 빠른 음악이 들리니까 손자들은 비 보이의 춤을 추는데 보통 솜씨가 아니다.

2부 공연에서 큰 손자가 'royal cat blues, heart takes flight'를 큰 손녀는 '베토벤 비창 제 3악장'을 연이어 연주하니 탄성이 나온다. '어버이 은혜'를 바이올린, 피아노, 리코더 4명 합주로 음악의 끝을 맺고 이어서 태권도 시연이 펼쳐진다. 4명이 단체로 절도 있게 품세를 보여 주더니 지르기와 발차기가 이어진다.

사회자의 안내에 따라 각기 준비한 선물들을 내 가슴에 안겨 주고 사랑한다며 껴안는다. 선물 속에 들어있는 짧은 축하의 말들이 고맙다. 귀염둥이 작은 손녀는 '할아버지 생신 축하해요.', 유독 정이 많은 둘째 손자는 '할아버지께! 생신 축하드려요. 사랑해요 ♡'라고 썼다. 의젓하게 시를 적은 큰 손녀도 대견스럽다.

할아버지

'할아버지 얼굴을 가만히 생각해 보면
언제나 인자한 웃음을 가득 머금은
주름투성이 얼굴이 먼저 떠오릅니다
따뜻하게 감싸주시는 난로 같은 할아버지

하나님 같으신 할아버지
그 모습을 존경하며 마음속으로 새겨봅니다.
비록 주름투성이일지라도
나에겐 세상에서 가장 따듯한 얼굴입니다.
할아버지 고맙습니다
존경합니다.
고맙습니다.
정말로 ♥ 해요.

다른 봉투를 여니까,
'할아버지 저 큰 손자예요. 69번째 생신을 축하드려요. 짝짝짝! 제가
어렸을 때 현충원 박물관을 구경시켜 주시고 할아버지가 근무하시던 사
무실에서 사진을 찍어 주신 것 잊지 못해요. 할아버지 사랑해요~!!!~
♡ I love You'

적은 다음에 내가 즐겨하는 아코디언을 크게 그렸다. 그 옆에는 「사
랑, 감사, 존경」을 상징하는 나무 열매들이 주렁주렁 열렸다.

녀석들 모두가 다시금 내 가슴과 등을 끌어안고 힘을 주고 사랑한다
며 각기 볼에 또 뽀뽀를 해 준다. 작은 손녀는 내가 글을 쓰는 사람인
줄을 알고서 그랬는지 볼펜을 두 다스나 넣었다. 큰 손녀는 조엘 오스
틴이 쓴 「새벽이 하나님을 만나라. 긍정의 힘」을, 큰손자는 이어령이
쓴 「지성에서 영성으로」 라는 책을 담았다. 그렇지 않아도 갖고 싶었던
참인데 반갑다. 함께 한 사람들이 참으로 기특하다며 칭찬들을 하는 바

람에 코끝이 시큰해진다. 마지막 인사가 끝나면서, 출연료라며 지폐 한 장씩을 나누어 주니까 예서제서 협찬을 한다.

'축 ♡할아버지 생신♡ 축'이라고 써 붙인 글씨가 훨씬 크게 느껴진다. 언제가 내 생일인지도 모르고 바쁘게 지나왔는데 이렇게 환대를 받고 보니 흐뭇한 마음이 든다. 늘 나만 외롭고 슬프며 괴로운 줄만 알았는데, 나처럼 행복한 사람도 그리 흔하지 않을 듯싶다.

오늘 내 생일! 인생의 고개 마루턱에서 살아 온 날들을 뒤돌아보자니 여러 사람들에게 많은 사랑을 받아 온 것 같다. 오늘 이 아이들에게 좋은 것을 많이 배웠으니 나도 아이들에게 나누어 주어야 할 텐데…….

꼬마들의 콘서트는 내게 많은 것을 생각하게 하는 좋은 계기가 되었다.

우물쭈물 하지 말고

'저기 가는 저 양반 꼬부랑 양반/ 우물쭈물 하다간 큰 일 납니다.'란 노랫말처럼 급한 상황 속에서 빠르게 판단을 해야 할 때에 갈팡질팡하면 일을 그르친다. 신속하게 결정하고 서둘러 실행에 옮겨야 할 중요한 일들을 뒤로 미루고 엉뚱한 일로 바쁘다 보면 절호의 찬스를 놓치고 낭패를 당하여 후회를 한다. 기회는 머리만 크고 꼬리는 아주 없기 때문에 나타나는 보이는 즉시 잡아야지 시기를 맞추지 못하면 좀처럼 포착할 수 없다.

영국의 저널리스트이자 극작가요 소설가인 조지 버나드 쇼(George Bernard Shaw,1856~1950)의 묘비에는 '우물쭈물 하다가 그럴 줄 알았지.'라는 글귀가 써있다고 한다. 비문 자체가 특이하여 많은 생각을 하게 되는데 그가 생전에 미리 만들어 놓았다는 사실에 더욱 놀라움을 금치 못한다.

대부분 사람들은 일생동안 별스럽지 못한 일들을 반복하며 살아가다가 막상 죽음 앞에 서면 지난날을 떠 올리며 자책을 한다. 어느 호스피스가, 임종을 앞둔 많은 사람들의 유언 중 "그 때 좀 잘할 걸, 좀 재미있게 살걸, 좀 더 베풀 걸"이라는 내용이 제일 많았다며 증언을 했다고 한다. 그밖에도 '좋은 것을 좀 더 먹어 볼 걸, 예쁜 옷을 많이 입어 볼 걸, 아름다운 경치를 실컷 구경할 걸,…….' 등 자신이 미처 하지 못한 것들에 대해 뉘우치는 경우가 있다. 요즈음에 '죽기 전에 반드시 해야 할 100가지 것들' 이라는 책이 발간되어 여러 사람들의 눈길을 끌고 있는 것은 우연이 아닌 듯싶다.

죽음이라는 단어를 떠 올리다보면 하고 싶은 것과 보고 싶은 사람과 즐기고 싶은 일들이 많다. 귀여운 아이들의 머리를 쓰다듬고 싶은 마음이 간절하고 첫사랑과 다시 만나서 애틋한 이야기를 하고 싶은 충동도 인다. 유유히 떠가는 돛단배가 그립고 힘차게 떠오르는 아침 햇살도 반기고프다. 풋풋한 꿈을 안겨다 주는 파란 하늘과 열정적인 마음의 파도를 일구어 주는 넓은 바다로 달려가고 싶어진다. 지친 몸을 푸근하게 감싸주는 든든한 산과 곤고한 마음을 넉넉하게 채워주는 드넓은 평야 등 모든 것이 그립고 아쉬워진다.

왜 종말은 이렇게 아리고 쓰리며 서럽고 한스러운 것인가. 인간은 왜 수없이 많은 잘못을 저지를 수밖에 없고 회개할 적기를 놓쳐버린 채 흐르는 세월에 떠밀려 갈 수밖에 없는 건가. 생각을 할수록 자꾸만 풀 수 없는 의문만 생긴다.

나뭇가지에 앉아서 구슬프게 울던 산비둘기가 혼자서 어깨를 들썩이며 흥타령을 부르는 노인에게 "할아버지 살아가실 날도 얼마 남지 않았는데 뭐가 그리 좋은가요?"라고 물으니까, "가버린 날들을 생각하면 무슨 소용이 있으며 오지도 않은 내일 일을 왜 걱정하느냐. 이렇게 즐겁게 살면 족하지 않느냐?"고 반문을 했다고 한다.

오늘에 만족하지 않고서는 결코 원하는 미래를 이룰 수 없는 법인데, 현재를 외면하고 과거나 미래에 매달려 아까운 시간을 허비해서야 되겠는가. 내가 세끼 밥만 먹으면 족하다는 생각으로 허송세월을 보내지는 않는지를 깊이 생각해 보아야 하겠다.

뚜렷한 목표도 없이 그럭저럭 사는 것도 문제이지만 쓸데없는 일로 바쁘게 살아가는 것 또한 의미가 없다. 요즈음 실직한 사람들이 별 것 아닌 일로 허겁지겁 돌아다닌다 하여 '백수(白手)가 과로사(過勞死)한다'는 말이 유행하고 있다고 한다. 내가 아무 생각 없이 헛되게 보내거나 무의미한 일로 분주하게 살아가는 시간들은, 이 세상을 먼저 떠난 사람들이 조금이라도 더 살게 해 달라고 애걸복걸하던 촌음이라는 생각을 새겨봐야 한다.

지금 이 시간, 지금 만나고 있는 사람을, 지금 하고 있는 일을 사랑하라는 말이 실감난다. 인생은 오직 단 하나 뿐인 삶을 살아가고 있는 것이고, 한 번 흘러가 버리면 다시 맞을 수 없는 소중한 시간들이다. 금쪽같은 순간순간들을 어떻게 보내고 있는지 스스로 돌아볼 일이다. '두 번 일어나는 것은 하나도 없고 일어나지도 않는다. 그런 까닭으로 우리는 연습 없이 태어나서 실습 없이 죽는다. ……어떤 하루도 되풀이 되지 않고 서로 닮은 두 밤도 없다……'라며 일회적인 인생을 감동적으로 읊은 시구가 더욱 의미 있게 다가온다.

오늘의 삶에 대하여 만족하고 마음의 고통 없이 생을 마감할 수 있다면 얼마나 좋을까. 잘 죽는 것이 오복 중에 으뜸이라 하지 않는가.

훌륭하게 죽음을 맞이하는 일 자체가 생의 최고 가치라고 할 수 있다. 인간은 어차피 죽을 수밖에 없다. 만약 죽음이 존재하지 않는다면 사는 것 자체가 그렇게 경건하지도 않을 것이다. 따라서 아름다운 최후를 대비하려면 하루하루를 알차고 보람되게 보내야 하겠다. 오늘을 어떻게 살아가고 있는지를 파악할 수 있으면 내일의 모습을 예견할 수 있고, 내일 어떻게 죽을지를 터득하면 오늘 어떻게 살아야 할지를 알 수 있다. 지나 온 날들을 돌아보며 아차 하지 않고, 사후 세계에 닥쳐올 두려움에 떨지 않으려면 내 생의 목표가 무엇인지 확실히 알고 성실하게 살아가야 하겠다.

'따르릉 따르릉 비켜나세요.'란 노래 말이 나를 채근하는 듯하다. 더 이상 우물쭈물하지 말라고…….

만남

   '만남'이라는 제목의 노래를 들으며 나와 관련된 여러 사람들의 모습을 떠올린다. 어떤 계기가 되어 관계를 잘 맺어 가면 서로에게 도움을 주는가 하면, 삶이 획기적으로 전환될 수 있는 보람된 계기가 되기도 한다. 그렇게 되면 자신이 뜻한 바를 성공적으로 이루게 되고 다른 이들에게도 좋은 영향을 끼친다.

   마이크로소프트사를 창립하여 성공한 빌게이츠는 모두가 부러워하는 발명가요, 경영에 능숙한 사업가이며, 손가락으로 꼽을 만한 세계적인 거부가 되었다. 지금은 자선사업가로 변신하여 세계 곳곳을 누비며 불우한 이들을 위해 다양한 활동을 전개하고 있다.

   이는 바로 좋은 만남들에서 비롯되었다고 한다. 첫 번째는 어려서부터 용돈을 잘 관리하고 사용하는 방법을 공유했다. 많은 책을 읽도록 권유하고 훌륭한 경영기법과 참된 봉사에 대해 시범을 보인 훌륭한 부모를 둔 것이다. 두 번째로는 시애틀 명문사립학교 시절에 만난 컴퓨터

광 폴엘런인데, 그가 이 분야에 대해 처음으로 눈을 뜰 수 있게 해 주었고 함께 회사를 창립하기도 했다. 탁월한 경영 기법을 도입하여 세계 최고가 되기까지 CEO로서 함께 손을 잡고 노력해 준 하버드대학 시절 친구인 스티브 발머는 그 세 번째 만남이다.

이런 만남들이 아니었다면, 아마 오늘의 빌게이츠가 있기에는 불가능했을 것이다. 세상을 살아가면서 이루어지는 만남이 나쁜 관계가 아닌 보람된 것으로 이어질 수만 있다면 더 말할 나위 없이 좋은 일이다.

오늘의 내가 있기까지에도 아름답고 사랑스런 만남들이 있다. 한 치 앞이 보이지 않는 극한적인 상황 속에서도 희망을 버리지 않고 오직 자식 하나만을 위해 사투를 하다시피하시며 생활하신 어머니, 궁핍한 살림 속에서도 묵묵히 집안을 지켜준 아내와 자식들, 가정형편상 감히 넘보지도 못했던 상급학교 진학을 독려해준 스승과 친구들, 교직 성장을 위해 이끌어준 선후배들과 직장 상사, 악기를 연주할 수 있게 가르쳐 준 학원장, 퇴직 후에도 이렇게 글을 쓸 수 있도록 가르쳐 준 은사님, 천국의 소망을 가지고 기도를 할 수 있도록 인도해 준 목회자님들……. 생애의 고비 고비 마다에 결정적인 역할을 해 준 이들은 이루다 헤아릴 수 없이 많다.

지금도 내 주위에는 여러 형태의 만남으로 인하여 애틋한 사랑을 끈끈하게 이어가는 사람들이 있다. 내 생일을 잊지 않고 찾아와 함께 여행을 즐겨주는 형제들과 동서들 내외와 교우들, 퇴직한 지 오래 되었는데도 명절 때면 정성이 듬뿍 담긴 선물을 간간이 보내주는 현직 교장 시절 함께 근무한 교감, 일 년에 서너 번씩 찾아와 주는 농촌학교에서의 직원들,

어디 그 뿐인가? 자기들 동창회에 정회원이라며 번번이 참여할 것을 권유하는 벽지학교 시절의 50대 중반의 제자들이 고맙다. 먼 곳에 살면서도 일 년에 몇 차례 달려와 맛있는 음식을 대접해 주며 어리광을 떠는 40대 후반의 제자들은 생각할수록 예쁘다.

일주일에 한번씩 만나서 오락을 즐기고 서로의 어려운 속사정을 들어주는 교우들과, 관광버스에 올라 설악산을 오르고 여객선을 타고 인천 팔미도와 문경세재, 그리고 태안반도 등 전국을 돌며 희희낙락하는 농기동창생들이 감사하다. 오락 팀을 만들어 정기적으로 게임을 즐기고 상쾌한 웃음과 맛있는 음식을 나누며 흉허물 없이 지내는 선후배들, 모두가 긍정적인 만남에서 비롯되었다고 볼 때 참으로 내겐 소중한 사람들이다.

이와 반대로 절대로 만나지 말아야 했었다고 땅을 치며 후회하는 경우도 많다. 잠시도 떨어져서는 못살 정도로 가깝게 지내던 친구와 사소한 말다툼으로 사이가 멀어지면, 서로가 미워하다가 끝내는 중상모략을 하기까지에 이르는 등 극한상황으로 치닫게 된다. 이웃 간에 별스럽지 않은 이해관계로 사이가 나빠지면 아침저녁으로 어쩔 수 없이 만날 수밖에 없는 상황에, 서로가 눈을 부라리거나 얼굴을 돌이키게 되면 참으로 괴롭고 불행한 일이다.

'사촌이 땅을 사면 배가 아프다.'거나 '배가 고프면 참을 수가 있는데 배가 아프면 참을 수가 없다.'는 등의 속담은 우리의 속내를 잘 드러내는 말이다. "내 눈의 들보는 보지 못해도 남의 눈의 티는 잘 보인다."는 성경 말씀처럼, 남의 잘못은 내 것보다 훨씬 커 보이고 남이 잘되면 까닭 없이 싫으며, 나보다 더 많이 가졌으면 빼앗고 싶은 것이 사람의 본성이다. 자신의 행동을 뉘우치기는커녕 상대가 준 쓰라린 상처만 쥐어뜯고 원망을 하는 가운데 펼쳐지는 미움의 세월은 멀고 험할 수밖에 없다. 이런 상황이 바로 나의 모습이라고 생각을 하면서 뉘우치지만 그런 행동을 다시금 되풀이하는 내가 원망스럽다.

세상에는 나와 같은 사람이 더 있을 것이라는 부정적인 생각보다 긍정적인 관계를 맺고 서로를 보듬어 주는 경우가 더 많다는 사실을 간과해서는 안 된다. 어쩌면 그래서 이 사회가 지탱이 되고 인류의 역사가 잘 씌어져 간다고 할 수 있다. 만약 이 세상에 악연만 존재한다면 아귀다툼 속에 온통 아수라장이 되고 마침내 온 인류가 함께 지옥의 나락으로 떨어져 버리고 말 것이다.

지나 온 세월보다 다가올 시간이 많지 않은 법인데, 나 스스로 엮어놓은 매듭들을 훨훨 털어버리고 좋은 것들만 고이 간직하며 살아갔으면 좋겠다.

사람들과의 만남들을 좋은 인연으로 만들 수 있는 주역이 바로 나임을 알아야 한다.

브라보! 즐거운 인생

　검은 베레모를 쓰고 회색 옷을 입은 스님이 아코디언을 메고 앞으로 나아가 앉는다. 빠르게 건반을 오르내리는 양쪽 손가락이 범상하질 않다. '쌍고동이 우는 항구'에서 마도로스가 파이프를 입에 물고 손짓을 하고 '백마강 달밤'에 물새가 끼룩끼룩 울어댄다.

　불의의 사고로 손가락을 두 개나 잃은 장로님의 놀라운 재주도 이어진다. '이별의 부산 정거장'에 보슬비가 소리도 없이 내리는데 눈물의 기적 소리에 맞추어 손수건을 흔든다. 여자 회원의 빠른 폴카 곡이 희고 검은 건반과 베이스와 코드 위를 쉴 사이 없이 뛰어 다닌다. 나도 '여기에 모인 우리/ 주의 은총 받은 자여라'란 찬송으로 거든다.

　무대는 없고 플라스틱 제품의 네모난 의자 하나만 놓여 있는데 연주할 희망자는 많고 노래도 다양하다. 아름다운 멜로디에 흥이 돋워지고 절로 신명이 나는가 하면　구슬픈 곡조는 저마다의 가슴을 녹여 내리려는 듯이 절절이 흐른다.

20여 명의 회원들이 '브라보! 즐거운 인생'이라는 텔레비전 프로그램 녹화를 끝내고 저녁 식사를 하는 자리다. 서천이 고향이라는 회원이 자기 어머니가 정성을 다해 담아주었다며 소곡주병을 들고 돌아다니며 정을 담아 잔에 부어 주더니 뚜벅 뚜벅 나아가 구성지게 노래를 한다. 올백 머리의 나이든 남자와 젊은 여자 회원은 곡에 맞추어 춤을 추며 미끄러져 간다. 격려의 박수를 치고 수다를 떨던 아낙들이 앙코르를 청한다.

마음속에 늘 '나도 악기 하나쯤 다룰 수 있으면 얼마나 좋을까.' 하는 생각을 하며 연주를 잘하는 사람을 보면 늘 부러운 마음이었다. 고심 끝에 오르간을 접해 본 경험이 있으니 아코디언이 제격일 것 같아 연습을 시작했다. 바람통을 열고 닫는 것을 시작으로 건반을 누르고 베이스와 코드를 짚는 법을 배우며 한곡씩 익힌 지가 어언 6개월이 되었다. 이렇게 경험이 짧은데도 방송국에 출연하는 영광을 얻었는데, 사실은 그럴 수준이 못 되는데 선배들의 권유로 얼떨결에 끼게 된 것이다.

뽀빠이 이상용이 재치 있는 말솜씨로 녹화는 시작되었다. '사공의 뱃노래 가물~ 거리고…….' 긴장하여 연주가 막 시작되는가 했더니 "컷" 하는 소리에 깜짝 놀랐다. 다시, 또 다시, 내가 생각해 보아도 잘 맞지 않는다.

"아무래도 안 되겠으니 서툰 분은 뒤로 나가주시지요."

P.D의 말에 하나 둘 뒤로 물러서는데 그대로 앉아있기가 가슴이 찔리고 겸연쩍으나 넉살좋게 계속 버티었더니 그런대로 잘 마칠 수 있었다.

이어서 대담 시간이다. 천장에 거울을 매달고 누어서까지 연습을 한

결과 지금은 동네 사람에게 인기가 높아졌다는 회장 설명이 재미있다. 그렇게 빠져버린 남편이 미워서 각방을 썼는데 어느덧 자신도 악기를 메게 되어서 다시금 합방을 했다는 부인이 말에 한바탕 웃었다.

해마다 봄이 오면 최남단 서귀포에서 시작하여 북쪽 도라선역까지 오르며, 불우시설을 찾아 봉사활동을 전개한다는 스님이 존경스럽다. 피나는 노력을 거듭한 끝에 손가락이 두 개나 모자란 핸디캡을 극복하여 하나님께 찬양을 올릴 수 있어 기쁘고 다른 이들에게 즐거움을 주게 되이 보람을 느낀다는 장로님도 우러러보인다.

잔치 집에 불려 다니며 팁을 두둑이 받는다는 멋쟁이 어르신의 익살스런 유머가 폭소를 자아낸다. 손님들의 성화에 한두 곡씩 연주를 해 주었더니 식당 운영이 번창을 이루게 되었다는 추어탕집 사장과 연주를 시작한 후로 오십견이 치유되었다는 총무의 경험담들이 이어지는 동안 녹화는 끝이 났다.

적어둔 방영될 날짜와 시간을 꺼내보며 텔레비전에 비칠 내 모습을 그려보니 뿌듯해진다. 나이가 들면 자신이 즐겨하는 일을 골라서 하라고 하였다. 나도 좋아하는 아코디언을 가슴에 품고 아름다운 소리를 켜며 여러 사람들과 함께 기쁨을 나누게 되었으니 이것이 바로 즐거운 인생이 아닌가.

두 주먹을 불끈 쥐고 하늘을 향해 힘차게 외쳐 본다.
'브라보! 즐거운 인생!'

제4장

여정의 그림자

마지막 파마

새벽 4시에 모닝콜을 맞춰 놓고 잠자리에 들었지만 쉽사리 잠이 오질 않는다. 높은 산허리 위로 시원스럽게 달리는 고속도로와 저마다 부푼 기대로 술렁이는 선착장이 나타난다. 아가를 부르듯 은은하게 들려오는 뱃고동과 파도를 가르며 재빠르게 달리는 여객선이 상쾌하다. 뱃전을 넘나들며 사람들이 내미는 먹이를 낚아 채가는 도둑갈매기들이 매섭다.

삶에 지쳐 허덕이는 섬마을 사람들과 그들의 애환을 담은 꼬불꼬불한 고갯길이 보이는 듯하다. 지저분한 고물상을 지나 언덕에 오르면 을씨년스럽게 서 있을 교회의 종탑과 거기에 모여서 이때나 저때나 우리가 오길 기다릴 할머니들이 떠오른다. 내일 아침에 충청남도 보령시 원산도로 달려갈 여정이 영화의 장면들처럼 스쳐간다.

포구에 당도하니 목사님이 빛바랜 봉고차를 몰고 어구까지 맞아 주는데 얼굴이 전보다 훨씬 밝아진다. 결혼한 지 12년 만에 얻은 아기를 안고 활짝 웃는 사모님도 더 젊어 보이는 것은 선입견 때문일까. 하나 둘 씩 모여드는 할머니들마다 주름살이 더 늘은 것 같은데 우리들의 손을 잡으며 반갑게 맞으며 웃는 모습은 여전하다.

의료봉사팀은 진료를 해줄 약과 기기를 정리한다. 이 섬에 와서 대학 부속병원 원장이 진찰을 하고 침을 놓으면 내가 뜸을 뜨고, 시간이 지나면 침을 뽑는 도우미 역할을 한 것이 6년째이어서인지 오늘은 자신감이 넘친다. 함께 온 여자 교우들에게 실습을 시켰더니 조심스럽게 잘 해 낸다.

청일점 꼬부랑 할아버지가 여자들이 즐비하게 누워 있는 사이를 비집고 눕는다. 어깨도 허리도 머리서부터 발끝까지 안 아픈 데가 없다며 끙끙거린다. 엄살을 떤다고 아프게 침을 놓으라며 마구 놀려대는 여자들 등살에 겸연쩍은지 어색한 표정을 짓는다.

미용봉사팀을 넘겨다보니 거기도 역시 분주하다. 머리를 빗고 고불고불 지지며 약을 바르고 야단이다. 저마다 움직이는 손길들이 바쁜데 얼굴에는 흐뭇함이 담겨 있다. 초등학교 1학년 학생처럼 의자에 단정히 앉아 머리를 맡긴 사람들의 주름살에 잔잔한 미소가 흐른다.

밖에서 왁자지껄하는 소리가 나서 가 보니 소나무 그늘 밑에서 여름 성경 활동을 전개하고 있다. 버스기사 역할을 맡은 젊은이가 조무래기들을 상대로 서툰 마술 솜씨를 보여주는데 아이들은 호락호락 넘어가질 않고 약점을 잡는다. 집중을 잘 하지만 방송매체를 통해서 많이 접해서인지 때로 미리 답을 말해버리는 바람에 그만 김이 빠져버린다.

마술사를 비롯한 선교팀과 우리 교회와 그곳 목사님과 학생들이 함께 펼치는 축구경기는 활기가 넘친다. 땡볕 더위를 아랑곳하지 하지 않고 공격과 수비수들은 서로 밀고 밀린다. 이어서 전개되는 탁구 경기에서 연거푸 남자들을 넘어뜨리고 마침내 목사님까지 이겼다며 자랑을 늘어놓는 50대 여자 성도의 얼굴에는 땀과 웃음이 가득하다.

성전에 돌아와 보니 진료와 미용활동이 거의 끝나간다. 여럿이 그렇게 권해도 파마를 하지 않겠다고 실랑이를 하던 85세 된 할머니가 머리를 맡긴 채 천연덕스럽게 앉아 있다. 꽂았던 핀들을 모두 떼어 내고 빗으며 다듬질을 하고 있다.

"어! 새파란 처녀 같이 딴 사람이 되었네. 멋진 영감한테 시집 보내 줄까. 어떤 사람이 맘에 들어, 말해봐 응!……."

여기저기서 놀려대니 미용사들까지 합세한다.

"우리 집 양반이 하늘나라에 간 지가 오래잖아. 파마를 해도 예쁘다고 보아줄 사람도 없어. 안한다고 하니까 자꾸만 마지막으로 한 번 해보라더니 단체로 사람을 놀려대내. 원 참!"

슬며시 눈을 흘긴다.

백설같이 하얀 머리지만 예쁘장한 얼굴이 곱게도 늙었다. 이렇듯 생의 끝을 코앞에 놓고서도 아름다운 자태를 잃지 않는 것은, 망망한 바다를 품에 안고 풋풋한 갯바람을 한껏 마시며 날마다 하나님을 향해 기도하며 살아 온 덕분인가 싶다.

작별하는 시간 내내 나의 두 손을 부여잡고 놓지 않는다.

"선생은 여기서 그냥 눌러 살지. 우리 집 사랑방 내어줄게. 응?"

아쉬워하는 표정을 짓는다. 내년에 와서 또 치료해 주고 파마도 해줄 거라고 약속을 하였다.

"그때까지 내가 살아? 어서 죽어야지. 영감도 가고 자식들도 멀리 살아서 없는 거나 마찬가진데……."

그 말에 다른 사람들까지 숙연해 진다.

우리들이 탄 차가 보이지 않을 때까지 손을 흔들고 또 흔들던 꼬부랑 할머니의 모습이 연속해서 뱃길을 따라오고 고속도로까지 따라 오는 듯하다.

"할머니 이번 파마가 마지막이 아니고 열 번 스무 번이라도 더 해 드릴 테니까 그저 오래만 사십시오." 혼자서 중얼거려 본다.

세계 제1의 지하철

오래 전 공무 국외연수로 모스크바의 지하철을 타 본 경험이 있다. 전체적인 구조가 육중하고 튼튼해 보이며 땅속 깊은 곳에 설치되어 안정감이 있다. 무거운 분위기와 역무원들의 굳은 표정들이 낯설었지만 승객들이 질서 있게 차를 오르내리는 모습이 보기에 좋다. 객실 안은 매우 조용했으며 책을 읽는 사람들이 간간이 눈에 띄는 것이 퍽 인상적이었다.

앞좌석에 여자 둘이 우리 일행을 쳐다보며 무언가 소곤거리고 있는 모습이 보였다.

"세계 여러 나라를 가보아도 러시아 여자만큼 예쁜 사람은 없는 것 같아. 정말 예뻐. 그곳에 가거든 연애 한 번 해봐."

너털웃음을 짓던 직장 동료의 말을 떠올리고 있는데 뜻밖에도 나에게 다가와서 말을 걸었다.

서툰 영어와 갖은 몸짓으로 간신히 의사소통을 한 후에야 여대생임을 알게 되었다. 우리의 목적을 알아차리고 일부러 시간을 내어 번화가를 안내해 주고, 뒷골목에서는 큼지막하게 구운 돼지고기 바비큐에 보드카 맛까지 즐길 수 있게 해 주었다. 나이 어린 여학생들이 낯선 이방인에게 베푼 친절은 세월이 지난 지금도 아름다운 추억으로 남아 있고 따스한 고마움이 아직도 내 가슴에 담겨 있다.

파리 여행을 할 때도 비슷한 경험을 하였다. 유독 호기심이 많은 나는 일행에서 빠져 나와서 자유롭게 밤거리의 볼거리와 먹을거리를 즐기고 싶었다. 룸메이트를 꼬드기고 가이드에게 팁을 찔러주며, 엄격히 통제하는 연수 단장의 눈을 피해 탈출(?)에 성공한 우리는 마치 개선장군 같은 기분이었다.

예술의 도시답게 밝은 조명을 받고 역사에 진입하는 지하철은 그럴싸했다. 객실 안에는 미적 감각을 고려한 듯한 각종 시설과 기구와 정결하게 꾸민 안내 표시와 고급스럽게 붙여진 그림들이 이채로웠다. 차 안에 있는 사람들을 둘러보고 있는 중인데 건너편에 앉은 여자가 내 눈과 마주치니까 살포시 웃는다. 용기를 내어 옆자리로 다가가 서툰 영어로 말을 하려니까 검지를 자기 입에 대면서 조용히 하란다. 작은 소리로 간신히 의사를 소통하여 함께 포즈를 취하며 사진을 찍는 순간 플래시가 번쩍하니까 어쩔 줄을 모르며 주위 사람들에게 사과를 한다.

그러는 사이에, 갑자기 "오우. 굿! 베리. 비우 티 풀!"하는 소리가 들려오더니 커다란 키에 뚱뚱한 몸집을 한 사나이가 내 앞으로 뚜벅 뚜벅 걸어왔다. 이 여자의 남편이 틀림없다는 생각에 당황하고 있는데 뜻밖에도 싱글벙글하면서 솥뚜껑만한 손을 내밀고 인사를 청했다. 우리네 같으면 화를 내도 크게 낼 판인데 그런 모습이 보기 좋구나.

게다가 주위에 양해를 구하면서 사진을 더 찍으라는 시늉을 하며 자기 아내를 양보(?)하는 바람에 마음이 편해졌다. 가끔 당시의 생각이 날 때면 그들 부부의 두터운 믿음이 부럽고, 이방인에 대한 아량이 고마우며, 또한 개인의 뜻을 소중하게 여기는 자유분방함도 멋지다는 생각을 한다.

얼마 전에 대전에도 지하철이 만들어져서 기대를 걸고 타 보았다. 개통된 지 얼마 안 되어서인지 천정부터 바닥까지 깔끔하고 차창 너머로 보이는 안내 표시도 산뜻하다. 날렵하게 생긴 전동차와 깔끔하게 단장한 객실이 기분을 상쾌하게 하는데 곳곳에 설치된 승강시설도 편리하고 안내하는 자원봉사자들의 음성 또한 부드럽다.

역마다 비치된 서고에는 읽을 만한 책들이 꽉 차 있고 휴게소와 차 안에서 읽는 사람들도 보인다. 안목 있게 전시되어 있는 사진과 미술품들과 역 부근에 있었던 옛 마을들의 이름과 그곳에 얽힌 이야기를 담은 서예작품이 아름답다. 깔끔하게 단장된 아담한 휴식 공간과 거실 같이 편안한 화장실 등 어느 곳에 내 놓아도 손색이 없을 것 같다.

이런 지하철을 대전에서 처음 타 보게 되니 아이들처럼 흥분이 되었다. 딱히 만날 사람도 없는데 일부러 객차의 맨 앞에서 끝까지 돌아다니며 이 칸과 저 칸을 살펴본다. 좌석에 앉아 궁둥이를 들썩들썩 해보기도 하며 주먹으로 푹신푹신한 의자 바닥을 두들긴다. 앞으로는 차가 밀려 기다릴 걱정도 없을 것이고 주차할 공간이 없어 쩔쩔 매는 일도 줄어들겠다는 생각에 마음이 들뜬다.

안타깝게도 차츰 시일이 지나면서 눈살을 찌푸리게 되는 광경들이 하나 둘 나타난다. 서로 좌석을 차지하려고 앞을 다투어 한꺼번에 몰려 들어가서는 이리 달리고 저리 뛰는 모습이 가관이다. 노인이나 장애인들이 앉아야 할 좌석에는 청년들이 장난을 치거나 아니면 넉살좋게 눈을 감고 모른 체 하기도 한다.

여자들은 커다란 음성으로 수다를 떨고 어떤 이는 좁은 통로에 다리를 쭉 뻗고 신문을 펼쳐 읽는다. 요란한 휴대폰 신호가 그칠 줄 모르는가 하면 시끄럽게 말하는 소리 때문에 짜증스럽다. 이곳에도 모스크바나 파리의 지하철에서 보여 주었던 질서 있고 매너 좋은 사람들이 많았으면 좋으련마는…….

얼마 전에 집안 어른을 모시고 지하철을 타게 되었는데 이런 말씀을 하셨다.

"이 역에 아담하게 생긴 둥근 탁자와 품위 있게 생긴 의자와 빨간 파라솔로 지붕을 만든 휴게시설이 새로 생겼어. 보기에 하도 좋아서 가까이 갔더니 '증 00주식회사 대표 000'라고 쓰여 있더군! 그 분들은 참으로 보람 있는 일을 했다고 생각했는데 다음에 지나가다 보니 그것들이 모두 없어져 버렸네. 역무원에게 이유를 알아보니 자기들이 써야 한다며 몽땅 도루 가져갔다지 뭐야. 참으로 기가 막히데……. 세상에 이런 일이 있나. 그렇지 않아도 내가 설치해 놓고 싶었는데 서둘러 갖다 놓아야겠네."

마침 이 분과 함께 서울에서 다니러 온 친척들에게 식사대접을 하게 되었다. 식사를 마친 후에 손님들을 내가 대전역까지 차로 배웅한다고 하는데도 세계에서 제일가는 지하철을 한번 타보면 좋을 거라며 앞장을 서신다. 내가 복잡한 퇴근시간에 운전하는 어려움을 덜어주고 당신이 기차표도 직접 끊어주려고 하시면서도 시치미를 떼시는 바람에 결국 내가 포기하고 말았다.

러시아의 예쁜 여대생들의 마음씨가 곱고 파리의 젊은 부부의 아량도 본받을 만하지만 어찌 이 분의 크고도 높은 뜻을 따를 수 있으랴. 높으신 연세에도 불구하시고 항상 남을 배려하시며 다른 이들이 어렵고 힘이 든다고 하는 일들을 앞장서 해내시는 모습에 고개가 숙여진다.

만약에 시민들이 이런 마음씨를 본받아 실천을 한다면, 대전의 지하철을 세계 제일의 것으로 만들고도 남을 것이다.

맷돌을 만나니

    문우들과 강원도 평창의 '봉동'에 있는 가산 이효석 선생의 생가를 방문했다. 안팎을 둘러보고 발길을 뒤뜰로 옮기려는데 굴뚝 모퉁이에 먼지를 뿌옇게 뒤집어 쓴 맷돌이 눈에 띈다. 오랜만에 보는 터라 고향 사람들을 만난 것처럼 매우 반갑다. 둥글넓적하고 박박 얽은 얼굴 같은 두 개의 돌덩이 중, 윗돌을 들어 발 옆에 내려놓고 정든 사람들을 보듯이 꼼꼼히 살핀다.

    문득 어렸을 때 큰댁에서 제사 준비를 하던 생각이 난다. 어른들께서 두부와 녹두전을 부치려고 여러 가지 준비를 하느라고 분주했다. 모든 것을 다 마련하고 막상 맷돌을 돌리려는데 손잡이가 없어서 이리저리 찾으며 야단이 났다. 헛간과 뒤뜰을 아무리 뒤져보아도 보이질 않아 결국 머슴이 산에 올라가 나무를 베어다가 다듬는 등 온 식구들이 법석을 떠느라고 많은 시간을 허비했다.

    제대로 챙기지 못한 며느리들에게 내리시는 할머니의 불호령이 지금도 내 귀에 쟁쟁하게 들리는 것 같다. 하찮은 나무막대기일지라도 그것이 없으면 아무 일도 할 수 없음을 절실히 느끼게 한 사건이었다. 많은 세월이 지난 지금도 이와 비슷한 일을 접하게 되면 당시의 일이 떠올려지곤 한다.

윗돌에 '기역'자 모양의 나무를 끼운 어처구니를 비롯하여 반대편에 갈을 물건이 들어갈 구멍, 가운데에 둥그렇게 붙은 쇠붙이, 이것과 맞추어 연결하는 아래 돌의 오뚝 솟아 오른 쇠붙이 등 모두가 없어서는 안 될 중요한 것들이다. 곡식이 잘 갈리게 하기 위해 잘 다듬은 아랫돌과 곡식이 들어가게 구멍이 뚫린 윗돌, 그리고 곡물이 내려가게 만든 돌길들이 재미있다. 그것들을 받쳐주는 나뭇가지로 만든 삼각대와 갈린 곡물이 담기는 그릇 등 어느 것 하나 소중하지 않은 것이 없다.

맷돌과 관련된 또 다른 일이 생각이 난다. 교직에서 교감으로 승진을 했을 때 어느 교장이 축하하는 자리를 마련하고 진지한 표정으로 도움 말을 주었다. "교감은 마치 맷돌 중간에 박혀있는 쇠와 같다고 할 수 있네. 암쇠와 수쇠를 잘 맞추어 상하를 잘 연결하고 전체의 균형을 잡아야 하는 것처럼 위로는 교장의 뜻을 잘 받들어야 하네. 아래로는 교사들이 바라는 것을 알아채어 그 뜻을 윗사람에게 바로 연결해 주어야 하는 법일세."

당시에는 선배로서 그저 으레 하는 말로 흘려들었는데 실제로 책임을 맡고 보니 그 이야기가 새록새록 마음에 와 닿았다. 학년 초에는 담임배정과 간부직 임명에서 오는 상하 간의 갈등이 발생한다. 행정직과 교원들의 다툼과 교사와 학부모 및 지역 주민들과의 오해와 불신은 해결하기 버거운 문제이다. 첨예하게 대립하고 있는 학교 내 교원 단체

회원 간의 충돌 등은 더욱 어렵다. 정말로 중간에 외롭게 끼어 있는 조그만 내가 넘어야할 벽은 너무도 험하고 힘든 일이었다.

당시에 이리 뛰고 저리 넘었던 기억을 꺼내자니 그 의미가 더욱 크게 다가온다. 이토록 작은 부품도 전체적으로 볼 때는 참으로 소중한 것임을 생각할 때, 사람이 어느 조직의 한 구성원으로서의 역할을 잘하는 일이 개인은 물론이고 그 집단을 건강하게 하는 일임을 알 수 있다.

싱경에도 이것에 관한 이야기가 있는데 여기에 등장하는 맷돌은 음식 재료를 가는 기구가 아니고 곡식을 빻는 연자방아 같은 것이다. 삼손은 누구도 당해 내지 못할 정도로 힘이 센 장사였는데 블레셋으로부터 이스라엘을 구해야 하는 임무를 맡게 된다. 그러나 델릴라라는 여인의 꾐에 넘어가 적의 포로가 되고 마침내 힘의 원천인 머리털을 잘리고 두 눈까지 모두 잃게 된다. 급기야는 어두운 감옥에 갇히고 매일같이 무거운 맷돌을 돌려야 하는 중벌을 당하게 된다. 그는 자신이 언제 죽을지 모르는 운명에 처해 있음을 알기에 자기가 가는 맷돌은 아무 의미가 없는 것을 안다. 언제쯤 형벌이 끝나게 될지도 모르는 상황에서 하루하루가 지겹고 힘겨웠을 것이며 참으로 두려웠을 것이다.

그런 상황에서도 절망하지 않고 주어진 일에 끝까지 순종하며 지난 날의 잘못을 회개하고 새로운 삶을 위해 간절히 기도를 하였다. 그 결과 본래 가졌던 큰 힘을 회복하고 곤경에 처한 많은 이스라엘 백성들을 구하게 된다. 하구한날 맷돌만 돌려대는 삼손을 떠올리면 안타까운 마음이 들지만 믿음의 끈을 놓지 않고 눈물 뿌려 기도하는 모습은 감동을 불러일으킨다.

헤어나기 어려운 극한 상황인데도 결코 포기하지 않은 끈기와, 남들이 보기에는 부질없는 일이라고 생각하는 일을 자신에게 주어진 숙명처럼 여기고, 그 임무를 다하려는 태도는 많은 생각을 하게 한다. 깊은 감동을 주는 삼손의 맷돌질은 인간의 내면에 깊숙이 깔려 있는 믿음의 저력을 뽑아 올림으로써 큰일을 이루게 되었음을 깨우치게 한다.

뿌옇게 먼지가 쌓인 맷돌에서 어쩌면 하찮게 여길 수 있는 작은 부속품일지라도 주어진 일을 하기 위해서 없어서는 안 된다. 사람들도 각기 서 있는 위치에서 주어진 역할을 제대로 해야 사회전체가 원활하게 돌아갈 수 있다. 또한 비록 절망적인 상황에 처했을지라도 용기와 끈기를 잃지 않으면 성공할 수 있다는 사실까지 일러 준 맷돌의 가르침이 참으로 고맙다.

행복도시의 응달

　교직에서의 마지막 근무처인 작은 농촌 학교 주위가 헐리기 시작한다는 소식을 듣고 한 걸음에 달려왔다. 예상은 했었지만 막상 허물어지는 모습들을 보니 허탈한 심정이다. 있던 길이 없어지고 새로 생기기도 해서 제대로 운전하기가 힘들고 옳게 찾아가기도 어렵다.

　막상 학교에 들어서니 이곳에서 함께 생활하던 여러 사람들에 대한 생각에 잠기게 된다. 폐교가 될 날이 머지않았기에 아이들을 더욱 사랑하며 성심껏 가르치던 직원들과 아쉬움 속에 교문을 들락거리며 뒷바라지에 정성을 기울이던 학부모, 내 집처럼 눈을 쓸고 수시로 순시하며 지켜주던 지역 주민들은 어디로 사라졌는지 보이질 않는다.

　무거운 가방이 힘겨워서인지 뒤뚱거리며 교문을 들어서던 유치원 어린이와 행사 준비에 이리 뛰고 저리 뛰던 여선생과 꽃을 가꾸던 학교 아저씨가 보고 싶다. 학교의 크고 작은 일들을 함께 걱정해 주던 운영위원장과 자모회장과 동창회장, 그리고 동네 이장들의 이름을 불러보아도 대답이 없다.

차를 몰고 이 동네 저 동네를 돌며 이곳에 잠겨있는 추억들을 뒤적거려 보지만 산과 들은 송두리째 뒤집혀 버리고 함께 정을 나누었던 이들은 뿔뿔이 흩어져서 만날 길이 없다. 쓸쓸한 마음으로 우두커니 서서 학교를 바라보니 교문을 다시 세우고 교통 안전시설을 설치하던 생각에 잠기게 되고, 정원의 수목들을 다듬고 아이들과 함께 뛰놀던 일들이 그림처럼 그려져 간다.

심술을 부리듯이 개발의 굉음들은 여기저기서 앞을 다투며 들려온다. 뿌연 먼지는 맑은 하늘을 뒤덮어 버리는데 그 사이로 보이는 풍경은 변함이 없다. 갖가지 전설이 담긴 전월산과 창끝같이 뾰족하게 솟은 원수산은 옛 모습 그대로다. 그 밑으로는 금강의 물줄기가 굽이굽이 흐르고 그를 따라 넓은 평야가 펼치고 있다.

세종시 건설청이 추진하는 계획서를 떠 올리며 이곳에 세워질 도시의 모습을 상상해 본다. 세계 각국의 계획도시 모델의 장점들을 본받아 설계되어서인지 거리마다 쾌적하고 편리하여 살기에 매우 좋게 꾸며진다. 서양식 건물들이 이어지고 앞뜰에는 고급 수종들이 조화롭게 어우러진다. 장미를 비롯한 갖가지 꽃들은 서로 자랑이라도 하듯이 그 자태를 뽐내고 있고 발길이 닿는 곳마다 생동감이 솟아오르며 만나는 사람마다 행복감이 넘친다.

온 식구들이 단란하게 모여 이태리 산 원형 식탁에 앉아서 나이프와 포크를 들고 아침 식사를 한다. 멋진 옷으로 휘감은 여자가 프랑스제 선글라스를 끼고 독일제 스포츠카에서 내려 교문을 향해 의젓하게 걸어

간다. 학교 주위에는 고급승용차들이 즐비하고 옷과 신발, 그리고 가방들을 명품으로 갖춘 학생들의 발걸음은 사뿐사뿐 가볍기만 하다.

2030년대에 충청남도 연기군과 공주시 일대에 건설될 행복도시(행정중심복합도시 : 지금은 세종시라 부름)의 모습이다. 계획대로라면 이곳 장남평야를 중심으로 7제곱킬로미터에 달하는 국내 최대의 생태 공원이 만들어지고 도시 전체 명적의 50%가 넘게 녹지가 조성될 것이라고 한다. 뉴욕의 허파라고 불리는 센트럴파크보다 훨씬 넓은 이곳을 중심으로 주택과 도로가 둥그렇게 둘러싸일 것이다.

38킬로미터나 되는 자전거 도로에는 어린이와 청춘남녀들이 휘파람을 불며 싱싱 달리고, 31킬로미터나 되는 산책로에는 많은 사람들이 싱그러운 공기를 마시며 조깅과 경보를 한다. 아름답게 조성된 공원에는 각종 위락 시설이 배치되고 배드민턴, 태권도, 중국 무술, 에어로빅 등 각양각색으로 저마다 즐거운 시간을 보낼 수 있게 된다고 한다.

도시 전체 둘레가 23킬로미터의 교통축으로 이루어질 텐데, 도로마다 차량들이 즐비한데도 물 흐르듯이 막힘이 전혀 없다. 행정중심타운, 의료복지, 대학·연구 첨단산업, 국제·문화, 도시행정 등 6개 도시 기능이 조화롭게 분산된 형태가 된다. 이 사업이 완성될 2030년에는 인구 50만이 거주할 복합기능을 갖추게 되어 그야말로 환상적인 도시가 건설될 예정이다.

2008년 오늘, 지금은 한여름 불볕더위가 기승을 부린다. 진달래와 산벚꽃이 만발했던 뒷동산은 산자락부터 꼭대기까지 벌겋게 벗겨졌다. 싱싱한 소나무들이 앞을 다투어 빼곡하게 솟아오르던 다른 산들도 닮은

꼴이 되어 간다. 들판의 구릉지들도 모조리 파 헤쳐져 여기저기 바닥이 드러나고 있는데, 임자 없는 분묘들은 벌거벗은 몸으로 잡초만 머리에 인 모습으로 군데군데 을씨년스럽게 서 있다.

양지바른 명당자리에 모셨던 조상들의 묘를 파헤쳐야 하는데 주변 지역의 땅값이 턱없이 올라서 옮길 엄두도 못 내고 있다. 형편이 좀 나은 사람들은 먼 고장의 산발치에 좁은 터를 간신히 마련하여 하나 둘씩 옮겨가지만 그렇게도 하지 못해 어쩔 줄 몰라 하는 이들이 더 많다.

진이 아빠의 무덤도 들판 가운데 홀로 남아 있는데 그 집 굴뚝에서 모락모락 피어오르는 하얀 저녁연기가 멎을 날이 머지않다. 옆집 뒤란을 지켜 온 감나무는 지난 가을 늦서리가 올 때까지 빨간 감들을 소담스럽게 매달고 있었는데, 둥치가 잘리어나가고 뽑아 낸 뿌리만 하늘을 향해 뻗치고 있다. 앞집 마당에 우뚝 선 오동나무도 몸통에 파고드는 전기톱에 비명을 지르며 쓰러진다. 포클레인이 요란한 소리를 내며 스레트 지붕을 끌어 내리고 벽과 마루도 사정없이 털어내고 있다.

한 여름의 태양은 사방에서 들려오는 소음 사이를 뚫고 두 눈을 부라리며 이글거린다. 온 세상을 태워 버릴 듯이 세차게 내뿜는 열기는 밭을 매는 아낙네들을 괴롭힌다. 머리띠를 동여매고 고추밭 풀을 뽑던 진이 엄마는 무참하게 헐려지는 옆집을 바라보더니 그만 넋을 잃고 말았다. 땅이 꺼질 듯 한숨을 몰아쉬며 얼굴이 점점 일그러지는가 싶더니 급기야는 회심가를 부르듯이 먼저 간 남편 이름을 청승맞게 불러댄다.

이런 엄마를 바라 본 진이는 입술을 깨문 채 학교로 향하지만 아무래도 걱정이 되는지 뒤를 돌아보고 또 바라본다. 두 볼에 흐르는 눈물을 주먹으로 훔치려는데 옆집 할머니가 엄마의 안부를 묻는 바람에 그만 참았던 울음을 터트리고 만다.

학교에 도착해 보니 벌써 공부가 시작되었는지 교정에는 아무도 눈에 띄지 않는다. 살금살금 복도를 걸어가려니까 교실에서 도란도란 소리가 들린다. 조심조심 숨을 죽이고 뒷문을 들어서려는데 친구들의 시선이 일제히 집중된다.

열 명도 안 되는 아이들을 다독거리던 선생님은 진이 앞으로 다가와서 글썽한 얼굴에 얼룩진 눈물 자국을 닦아주더니 와락 끌어안는다. 아빠도 하늘나라로 보내고 집과 학교를 모두 잃을 그가 너무도 가여운가 보다. 이 광경을 바라보는 다른 아이들도 고개를 떨어뜨린다.

5년 전에 진이 아빠는 서울에서 사업을 하다가 실패하고 발붙일 곳이 없어 고향으로 이사를 했다. 어려서 이곳에서 함께 살던 친구가 그의 처지를 딱하게 여겨서 부모에게 물려받은 헌집을 거저 살게 해주겠다는 말만 듣고 무작정 이사를 했다.

처음에는 사람들이 북적거리고 인심이 메마른 서울보다는 공기가 맑고 경관이 좋아서 잘했다는 마음이 들었다. 채소와 과일을 갖다 주고 쌀과 콩까지 퍼다 주는 이웃 사람들 덕분에 새로운 기쁨까지 맛보았다. 하지만 그것도 하루 이틀이지 앞으로 살아갈 길이 막막했다. 한 뼘 만큼의 농사지을 땅도 없는데다가 남들처럼 험한 일을 할 수도 없는 형편이다.

여러 방면으로 수소문하여 아빠는 읍내 농기계 수리 센터의 잔일을 맡게 되었고 엄마는 읍내 식당의 허드레 일을 하며 근근이 생계를 이어왔다. 그런데 어느 날부터인지 아빠는 스스로를 비관하며 술로 세월을 보내게 되었고, 끝내는 시름시름 앓다가 빚만 잔뜩 남겨 놓고 세상을 떠났다.

해가 질 무렵 친구들은 영어나 특기 공부를 하러 학원에 가는데 그럴 형편이 못되는 진이는 어깨를 축 늘어뜨리고 집으로 향한다. 홍수로 범람한 강처럼 붉게 물들어 가는 허허 벌판을 지나 마을 어귀에 이른다. 온 동네 사람들이 모여서 즐기던 쉼터에 여전히 버티고 서있는 둥근 느티나무 밑으로 향한다. 아이들이 소꿉장난 하던 넓적한 돌멩이 위에 자리를 잡더니 동화책을 꺼내 읽기 시작한다.

어느새 책 속으로 빨려 들어갔는지 무시무시한 덤프트럭이 큰 소리를 내며 쉴 사이 없이 지나가고, 메케한 콘크리트 가루가 날파리 떼처럼 몰려와 머리 위에 쌓여도 눈을 뗄 줄을 모른다. 지금 그는 늠름한 여왕이 되어 신하들에게 호령을 할까? 아니면 예쁜 공주가 되어 멋진 왕자와 함께 백마를 타고 구름 나라를 달리고 있을까……

2030년대에 행복도시의 호화 주택에서 아이들이 여유롭게 노는 모습이 보이는가 싶더니 지금 이곳에서 책을 읽고 있는 진이의 슬픈 눈망울이 겹쳐진다. 집이 저렇게 허물어지면 진이네 모녀가 발을 뻗을 수 있는 집은 언제나 마련할 수 있을는지…….

오늘은 갬과 흐림이 연속해서 교차되는 여정이었다. 올 겨울, 행복도시의 진이네 집 응달에는 차가운 바람이 더욱 매섭게 불어 닥치겠다.

마음이 무거운 여정

1 형제 사공

깎아지른 듯한 계곡을 오르는 배에 올라 바닥에 다리를 뻗고 심호흡을 하며 파란 하늘을 바라보자니 가슴이 뿌듯하다. 검푸르고 잔잔한 물 위를 지나며 여유로움을 느껴 보는가 하면 물살이 센 여울을 치달아 오르는 통쾌함을 맛보기도 한다.

어제까지만 해도 혹한에 몸을 움츠리고 산을 오르며 외국 관광의 기대에 부풀어 있었는데, 막상 이곳에 와서 따뜻한 날씨인데다 아름다운 정취에 취한 채 배에 몸을 맡기다 보니 세상에 부러운 것이 없는 것 같다. 코끝에 스치는 시원한 바람을 맞으며 사방을 둘러보니 깎아지른 듯이 가파른 산기슭에는 울긋불긋 꽃들이 뒤덮여 있고, 그 위로 이름 모를 새들이 "꺼억 꺼억" 구슬프게 소리를 지르며 날아오른다. 끝을 모르는 듯 솟아 오른 톱날 같은 산들 사이로 좁다랗게 보이는 파란 하늘에서 구름나그네는 비단 이불 위에 수를 놓으며 우리를 내려다본다.

까무잡잡하고 바짝 마른 왜소한 몸집의 사공들이 오르막이 심해질 때마다 두 손으로 뱃전을 잡고 가슴을 밀착 시킨 채 불쑥 솟은 돌멩이들을 맨발로 힘차게 밀어댄다. 바위들에 막히면 가로로 얽어 놓은 통나무 위에 배를 들어 엎어 놓고 당기고 민다. 그럴 때마다 우리말로 "힘들어! 힘들어!"하는 외마디 소리를 되풀이 하니까 새롭게 느껴보는 풍광의 즐거움을 훼방하려는 주문 같이 느껴진다.

앞에서 리드하는 키가 큰 사람은 형이고 뒤에서 따라 젓는 더벅머리는 동생이란다. 이 일을 할 때면 힘이 들어서 상대에게 미루고 꾀를 부리기 마련이다. 서로를 배려하고 희생적으로 힘을 쓰지 않으면 배가 온전히 오를 수 없어서, 부자나 숙질 또는 형제 등 가족끼리만 짝을 진다는 안내자의 말을 듣다보니 측은해 보인다.

둘이 연속해서 질러대는 외마디 소리와 온몸이 뒤범벅되게 흘린 땀 덕분에 고비 고비를 넘어 마침내 목적지인 커다란 폭포에 닿았다. 관광객들은 대나무로 얽은 뗏목 위에 앉아 물을 맞으며 어린 아이들처럼 왁자지껄 즐거운 비명을 지른다. 이곳에 상주하는 사공들은 양동이로 들어붓는 듯한 차가운 물을 계속적으로 맞아서인지 얇은 입술은 파랗게 질려있고 조그마한 어깨는 자라처럼 잔뜩 움츠려 들었다.

필리핀의 '팍상한'이라는 곳에서의 쪽배를 타고 오르는 체험관광 상황이다. 처음에는 가슴을 내밀고 앉아서 배에 은근히 힘을 주었다. 그것도 잠시, 배를 타고 좁은 계곡을 오르내리는 동안 단돈 2달러를 벌기 위해 "힘들어!"를 연속해서 뱉어댄다. 신음 같은 음성은 파란 물결을 가르는 칼날 같고 구슬같이 흘리는 땀방울은 고통의 눈물처럼 보인다. 그들을 차마 똑바로 바라볼 수가 없고 그대로 앉아 있기가 민망할 정도다.

여러 가족들의 생계가 달린 이 일을 하기 위해서는 어려운 과정의 시험을 치러 자격증을 취득하여야 한다고 한다. 그것도 경쟁자가 하도 많아서 일할 기회가 1주일에 한 번 밖에 주어질까 말까하다는 안내자의 말에 안 된 생각이 들어 1달러를 건네주었더니 누런 이빨을 내 보이며 히죽이 웃는다.

팍상한이라는 이곳의 경치에 많은 기대를 걸었는데 형제 사공들의 애처로운 모습 때문에 기분이 팍 상한 여정이었다.

2 소녀 마부

이튿날. 따가이따가 지역의 따알이라는 곳에서 세계에서 제일 작다는 화산을 구경하게 되었다. 백두산 천지와 한라산 백록담 같이 정상에 있는 호수를 구경하기 위하여 이곳 유일의 교통수단인 조랑말을 탔다. 안내원이 가파른 산을 오르다가 사고가 날 위험이 있으니 되도록 힘이 좋게 생긴 말을 타라고 한다. 이 말을 염두에 두고 차례가 돌아오는 것들을 일부러 피하다가 골랐더니 소녀 마부가 딸렸다.

어쩌면 가는 곳마다 그렇게 여복이 많으냐는 일행들의 농담에 함께 웃는 것도 잠시이고, 승마 경험이 없는데다 가파른 산을 오르자니 하마 떨어질세라 잔뜩 긴장이 된다. 발걸이에 힘을 있는 대로 다 주고 말 등 위의 작은 손잡이를 잡으며 전신을 의지한다. 구경은커녕 조마조마한 상태로 말만 쳐다보며 가는데 말은 벌써부터 '푸푸풋. 푸푸풋'하며 헉헉

대어 더욱 신경이 쓰이게 된다. '이러다 이놈이 쓰러지면 곤두박질을 치겠고, 그렇게 되면 많이 다칠 텐데…….' 라는 생각에 걱정 또 걱정이다.

건장한 남자 마부였더라면 다소 마음이 놓일지도 모르는데 스스로 약은 체 하다가 잘못 선택한 것이 후회가 된다. 말발굽 먼지는 안개처럼 뿌옇게 피어올라 저마다 마스크를 다독이는데, 대수롭지 않다는 듯이 슬리퍼를 끌고 앞뒤를 분주히 오가며 말을 부리는 소녀가 호소하듯 내 뱉는다.

"마부 힘들어! 마부 힘들어!"

함께 타고 가면 좋으련만 사고가 날 염려가 있으니 절대 태우지 말라는 말에 선뜻 권하지도 못한다. 말이 헉헉거리는 바람에 몇 번이나 멈추는 등 우여곡절 끝에 간신히 정상에 오르니 파란 호수가 반가이 맞는다. 말 타기 전에 관리자가 아무것도 사주지 말라고 해서 잡상인들을 가리키며 "음뇨쑤, 음뇨쑤"하는 마부의 말을 못들은 척 한 것이 산을 내려오는 내내 마음이 걸린다.

이제 말의 발걸음은 훨씬 가벼워진 것 같은데 힘들다는 마부의 신음소리는 더욱 잦아진다. 더 이상 그 소리를 들을 수 없어 눈 딱 감고 내 뒤에 타라고 권유를 했더니 고개를 가로젓는다.

"말 힘들어! 말 힘들어!"

자신은 고통스러워 하면서도 동물을 아끼려는 마음이 고와 보인다.

도착할 지점에 가까워져서 남들처럼 말에 채찍을 가해보니 쏜살같이 내닫는다. 호수에서 불어오는 시원한 바람을 마음껏 마시며 하얀 백사장 위를 달리니까 전쟁터에서 이기고 돌아오는 개선장군이 된 기분이

다. 이렇게 바다 같은 아름다운 호수를 바라보며 달리는 쾌감에 한껏
취하는가 했더니 그것도 잠시이고 뒤에서 끌려오다시피 하며 애원하듯
지르는 마부의 고함이 나로 하여금 고삐를 당기게 한다.

"말 힘들어! 마부 힘들어!"

3 마사지 여인

저녁에 전신 마사지를 받게 되었다. 따뜻한 물로 발을 닦아 주고 발
바닥부터 머리에 이르기까지 구석구석 주무른다. 그런데도 어제 해 주
었던 사람보다 못한 것 같아 더 세게 하라고 당부를 하니 꼭꼭 눌러댄
다. 푹신한 침대에 누워 그렇게 온몸을 내 맡기니 정강이로부터 허벅지
와 가슴과 목을 오르내리며 나긋나긋하게 만져대는 손길이 나른한 몸을
한꺼번에 사르르 녹아 내려 주는 듯하다.

편안함에 취하여 스르르 눈을 감고 있는데 이 사람도 역시

"힘들어! 힘들어!" 한다. 계속해서 주무르면서 끙끙거리는 바람에 얼
굴을 처다보니 양 볼에 땀이 뒤범벅이다. 수건으로 닦아주니

"탱큐 탱큐"하며 환한 미소를 짓는데 미안한 생각에 그의 손을 젖히
며 좀 쉬라고 해도 고개를 좌우로 흔들며 그 동작을 계속한다.

손짓 발짓을 하며 알아보니 나이가 열아홉 살이고 딸이 하나 있는데
남편이 일자리가 없어서 이 일을 계속할 수밖에 없다고 한다. 오늘은
오후부터 다섯 사람째 일을 하니 힘이 든다며 얼굴을 찡그린다. 단돈 2
달러 때문에 저렇게 애를 써야 하는 그의 처지를 생각을 하자니 측은한
마음이 들어서 그대로 누워 있기가 민망스럽다. 그런데도 일행과 보조

를 맞춘다는 이유로 1달러도 더 얹어주지 않았다. 귀국길 비행기에 올라 곰곰이 생각을 하니 평소에는 돈 아까운 줄 모르고 마구 뿌리던 내가 가족들의 생계를 위해 애쓰는 이곳 사람들에게 인색하게 한 것이 후회스럽다.

배를 어깨에 메고 끙끙거리며 협곡을 오르던 사공 형제와, 흙먼지를 뒤집어쓰고 맨발로 험한 산길을 오르던 소녀 마부, 그리고 땀을 철철 흘리며 내 몸을 구석구석 주물러 대던 애띤 여자가 "힘들어! 힘들어!" 하며 지르던 애절한 소리들이, 비행기에서 내려다보는 필리핀의 아름다운 산하에 덧칠해져서 부풀었던 이국에서의 추억들이 하나둘씩 지워지는 듯하다.

이번 여행은 즐거웠다기보다는 마음이 매우 무거운 여정이었다.

남국의 비애

태국 제2의 도시인 북부의 치앙마이에 도착하여 가이드의 안내에 따라 관광은 시작된다.

가는 곳마다 '항노웅'이라는 빨간 꽃을 비롯하여 하얀, 보라, 파란 색깔의 이색적인 꽃들이 우리를 반기는 듯하다. 이곳은 삼모작도 능히 해낼 수 있다는 좋은 토양과 알맞은 기후이고 산들도 모두 울창한 숲으로 우거졌다. 국토 면적이 우리보다 몇십 배 넓으면서도 인구는 적고 들과 산에 널려 있다시피 한 과일을 비롯한 여러 가지 먹을거리가 풍부하다고 한다.

어디를 가도 국왕 내외의 커다란 초상화를 볼 수 있어 왕정체제임을 실감하게 된다. 정정이 불안하다는데도 웬일인지 평온한 느낌이 들고 만나는 사람마다 두 손을 모아 합장을 하며 친절하게 대하는 모습을 보니 여유가 있어 보인다. 이른 아침에 가족들이 사원에 나와 정성스레 들짐승들의 먹이를 담아 놓는 모습은 특이하다. 아마도 이 나라 국교와 자연환경과 무관하지 않은 것 같다.

이번 여행은 구경보다는 체험 쪽의 비중이 더 컸다. 여러 과정을 거치면서 크고 작은 일들을 맞게 되어 매우 즐거웠는가 하면 가는 곳마다 바로 쳐다볼 수 없는 안타까운 상황을 대하면서 비정함을 느꼈다.

1 코브라 쇼를 하는 사나이

첫날 치앙마이 근교에서 코브라 쇼를 관람하였다. 관광객들은 간이 스탠드에 앉게 하고 나이 지긋한 사람이 각종 뱀을 능숙하게 다룬다. 독이 많고 사나워서 무섭다는 코브라를 비롯한 각종 뱀들이 쏜살같이 달려드는데도 재치 있게 피하고 재빠르게 그 목을 잡아 제키는 솜씨는 가히 놀랄 만하다.

징그러운 것들을 자유자재로 만지며 곡예를 부리는 대머리의 중년 남자는 미소를 지으며 부드럽게 움직이더니 물속에 들어가 구렁이와 함께 몸을 부딪치고 입을 맞춘다. 나는 뱀을 보기만 해도 어쩔 줄 몰라 하는 사람인데 시뻘건 혀를 날름거리는 머리를 내 얼굴에 들이대서 질겁하고 멀리 달아났다.

뱀을 떡 주무르듯 하는 동작이 처음에는 신기하게 느껴지더니 시간이 갈수록 측은한 마음이 든다. 끝날 무렵에는 숨을 몰아쉬며 인사를 하는 모습을 보니 불쌍하다는 생각이 든다. '먹고 살기 위해 저런 일을 하다니 원!' 안내 방송 요원이 그 사람이 뱀들과 쇼를 벌이다가 코브라에 물려 고생을 하다가 급기야는 손가락을 잘라내어 버렸다는 말과 함께 흉측한 손을 치켜세우는 바람에 고개를 다른 곳으로 돌리게 된다.

사람 사는 것이 이렇게 힘든 것인가? 퇴장하는 그에게 보내는 박수도 차마 따라 칠 수가 없다.

2 국경을 넘는 부부

이튿날 미얀마 국경도시인 메사이로 이동하였다. 육로로 북한 땅을 밟아 금강산 관광을 하고 싶었는데, 어쩌다 이곳에서 먼저 남의 나라 국경선을 넘게 되니 아쉬운 감정이 솟는다. 급행료 40불을 찔러 준 덕에 다른 사람들은 길게 줄을 서서 지루하게 기다리고 있는데도 일행은 뒷길로 손쉽게 걸어 들어갔다. 타킬렉 황금사원을 구경하고 국경시장을 조금 돌아보다가 다리도 아프고 딱히 구입할 물건도 없어서 잠시 쉬었다. 국경을 통과하는 모습들을 바라보는 과정에서 기이한 광경을 목격하게 되었다.

허름한 옷차림으로 오토바이를 개조한 차에 작은 보따리들을 싣고 국경을 넘는 부부를 경비병이 제지한다. 한명은 주위를 돌며 수색을 하는가 싶더니 나머지 한명은 두리번거리며 뒤에 탄 여자에게로 다가가니까, 금방 울음을 터트릴 것 같은 표정으로 치마 속에서 무언가 꺼내어 내민다. 빼앗듯 거머쥐고 초소 뒤편으로 가더니 구겨진 지폐를 펼치며 헤아리며 흐뭇한 듯이 미소를 짓는다. 무언가 눈을 감아주는 대가로 받는 것임에 틀림이 없다.

남루한 차림에 하찮은 짐들 같은데 돈을 내야만 통과할 수 있는 그들의 처지가 불쌍해 보였다. 일그러진 얼굴로 속치마에 손을 넣으며 파르르 떨던 여인의 입술과 엄마 등에 업혀 영문도 모른 채 잠을 자는 아기가 내 머리 속에서 지워지질 않는다. 그들 부부의 집에서 굶주림에 허덕이며 손꼽아 기다리고 있을 식솔들의 모습도 함께…….

3 머리 파란 동자승

치인다오. 위암꿍깡 사원에서 동자승 둘이 어른 스님을 따라 사원 청소를 하고 있다. 손짓발짓으로 의사를 소통하여 그의 어깨를 싸안고 함께 사진을 찍었다. 둘 다 박박 깎은 머리가 더욱 파랗게 느껴지는 것은 무슨 연유인지 모르겠다. 자기 의사와 관계없이 부모 곁을 떠나 적적한 생활을 하고 있을 것이라는 생각을 하자니 가슴이 짠하다. 동네방네를 휘젓고 마음껏 뛰어 놀며 노래를 부르고 즐겁게 공부를 할 나이인데. 자기 키보다 훨씬 큰 빗자루를 껴안듯이 하고 힘겹게 마당을 쓰는 모습에 내 마음도 파랗게 물들어 가는 기분이다.

사람들이 광장 군데군데에 옹기종기 모여서 무언가 주워 담고 있는데 그 연유를 알아보니, 불교의 나라인지라 개들을 끔찍이 여기기 때문에 먹이를 챙기고 있는 것이란다. 동물에게까지도 자비를 베풀어서 부처님의 보시정신을 이어받으려는 이 곳 사람들이 부럽다. 그러면서도 빈곤의 늪에서 허우적거리는 사람들의 모습을 대하자니 고개가 갸웃거려 진다.

우리나라 기차 역사 앞에 방황하고 있는 노숙자들과 지하철 입구에서 엎드려 구걸하는 걸인들을 연상해 보며 개에게까지 보시를 베푸는 이들의 마음씨를 다시 한 번 읽어 본다.

치앙마이 메땅이라는 곳에서 코끼리들을 만났다. 그들이 벌이는 텀블링과 축구 경기 모습 등 각종 묘기는 매우 흥미로웠다. 특히 코에 붓을 물고 도화지 위에 자신들의 모습을 그리는 것을 보며 '코끼리가 코끼리를 그리다니' 하며 모두들 탄성을 지르고 박수를 보냈다.

넓고 큰 바위 같은 등을 타고 냇물을 건너서 산골짜기 오르막과 내리막길을 걸었다. 하늘은 푸르고 공기도 맑은 이국의 정취를 마음껏 맛보게 되니 이 순간은 내가 제일 행복한 듯하여 어깨가 으쓱기려진다. 코끼리 등 위에서 길목의 나무들에 매달려있는 과일을 손으로 직접 따서 먹는 재미는 신기함마저 맛보게 한다. 아름다운 자연과 힘세고 덩치가 큰 동물을 내가 마음대로 부리고 있다는 생각에 흐뭇한 마음마저 든다.

"야호!"

신바람이 나서 고함을 지르며 마음껏 즐기고 있는데 앞에서 조종하는 소년의 특이한 행동을 보고 흠칫 놀랐다. 유의 깊게 살펴보니 걸음을 재촉할 때나 길을 잘못 들어설 경우에는 날카로운 쇠꼬챙이로 귀 밑을 콱콱 찌른다. 커다란 몸을 부르르 떨면서 "꿔억, 꿔억" 하고 신음을 하는 바람에 내 몸도 오싹거려진다.

탄성을 자아내게 하는 텀블링과 축구를 배우느라고 얼마나 맞았을까. 기다란 코로 그림을 그리고 재주를 부리느라 얼마나 찔렸을까. 간간이 내뱉던 신음소리와 걸음을 떼어 놓을 때마다 헐떡거리던 숨소리가 귀에 걸린다.

이어서 소 두 마리가 끄는 마차를 타게 되었는데 그들도 연방 채찍질을 당하며 뛰어간다. 연약하리만치 왜소한 소들이 더 매질을 당할까봐 경쟁하듯 달리며 껌벅거리는 흰자위의 검은 눈동자가 불쌍해서 눈을 바로 뜨고 갈 수가 없다.

5 애처로운 원숭이

원숭이가 야자를 따는 이야기를 듣자니 인간의 잔인성을 느끼게 된다. 열매가 주렁주렁 매달린 나무 밑에 원숭이를 끌고 와서 머리를 꽉 잡고 몽둥이로 마구 두들겨 팬다. 계속 때리다가 놓아주면 혼쭐이 난 원숭이는 사람이 따라 오지 못하도록 높은 나무로 도망을 친다. 약이 올라 식식거리던 원숭이는 자기를 때린 사람에게 앙갚음을 하려고 두리번거리다가 커다란 야자열매들을 힘겹게 따서 사람을 맞추려고 던지고 또 던진다.

그러다가 모두 다 없어지면 내려오는데 그때 맛있는 먹이를 듬뿍 주어 보상을 하는 일을 반복한다. 그러다보면 나중에는 야자나무 밑에만 끌어다 놓기만 해도 스스로 나무에 올라가서 그 짓을 한다. 아무리 세상을 사람이 지배하게 되었다고 하지만 스스로 만물의 영장이라며 뽐내는 인간의 간교함과 잔학함은 무엇으로 응징될지 참으로 걱정스럽다.

6 뱃사공의 노래

대나무로 엮은 뗏목을 타고 야자나무 숲을 따라 내려간다. 남루한 차림으로 힘겹게 노를 젓는 사공들을 바라보다가 앞 사람의 역할을 대신해 본다. 보기보다는 그리 만만하질 않아 안간힘을 쓰고 있는데 내게 노를 건넨 이는 뱃바닥에 털썩 주저앉아 헉헉거리며 주먹으로 땀을 닦는다.

그의 고통을 조금이라도 덜어보려는 생각에 "에이야 뒤야! 어기여차! 뱃놀이 가잔다!" 하면서 노래를 부르니까 모두가 힘겹게 웃는다. 뒤에서 노를 젓는 사공은 내가 부르는 가락에 맞추어 동작을 한다. 나와 눈이 마주치게 되니 누런 이빨을 드리내 보이며 히죽이 웃는데 노래를 이어 받으라고 몸짓으로 주문을 하니까 양팔로 가위표를 한다. 짓궂게도 여러 차례 재촉을 했더니 이상한 표정을 하면서 알아들을 수 없는 노래를 부르기 시작한다. 시간이 흐를수록 곡조가 구슬퍼지고 차츰 격한 소리로 바뀌어 가는가 싶더니 나중에는 발까지 굴러댄다.

핏기 없는 얼굴로 목에 핏줄을 세우면서 온힘을 다해 부르는 모습을 바라보자니 오히려 미안하다. 버거운 일 때문에 힘이 부치는데다 노래까지 부르게 한 내가 너무했나 보다.

7 울부짖는 원혼들

메콩강 유역, 헤로인 세계 생산량의 70%나 점유하고 있다는 이곳은 마약 생산의 최적의 기후이다. 이렇듯 자연조건이 천혜의 요지라서 미얀마는 고대로부터 지금까지 강대국들의 각축장이 되었다고 한다.

프랑스는 이곳을 점령한 후 그들의 식민지 운영 자금을 쓰기 위해

마약을 재배하였고 미국은 베트남 전쟁 시절 CIA가 마약의 패권을 쥐었다는 곳이다. 베트남 참전 미군들의 30%가 이 마약을 복용했고 심지어 본국으로 실려 가는 시체 속에 이것을 숨겨서 들여갔다니 가히 그 실태를 짐작할 만하다.

제국주의자들은 오래전부터 자신들의 이익을 취하기 위해 이곳 청년들에게 여러 가지 강제 노동을 시켰다고 한다. 제대로 먹이지도 않고 채찍과 총칼로 혹사를 시킨 점령군들의 만행이 자못 저주스럽다.

세상의 온갖 죄를 다 범한 사람들에게 마약까지 제공하기 위해서 가해지는 폭행에 못 이겨 채 눈을 제대로 감지 못하고 세상을 떠난 젊은 이들이 가엽다. 침입자들의 도구가 되어 사라져간 원혼들의 울부짖는 소리가 내 귀를 때리는 듯하다.

8 눈물을 머금은 소녀 엄마

메콩 강 줄기를 타고 라오스로 향한다. 떠나는 선착장은 타일랜드이고 건너편에 보이는 땅은 라오스이며 두 강 사이에 낀 육지는 미얀마라고 하니 세 나라 국토를 한꺼번에 거치게 되는 셈이다.

흙탕물을 가르고 나아가면서 베트남 전쟁 당시 미군들이 이곳에서 잡았다는 7미터나 되는 물고기 이야기를 들었다. 전쟁이 끝난 후 이 괴물을 잡아먹었다는 미군들을 추적해 보니 모두가 불행한 말로를 겪으며 사망했다고 한다. 비도덕적인 국가와 사람들은 반드시 멸망한다는 진리를 다시 한 번 확인하게 된다.

강을 건너 라오스에 내리니 작은 구멍가게가 서너 개 보인다. 유유히 흐르는 강물을 바라보며 파라솔 의자에 앉아 커다란 야자열매에 입을 대고 들이 마시니 이국적인 감회가 새롭다. 이 곳 특주에 갖가지 안주를 곁들여 즐기고 있는데 아기를 업은 여자가 울상을 지으며 내 앞에 다가와서 때 묻은 손을 내민다. 몰골이 말이 아닌데 자세히 보니 애 띤 얼굴이다. 안타까운 마음에 푼돈을 내어주려니까 일행 중 한 사람이 버릇이 나쁘게 들어 결국 자신의 일생을 망치게 된다며 가로 막는다.

가무잡잡한 바탕에 땟국 물이 졸졸 흐르는 얼굴이 일그러졌는데 금방 눈물을 뚝뚝 떨어뜨릴 것만 같다. 애처로운 소녀 엄마의 모습이 자꾸만 눈에 밟힌다.

9 피를 나눈 고려 유민

산에서 살던 빠용족과 아까족 등 5개 소수 부족들의 생활상을 엿볼 수 있도록 개인이 관광사업을 목적으로 그들을 고용했다고 한다. 1인당 관람료가 이들이 한 달을 살아갈 생활비와 같다고 하니 그들의 생활상을 가히 짐작할 수 있다.

고구려 유민으로 추정되는 라오족은 특이한 옷차림을 하고 굳은 표정으로 우리를 맞이한다. 그들이 펼치는 춤과 노래는 어딘지 힘이 빠졌고 어색하여 별 흥미를 느낄 수 없다. 그래서인지 아무도 팁을 건네주지 않아 지폐 두어 장을 바구니에 넣어 주었다.

보장왕 때 당나라에 의해 멸망하여 남국에 볼모로 끌려간 고구려 사람이 20만 명이나 된다고 한다. 수·당 대군을 격퇴시킨 용맹한 고구려인을 그대로 두면 훗날이 두려워 각지로 분산시켰는데 그들 중 일부가 이곳까지 내려오게 되었단다. 우리와 어순이 비슷하고 '나, 너, 아빠, 엄마, 짠지(김치)' 등과 같은 말을 사용하고 있다. 아직도 숫대의 풍습을 지키며 색동옷을 입고 찰벼를 재배하는 것 등이 우리와 같다는 말에 은근히 친근감이 다가와 같이 고국에 데려갔으면 하는 충동이 인다.

피를 나눈 이들인데 우리와 함께 살 수 있다면 이런 고생은 면할 수 있을 텐데…….

먹고 살기 위해 억지로 춤을 추며 목 안으로 들어가는 듯한 노래 소리가 구슬프게 들린다.

10 목 긴 카렌족

언덕을 내려오니 목에 쇠붙이를 낀 카렌족들이 조그마한 구멍가게에서 관광 상품들을 팔고 있다. 여인들은 모두 원형으로 생긴 누런 쇠붙이를 목 전체에 끼고 있다. 다섯 살이라는 소녀도 그렇게 하고 있는데 무거운 것을 달고 평생을 부자유스럽게 살아간다고 생각을 하니 가엽기 그지없다.

아기가 보자기로 얽어 맨 요람에 누워 새근새근 잠을 잔다. 머지않아 자신의 목에도 쇠붙이가 끼워질 것도 모르고……. 맹수가 제일 먼저 목을 공격하는 것에 대비하기 위해서 해온 것이 유래되어서 목이 긴 사람이 미인이라고 한단다. 지금은 그럴 위험도 없고 그렇게 보는 이도 없을 텐데도 어린 아이들까지 목에 걸고 있으니 참으로 가엾다.

일행들이 그런 형상을 나타낸 목각들을 사들고 좋아해서 나도 사서 손자들에게 줄까하다가, 소녀의 가냘픈 목에 무거운 것이 매달린 것을 보고는 그만 제자리에 놓아 버렸다.

가느다란 목에 채워진 투박스런 쇠붙이가 끼워진 소녀의 모습은 나로 하여금 혀끝을 차게 한다.

11 사연 깊은 '럼주'

저녁 식사 도중 일행 중 한 사람이 사탕수수로 만들었다는 '쌩솜'이라는 민속주를 사서 잔을 돌린다. 감자로 만들었다는 러시아의 보드카와 미국의 조니워커 등이 생각난다.

나폴레옹의 프랑스군과 대항하기 위한 스페인 등의 연합군을 지휘하다가 전사한 넬슨제독의 시체를 상하지 않게 하려고 이 술이 담긴 통에 담아 본국으로 이송했다 한다. 술을 너무도 좋아했던 병사들이 몰래 이 통에 빨대를 꽂고 바닥이 나도록 마셨다는 럼주 이야기를 들으니 쓴 웃음이 나온다.

12 내 마음을 아프게 한 노이(Noy)

내가 "넘버 원! 노이 낙낙."(최고야! 노이 더 세게 눌러)하고,

옆의 친구는 "아니야 ○○이 넘버원이고 노이는 넘버 텐."이라고 하니까, 건너편 사람은 "○○ 넘버원! 바~우~ 바~우~(○○ 최고야! 살살 눌러)."라고 하면서 굵은 음성으로 일부러 점잖을 떠는 시늉을 한다. 여기저기서 경쟁을 벌이듯 우리들 흉내를 내면서 껄껄댄다.

일행들과 함께 전신 마사지를 받았다. '노이(Noy)'라는 이름을 가진 여인의 손길이 나의 뭉친 피로를 한꺼번에 씻어 내려는 듯이 구석구석까지 잘도 주무른다. 어떤 때는 매우 아프다가도 오히려 시원하다는 느낌이 들기도 한다. 중국 여행을 할 때와 한국의 온천지역에서 이런 경험을 해 보았지만 지금처럼 잘해 주는 것은 처음인 것 같다.

다른 사람들은 도우미들이 오는 대로 파트너를 정했는데 내게로 다가오는 여자가 몸집이 크고 못생긴 것 같아서 얼른 다른 여자에게 손짓을 해서 짝을 만들었다. 그런데 아차! 욕심은 화를 자초한다더니 마사지를 하는 데는 체중이 좀 나가고 힘이 센 편이 훨씬 나은데 잘못 짚었다. 덩치 큰 여자를 만난 친구는 시원하다며 연방으로 넘버원을 외치는데 나는 다른 이에게 갈 날씬하고 예쁘게 생긴 여자를 차지하다 보니 오히려 손해를 보았다. 끝날 무렵 내 손을 자기 얼굴에 대 보이는데 땀이 뒤범벅이서 2불을 더 얹어 주었다.

여행 마지막 날, 그 장소에서 먼저 번 파트너와 다시 마사지를 한다는 바람에 모두들 신이 났다. 업소에 도착하니 입구에 섰던 아가씨들 중 특이 영어를 잘하고 상냥스럽게 굴던 노이(noy)가 내 품에 안기려는 듯 팔을 벌리고 달려온다. 어느 친구는 전날 만났던 파트너를 기다렸을 텐데 엉뚱한 사람 손을 잡아끌고 달려가며 좋아하는 모양이 가관이다. 막상 방안에 들어가서 확인을 하고는 파트너가 바뀌었다면서 원위치를 시키는 짓궂은 행동에 장내는 웃음바다가 된다.

반가운 표정을 짓는 내 짝 '노이(Noy)~'는 오늘도 여전히 힘이 부치는지 숨을 헐떡거리고 땀을 닦아내기에 바쁘다. 길게 누워 눈을 감고 있자니 미안한 마음이 든다. 팁을 더 주고 싶은데 마침 달러가 없어 친구에게 꾸어서 얹어 주고 나오는데 연방 꾸벅거리며 인사를 하는데 안색이 별로 좋질 않다.

밝은 곳에 나와서 자세히 보니 생각보다 나이가 훨씬 들어 보인다. 어쩌면 여러 아이들을 거느렸을 것 같고 그들을 위해 이런 일을 한다고 생각하니 엄마가 맛있는 것을 가지고 들어오길 고대하고 있는 아이들이 떠오른다.

떠나는 버스를 향해 흔들던 노이(Noy)의 손이 가냘퍼 보인다.

13 또 다른 의미의 네잎 클로버

마지막 여정에서 일행 중 누군가 갑자기 퀴즈를 내어 놓으며 맞춰보라고 한다.

"행운을 뜻하는 풀이 뭐죠?"

"예, 클로버예요"

"아 맞았어요. 내가 상품으로 이 행운을 드릴게요."

그 사람에게 손으로 선물을 안겨주는 시늉을 한다.

"나폴레옹이 전쟁 중 이것을 따려고 몸을 숙이는 순간 총알이 지나가서 죽음을 면했다는 이야기가 있지요. 그 후 사람들은 이것을 행운의 풀이라 불렀대요. 그런데 잎이 네게 달린 클로버를 찾느라 무수한 사람들에 의해 밟혀서 신음을 하다가 죽어간 세 잎 클로버들을 생각해 보셨는지요?" 하며 의미 있는 웃음을 짓는다.

이 말을 듣고 보니 그런 풀들처럼 가엾게 사라져 간 사람들 생각에 마음이 착잡해 진다.

이번 남국의 여정은 계속해서 펼쳐지는 아름다운 풍광과 이색적인 생활모습 등 다양한 경험을 하게 되어 즐거웠다. 반면에 가난 속에 허덕이는 사람들을 만나고 학대 받는 동물들의 고통을 함께 느끼면서 안타까움을 금할 수 없었다.

뱀들을 떡 주무르듯 만지며 자랑하던 사나이의 뭉그러진 손과 미얀마 국경도시에서 고통을 겪던 가난한 부부의 설움에 가슴이 아렸다. 치앙마이 위앙꿍깡 사원에서 마당을 쓸던 머리 파란 동자승과 무거운 짐을 끌며 허덕이면서도 수없이 찔리며 얻어맞는 코끼리와 소는 너무도 안쓰러웠다.

사공들의 신음소리와 골든트라이앵글의 마약 농장에서 덧없이 사라져 간 젊은 원혼들과 금방이라도 눈물을 쏟아낼 것 같은 라오스 소녀 엄마의 일그러진 얼굴은 나를 슬프게 했다. 고려유민들의 구성진 노래소리는 그대로 듣기가 어려웠고 목 긴 카렌족의 눈물은 바로 쳐다보기가 싫어서 고개를 돌려야만 했다. '럼주'라는 술에 얽힌 비화와 '마사지 여인' 노이(Noy)의 아픔과 네잎클로버에 담긴 이야기는 또 다른 의미를 느끼게 했다.

남국의 여정 속에 얽혔던 모습들을 떠올리자니 그곳에서 목격한 안타까운 비애들을 다시금 느끼게 된다.

제5장

행복은 선택이다

행복은 선택이다

'행복하게 살아가자'

전국을 돌며 강의를 하던 유명한 강사 부부가 동반 자살을 하여 세상을 떠들썩하게 한다. 인생은 마음먹기에 달렸으니 어떤 어려운 일을 당해도 슬기롭게 이겨 내어 행복하게 잘 살아가야 한다며 열강을 하던 사람이다. 많은 이들의 격려와 찬사를 한 몸에 받던 그가 스스로 목숨을 끊었다는 뉴스를 접하게 되니 허탈감이 든다.

인기가 하늘처럼 높았던 연예인이 극약을 먹고 전도가 양양한 젊은이가 강물에 뛰어 들며, 지도급 인사가 바위 위에서 떨어지는 참극이 이어지는 세태가 참으로 답답하기만 하다. 얼마나 마음이 상했고 가슴이 아팠으면 그런 행위를 했을까 하고 안타까운 생각이 드는 한편, 순간의 고통을 이겨내지 못하고 극단적인 길을 택한 나약함에 연민의 정이 간다.

인간은 정녕 고통 없이 살아 갈 수 없으며 이런 상황을 극복해 가며 살아간다는 것이 그토록 어려운 일이란 말인가. 만약 그런 속에서도 행복을 성취할 수 있다면 어떠한 사람들이 무슨 방법으로 이룰 수 있는가. '행복'이란 단어를 한마디로 정의하기가 힘든 것처럼 이에 대한 질문에 답하기도 그리 쉽지 않다.

12.12사태 후 각기 대권을 노리던 정치지도자들의 모습을 유행가 제목에 붙여서 한동안 회자되었던 일이 있다. 손에 든 권좌를 하루아침에 빼앗겼으면서도 생을 마감할 때까지 말 한마디도 못한 입을 다물어야 했던 사람을 '바보 같이 살았군요.'라며 비아냥하였다. 정권을 강제로 탈취하여 무소불위의 권력을 행사하던 자에게는 '나는 행복합니다.'라는 내용의 가사를 달았다. 그 밖에 대권 주위에 맴돌던 이들을 '목포의 눈물', '돌아와요 부산항에', '꿈꾸는 백마강' 등으로 비유하여 가사를 지었는데 이들을 견주다 보면 씁쓸한 마음이 든다.

당시 권력을 찬탈한 사람은 과연 얼마나 즐거웠을까. 부당한 방법으로 취한 높은 자리가 오래도록 좋을 수만은 없었을 것이다. 들끓는 여론을 피해 심신 산골에 숨어 있다가 나중에는 쇠고랑을 차고 법정에 끌려 나와서 재판을 받는 상황들을 맞았으니 어찌 마음이 편하였겠는가.

인간은 높은 곳에 오르고 싶고 더 많이 가져보려고 피나는 노력과 끝없는 경쟁을 한다. 그렇게 되어야 자신의 삶이 행복해진다고 믿고 있기 때문이다. 그러나 그리 쉽게 오르거나 얻을 수 없고 설혹 그렇게 되었다 하더라도 그것에 만족하기는 어려우며 또한 영원히 지킬 수도 없다. 행복해지고 싶어 잡으려고 갖은 애를 쓰면서도 결국은 거기에 얽매어 얻은 것마저 스스로 버리게 되고 마는 것이 우리의 실상이라고 할 수 있다.

한때 세상의 부귀영화를 한 손에 거머쥐고 통치를 하던 솔로몬 왕도 생의 마지막 순간에서는 '눈으로 보아도 족함이 없고 귀로 들어도 차지 아니하는도다.'라며 인간의 욕망을 스스로 책하였다. 또한 '헛되고 헛되며 헛되고 헛되나니 모든 것이 헛되도다.'는 말로 허무한 인생에 대한 고백과 회개를 하여 삶의 참 의미에 대한 강한 열망을 제시하였다.

우리나라 경제 수준이 세계 8위에 올랐다고 하여 모두들 자랑스럽게 여기고 있지만, 국가별 행복도 조사에서는 하위권을 맴 돈다고 하니 충격이 아닐 수 없다. 그보다 심각한 것은 이러한 사실에 국민들은 관심이 적다는 것이다. 행복감을 더 넓혀 가도록 하는 사회적 시스템이 아니라 오히려 줄여가는 우리의 인식과 구조가 문제이기도 하다. 또한 국가 간 학생들의 학력 비교에서 우리가 상위 그룹에 속하지만 삶의 만족도에서는 하위로 처진다는 사실은 우려되는 바가 크다.

요즈음은 새로운 의미의 행복을 찾아 떠나는 사람들이 늘고 있다. 일류학교를 우수한 성적으로 졸업하고도 산속에 묻혀 도자기를 만드는 데에 푹 빠져 사는 젊은이가 있다. 다른 이들이 부러워하는 자리를 박차고 나와 땀을 흘리며 농사를 지으면서도 전원생활을 즐거워하는 전직 법관도 생겼다. 대우가 좋은 우수한 대학의 강단을 마다하고 탈북자 선교에 나선 교수와 역경 속에서도 아름다운 시를 쓰는 일을 게을리하지 않는 우체부 등 색다른 생각을 가진 이들의 수가 증가한다.

참된 행복이 어떤 것인지를 스스로 찾아내고 그것을 마음껏 누리며 살아 갈 수 있는 방법을 터득할 수 있으면 좋겠다.

느린 말, 빠른 행동

"아버지 돌 굴러가유~……."

"어? ~ 꽥!"

이는 충청도 사람의 말과 행동이 느리다 하여 놀려댈 때 흔히 비유하는 말이다.

만약 "아버지! 저 산 위에서 돌이 굴러 내려오니 빨리 피하십시오." 라고 길게 말을 한다면 아마 "어?~ 꽥!~" 소리를 지를 사이도 없이 숨을 거두고 말 것이다. 막상 이런 사태가 발생한다면 "돌 굴러가 유~" 하는 짧은 말에 따라 바로 피하는 편이 훨씬 빠르다고 할 수 있다.

그렇다면 이 지역 사람들의 말이 느리다고만은 할 수 없다. 간단한 예를 한두 개 더 들어 보자. 대부분 사람들은 어렸을 때, "이 콩깍지가 깐 콩깍지인가, 아니면 안 깐 콩깍지인가." 라는 것을 빨리 말하는 시합을 해 본 경험이 있을 것이다. 21글자나 되는 까다로운 말을 빠르게 발음하다 보면 당연히 더듬거리게 된다. 허나 이 지역 사람들은 '간

겨~, 안 간 겨~'하고 단 5개의 낱자로 간단히 표현해 버린다.

"너는 보신탕(개)을 먹을 수 있느냐."는 말도 "개 혀?~"하면 되고 "응, 나는 보신탕을 먹을 수 있어." "나는 그것을 먹을 수 없어."라고 답을 할 경우도, "혀~" 또는 "안 혀~"라고 대답하면 된다. 이 얼마나 간결하고 깔끔한 표현인가. 이래도 느리다고 비웃을 수는 없다.

행동하는 것도 마찬가지이다. "돌 굴러가 유" 하는 짧은 말이 떨어지기가 무섭게 아버지는 재빠르게 다른 곳으로 옮겨서 유유히 톱질을 할 것이다. 그래서 '꽥'을 지르기는커녕 "천안삼거리 흥!"하고 타령을 부른다며 비웃는 이들에게 대응한다.

사업을 하는 친구에게 이런 이야기를 들었다. 충청도 사람에게 융숭한 대접을 하고 추진할 사업에 관한 내용을 상세하게 설명하면서 협조를 요청했는데 좀처럼 반응이 없었다. 밤늦도록 공을 들여 설득을 했는데도 묵묵부답인 채 두 눈만 껌벅거리고 있어서 무척 답답했다. 워낙 중대하고 긴급한 사안이라 반드시 승낙을 받아야 할 입장이어서 새벽까지 졸라댔더니 그때서야 슬그머니 문을 열고 나가면서 "글쎄유~. 더 좀 생각해 보고유~."라고 하더라며 혀를 내둘렀다.

비록 상대는 상황이 다급해서 그럴지 모르겠으나 요청을 받는 입장에서는 쉽사리 결정해서 일을 그르치게 되면 자기나 상대 모두가 문제될 수가 있다. 전후좌우를 두루 살핀 후 심사숙소해서 단안을 내려야 하기 때문에 그렇게 뜸을 들이는 것이다. 빨리 먹는 떡이 체하기 쉽고 서두르는 일 또한 잘못될 확률이 높은 법을 익히 알고 있음이다.

어느 중견 정치인이 방송 대담에서 '멍청도 핫바지'라는 말을 써서 점잖은 이 지역 사람들이 일제히 들고 일어난 일이 있었다. 무식하고 어리석은 사람으로 얕잡아 이르는 말을 함부로 하여 그만 화를 자초한 것이다. 급기야는 방송사에 나와 정중하게 공개사과를 하는 등 혼쭐이 났다.

얼마 전 행정중심 복합도시 문제 때문에 전국이 떠들썩했다. 이 사건도 어찌 보면 이 지역 사람들을 얕잡아 본 결과라 할 수 있다. 중대한 국책사업을 선거에 이용하여 한 건 해먹었다며 거드름을 피운 정치인의 속마음은 어떻게 생겼는지 궁금하다.

다음 사람노 똑같은 절차를 밟아 당선된 후에 수십 차례 원래 세웠던 방안대로 추진하겠다고 국민들 앞에서 약속을 해 놓고서도 어느 날 갑자기 핵심을 뺀 수정안을 불쑥 내밀었다. 얻을 수 있는 이익이나 예견되는 문제점의 해결방안은 무엇인지를 구체적으로 알려주지도 않은 채 밀어 붙였다. 이것 받아먹으면 더 보태서 이것도 주고 저것도 준다는 식으로 으르고 뺨을 쳤다. 그 바람에 주민들마저 패를 가르고 다른 지역 사람들까지 역차별을 당한다며 가세하는 상황에까지 이르렀다.

천혜의 풍광과 기름진 땅에서 대대로 평화롭게 살아오다가 쫓겨난 세종시 원주민들의 설움과, 땅값만 올라가서 세금폭탄을 맞을까봐 불안에 떠는 인근 지역 사람들의 고통 소리는 아예 안중에도 없다. 마침내 빗발치는 여론에 밀려 결국 선거에서 대패하고 거세게 몰아가던 그 안도 부결되었다.

그런 상황인데도 관료들은 전 정부에서 윤곽을 정해 놓은 대학과 대기업의 유치가 어렵다며 으름장을 놓았다. 자기들이 내미는 사탕을 받지 않았으니까 이미 주기로 한 과자까지도 못주겠다는 식의 괴상한 논리를 편 것이다. 과학벨트 관련 사안도 마찬가지이다. 다른 곳도 아니고 정부 부처에서 최적지라고 엄연하게 발표를 해 놓고 막상 결정할 때는 아예 그 대상에서 제외시키려는 처사는 아무리 좋게 해석을 하려 해도 도저히 이해가 되질 않는다. 이것이 지역문제를 떠나 중차대한 국가적 사업인데도 말이다.

들끓는 여론에 밀리고 후일의 두려움 때문에 어쩔 수 없이 나누어 주기 식으로 분산 선정하였다. 이로써 급기야는 거국적으로 추진해야 할 일을 그르치고 추진해야 할 예산도 턱없이 부족하게 만들어 국민들에게 걱정거리만 안겼다. 만약 다른 지역사람들에게 이렇게 대했다면 무슨 꼴을 당했을지 궁금하다.

만만하게 볼 사람들을 그렇게 대해야지. 대쪽 같은 기개와 꿋꿋한 자존심을 지키며 살아 온 양반의 후예들을 이런 식으로 취급해서는 안 된다. 지렁이도 밟으면 꿈틀하고 굼벵이도 기어갈 재주가 있다는데, 하물며 명철한 선인들의 얼을 간직하며 살아 온 사람들에게 어찌 그럴 수가 있단 말인가.

'말은 느려도 행동은 빠르다'는 말을 깊이 새겨야 할 것이다.

여유로움의 음미

'걸은 만큼 더 건강하게 오래 산다.'는 말을 들은 후로는 아침저녁으로 부지런히 산보를 한다. 이른 시각에 요리 조리 구부러진 산길에서 만나는 사람들은 너 나 할 것 없이 걸음을 재촉한다. 양손을 내려뜨리고 꾸부정한 모습으로 한가롭게 서있는 소나무들과 윤기 나는 열매를 주렁주렁 매달고 을씨년스러운 모양을 한 상수리나무들은 사람들과 대조를 이룬다. 잠시 걸음을 멈추고 벤치에 앉아 세월을 유유히 이어온 자연의 신비함과 남에게 뒤질세라 앞을 다투며 줄달음치는 인간들의 삶을 비교해 본다.

저녁에도 주황색 아스팔트가 깔린 공원길을 산책한다. 허공에 매달린 육각형 모양의 가로등들이 꾸벅꾸벅 졸고 있는 듯하더니, 어둠이 짙어지고 사람들의 발자국 소리가 늘어나면서부터 화들짝 놀랜 표정이다. 키가 작고 뚱뚱한 젊은 여자가 웃옷을 허리에 동여 맨 채 양손을 가로로 저으며 종종걸음을 한다. 명품 등산복 차림에 고급스런 워킹화를 신은 사람은 두 주먹을 움켜쥐고 온몸을 좌우로 흔들어 댄다.

개량 한복에 짧은 반바지 차림의 50대의 남자는 한손에 휴대폰을 들고 잘 따라 오지 못하는 강아지를 끌어당기는데 등 굽은 노파는 팔자걸음을 걸으며 안간힘을 써보지만 자꾸만 뒤로 처진다. 나도 덩달아 허겁지겁 따라간다. 누가 쫓아오는 것도 아니고 빨리 간다고 상을 주는 것도 아닌데 모두가 왜 이렇게 서두르는지 도무지 알 수가 없다.

오늘은 토요일, 모처럼 농장에 간다. 산모롱이를 돌아가는데 갑자기 고급 승용차가 앞지르더니 덤프트럭이 굉음을 내고 뿌연 먼지를 일으킨다. 문짝이 찌그러진 지프차가 요리 조리 곡예를 하듯 그 사이를 헤집고 달린다. 얼떨결에 나도 액셀을 밟는데 소형차가 급작스레 끼어드는 바람에 놀란 가슴을 쓸어내리자니 은근히 화가 난다. 예고도 없이 달려든 그가 괘씸한 생각이 들어 기를 쓰고 뒤를 쫓아가 보니 새파란 젊은 여자다.

한나절을 잡초들과 힘겹게 씨름을 하고나서 채소를 담은 포대를 메고 아파트 엘리베이터에 오른다. "문이 닫힙니다."하는 안내 음성이 채 끝나기도 전에 엄마가 아기의 검지를 잡고 '닫힘' 표시를 한 버튼을 꼭 누른다. 잠시 후 한 사람이 내리니까 꼬마가 혼자서 누르고 장한 체를 한다. 5초만 기다리면 문이 닫히는데……

호텔의 이런 버튼이 가장 많이 닳아 있는 곳이 일본과 우리나라이고. 차선을 자주 바꾸고 새치기를 제일 잘하는 나라가 한국이라는 어느 칼럼의 글귀를 떠올리자니 씁쓸한 웃음이 나온다. 커튼을 젖히고 창밖을 내려다보니 사람과 차들이 저마다 경주를 하듯 달리고 뛴다. 너나 나나 가정이나 사회나 경제나 정치나 모두가 바쁘게 돌아가지 않는 곳이 없다.

에라! 모르겠다. 침대에 벌렁 누워 눈을 감으니 몸과 마음이 편안해 진다. 쌓아 놓여 있는 책들 중 하나를 빼어 천천히 읽어 간다. 오늘따라 구절마다 향기가 담겨져 있고 문장들에는 삶의 깊은 의미가 배어 있는 듯하다. 마음이 편하니까 거칠 것이 없고 여유가 생기니까 부드러운 느낌이 든다.

이제 나도 살아가는 방식을 바꾸어 보자. 바쁘게 올라가서 남보다 먼저 산 정상을 정복한 쾌감에만 얽매이지 말고, 골짜기 얼음 밑으로 흐르는 불소리와 덤불에서 정답게 재잘거리는 새소리에도 귀를 기울이자. 새롭게 맞이하는 이 겨울에 바쁘게 움직이지만 말고 애써 힘들이지도 말며 느긋함과 여유로움을 즐겨보자. 봄이 왔다고 허둥지둥 땅만 파며 땀을 흘리려 하지 말고 속삭이는 대지의 호흡소리를 들어보고 잡초들의 풋풋하고 상큼한 향내도 맡아 보자.

매사가 결코 서둘러서만 이루어지는 것이 아니다. 달리고 뛰며 호들갑을 떨어서 만들어지는 것은 더더욱 아니다. 값진 것들은 고요하고 한가로우며 여유로운 속에서 이루어지는 것이다. 앞에만 서면 발길을 멈추게 되고 그곳을 떠나지 못하게 하는 그림, 들을수록 가슴 벅찬 기쁨을 주고 마음 아픈 슬픔을 다독여 주는 음악, 읽기 시작하면 아름다운 세상 속으로 빨려 들어 눈을 떼지 못하게 하는 글, 이런 작품들은 대부분 넉넉한 여유로움과 사려 깊은 과정을 거쳐 이루어 낸 작품이라고 할 수 있다.

조용한 쉼터에 누어 이리 둥글 저리 둥글 여유를 즐기다보면 예쁜 글 하나 쯤 낳을 수 있지 않은가.

힘을 빼야

물놀이를 하다가 잘못하여 깊은 곳으로 들어가게 되면 당황하게 된다. 밖으로 나오려고 온 힘을 다하여 손과 발을 허우적거려 보지만, 그럴수록 몸은 더 움직여지지 않고 오히려 깊은 곳으로 빠져 들어가게 마련이다. 이럴 경우 아무리 다급하더라도 정신을 차리고 침착하게 사방을 확인하여 손쉽게 나아갈 수 있는 곳을 찾거나, 어떻게 하면 다른 사람들의 도움을 받을 수 있는가를 생각해야 한다. 비록 수영 실력이 모자라더라도 나아갈 방향을 향하여 서서히 팔다리를 젓다 보면 위기에서 벗어날 수 있게 된다.

나는 운동을 즐겨하는 편이어서 중학교 시절부터 기계체조와 태권도를 익혔고, 학교 대표로 복싱과 축구 선수로도 활약을 했다. 직장에서도 많은 이들이 즐겨하는 배구도 수비에서부터 배우기 시작하여 공격 위치에 이르기까지 두루 활약을 했다. 지금은 수영과 산행을 즐긴다.

이런 운동을 잘 하려면 우선 배워야 할 것이 몸의 힘을 빼는 일이다.

기계를 접하는 운동은 힘을 주면 다치게 되고, 복싱과 태권도는 어깨에 힘을 빼고 순간순간 짧게 잘라 쳐야 상대에 주는 충격을 높일 수 있다. 구기 운동 역시 그렇게 함으로써 유연성이 생기고 공격의 강도가 높아지며 활동 폭도 넓어지게 마련이다. 수영은 몸에 힘이 많이 실리면 호흡이 곤란하고 체력도 빨리 소모되어 영법을 제대로 시행할 수 없게 된다. 산행 역시 긴장을 풀고 여유롭게 한걸음씩 나아가야 목적지까지 무사히 도달할 수가 있다.

이런 이치는 우리가 살아가는데 어느 곳에나 적용된다. 다른 사람과 다투게 될 때도 힘을 빼면 이길 수 있다. 상대방이 심한 말로 공격할 경우에 덩달아 흥분하여 끓어오르는 화를 자제하지 못하고 극단적인 언사로 맞대응을 하면 마침내 주어 담을 수 없는 실수를 범하게 된다. 이러다보면 상대방에게 약점을 잡히고 주위 사람에게 나쁜 인상을 주게 된다.

공격하는 편에 즉시 대항하기보다 심호흡으로 심장의 화를 서서히 빼내고 긴장된 얼굴을 풀며 불끈 쥔 두 주먹도 부드럽게 펴야 한다. 상대가 흥분하여 고함을 지를지라도 반응을 하지 말아야 한다. 가만히 눈을 감고 듣고만 있거나 메모지를 꺼내어 함부로 퍼붓는 말들을 적는 등 다른 방법으로 대처하면 좋다. 다투는 핵심 내용을 벗어나 엉뚱한 화제로 바꾸거나 오히려 상대를 칭찬하는 어투로 대하면 아마 제풀에 지쳐버릴 것이다.

젊은 시절에 김포반도에서 군복무를 할 때 겪었던 일이 생각난다. 한강 하구 최전방에 배치되어 적군의 침투를 감시하는 특수 임무를 맡아 밤에 보트를 타고 경계를 했다. 당시만 해도 군장비가 취약해서인지 엔

진도 없는 작은 보트에 5명씩 태워서 큰 배에 매달고 가서 군데군데에 매어 놓은 채 그대로 밤을 새우게 했다.

그날따라 낮부터 하늘이 잔뜩 찌푸려 있었는데 순식간에 사방이 칠흑 같은 어둠으로 덮쳐 버렸다. 하늘이 무너지는 듯이 번개가 치고 강이 갈라지는 듯한 천둥소리가 들리면서 폭우가 쏟아졌다. 모두들 당황하여 소리를 지르며 이리저리 허둥대니까 배가 심하게 기우뚱 거려 하마터면 모두 물에 빠질 뻔했다.

순간! 선임 하사관이 큰소리를 질러 모두들 바닥에 배를 깔고 엎드리도록 명령을 해 놓은 후에 고참병과 함께 침착하게 노를 저어 육지로 나아갔다. 심한 강류에 비바람까지 겹친 상황이라 어떻게든 자기만 살아보려고 버둥거리고 우왕좌왕 했더라면 모두들 큰일을 당할 뻔했는데 힘 빼기 작전(?)으로 위기를 모면한 셈이다.

하찮은 못을 하나 박을 때도 망치를 든 손에 힘을 빼고 천천히 정조준하여 때리면 수월하게 일을 해낼 수 있다. 힘을 주거나 서두를수록 제대로 맞힐 수 없고 잘못하면 자기 손까지 때리게 된다. 이렇듯 급하다고 생각되거나 해결하기 힘든 어려운 일이 닥칠수록 부드럽고 여유있게 접근해야지 그렇지 않으면 일을 그르치게 마련이다.

세상을 살아가다 보면 힘을 주어야 할 때와 주지 말아야 할 때를 구분하지 못해서 낭패를 보는 경우가 많다. 남이 가지지 못한 것을 많이 가졌다고 생각하면 자신도 모르게 어깨나 목에 힘을 주고 배를 내밀게 된다. 못 가진 자를 천하게 여기고 약한 자를 업신여기게 되며 그 때문에 다른 사람들에게 비난을 받게 되고 결국에는 따돌림을 당하거나 멸시를 받게 된다.

일을 빨리 이루려는 욕심이나 쓸데없는 자만심 때문에 아무 때나 함부로 힘을 주어 일을 그르치지 말고 그것을 뺄 시기와 방법을 터득하는 자세가 필요하다.

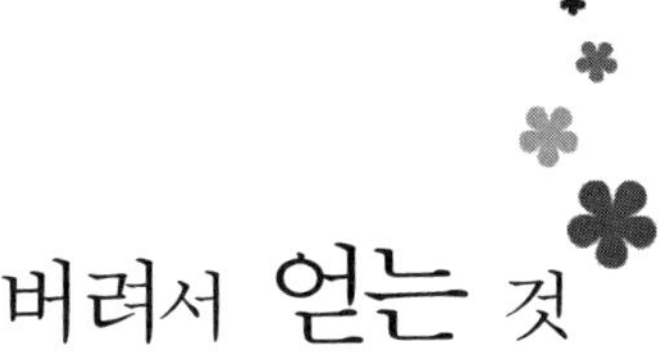

버려서 얻는 것

내가 왜 이렇게 이사를 자주하게 되는지 알다가도 모르겠다. 가만히 손을 꼽아보니 결혼 후 이번이 무려 열 번 하고도 여섯 번째나 된다. 이런 사실을 남들이 알까 무섭다. 며칠 전에 이사 날짜가 정해지고부터 는 눈 코 뜰 새가 없다. 안방이나 주방과 관련되는 물품들로부터 서재 와 거실 등의 화분들과 장식품을 떨어내는 일부터 시작한다. 틈틈이 적 어 둔 메모지와 오래된 방명록과 서랍 속의 지저분한 잡동사니들을 모 두 싸잡아 버린다.

사십여 년 동안 애지중지했던 교육서적들도 쓰레기 함에 넣는다. 초 임교사 시절부터 손때를 묻힌 것들이라 매우 아쉽지만 어린 아이들을 다시 가르칠 일도 없고 승진을 위한 노력도 할 필요가 없다. 문학공부 를 시작하여 늦깎이 문인으로 등단하기에 이르기까지 남들을 따라 갈 욕심으로 이 잡듯이 빼놓지 않고 읽은 문예지도 치워버린다.

보따리들을 푸니까 초·중·고 시절의 앨범과 국내외 여행을 다닌 후 채 정리하지 못한 사진들이 쏟아져 나온다. 학창시절과 군 생활 때의 제복을 입고 찍은 모습을 들여다보자니 어깨가 으쓱거려진다. 뒤늦게 얻은 학위를 받을 때 사각모 쓴 사진을 담은 액자는 유난히 크다. 문우들과 함께 만해, 미당, 가산 선생의 생가와 기념관에서 촬영할 때는 뭐 그리 잘났다고 맨 앞줄에 버티고 찍었는지. 아무리 제 잘난 멋에 산다고는 하지만 그리 대단한 일들도 아닌데 꺼떡거렸으니…….

서재의 창고를 열어보니 향나무에 봉황을 그려 넣은 명패가 눈에 번다. 남늘이 소위 '높은 자리'라고 일컫는 직위에 발탁되었을 때 누군가 책상 위에 놓아준 것이다. 품위가 있고 고급스러워 보여서 처음에는 소중하게 다뤘는데 그 사람의 본뜻이 뇌물성 짙은 것을 알고 나서는 바로 구석에 치워버렸다. 아직도 향내가 진하게 풍기는 명패 속의 이름 석 자를 바라보며 내 모습 속에 박혔을 찌꺼기들을 생각해 본다.

책상 너머에 수북이 싸놓은 상자들을 헤쳐 보니 상패, 공로패, 감사패들이 즐비하다. 쓰레기봉투에 넣자니 그 속에 박힌 내 이름들이 눈에 걸린다. 망치와 큰 드라이버를 들고 밖으로 나와 글씨를 파낸다. 손바닥에 물집이 생기고 얻어맞은 손톱은 피멍이 들었다. 그동안 이렇게 많은 것들을 얻으려고 나 스스로 어지간히 애를 태웠을 것 같고 남들에게도 괴로움을 주었을 듯하다. 나도 모르게 만들었던 마음속의 흠결도 이렇게 쪼아내서 버릴 수 있으면 좋으련마는…….

이렇게 10여 일 간, 1톤 트럭 한 대 분량의 짐을 떨어 버리고 나니 한결 가볍고 후련하다. 짐을 옮기어 풀어 놓고 나서 다시 눈여겨보니 아직도 필요 없는 물건들이 많아 자식들까지 동원해서 더 많이 추리고 빼낸 덕분에 정돈된 것 같다. 말끔히 단장된 주방은 쓰기에 편리해졌고, 많은 책들을 정리한 서재는 밝아졌으며 못 하나 박지 않은 안방 또한 아늑해졌다. 장식품을 한 점도 걸지 않은 벽과 반으로 줄인 화분들이 여백의 미를 보여준다.

가슴속의 나쁜 것들도 추려내서 시원스럽게 없애야 하겠다. 용도 폐기해야 할 것들을 모두 버려야 할 때가 되었음이다. 무성하던 풀과 나무도 가을이 오면 지녔던 잎들을 훨훨 털어버려 알몸이 된다. 화려한 몸매를 자랑하던 공작도 때가 되면 깃을 갈며, 사나운 뱀들도 날씨가 추워질 때면 스스로 껍질을 벗어 던지고 땅속에 몸을 감추어 버린다.

세월이 더 가기 전에 많이 쪼아내고 털어 버려서 내 마음에도 파란 싹이 돋아나도록 하고 건강한 새 살이 돋아나도록 해야 하겠다. 주위에 꼭 있어야 할 것들이 무엇이며 버려야 할 것들은 더 없는지 샅샅이 뒤져보자.

훌훌 다 벗어버리고 마지막에 남는 것이 있다면, 어쩌면 그것이 진정한 내 삶의 기쁨이고 아름다움일 것이다.

전화위복

"아이 가려워. 이제 그만 나을 때도 되었는데 원 참!"

"왜 그렇게 긁어 대. 이 친구야. 어디 부스럼 생겼어?"

내일은 외로움 속에서 병마에 시달리는 환자들을 위문하기 위해 실버랜드에 가는 날이다. 친구와 함께 연주할 계획을 짜고 있는데 말벌에 쏘인 무릎 부위가 잊어버릴 만하면 아프고 근실거린다. 오른쪽 무릎 위에 원을 그리며 솟아난 불그레한 반점들을 들여다볼수록 짜증스럽다.

지난 주일 농장의 밭둑을 깎다 사건이 일어났다. 십 여 년 동안 애써 가꾸어 온 과일나무들을 칡과 가시 돋은 이름 모를 덩굴들이 타고 올라가 마구 엉키는 바람에 그 열매를 한 개도 딸 수가 없게 되었다. 그대로 두었다가는 매실, 자두, 복숭아, 배 할 것 없이 모두 죽게 생겼다.

홧김에 모조리 잘라내고 싶으나 높이가 13미터나 되고 매우 가파른 둑에 있어 혼자서는 엄두도 내지 못하고 내년 봄으로 미루고 있었다. 이 말을 들은 마음 착한 동서가 나무의 물이 내릴 요즈음 자르고 특별한 조치를 해야 해결할 수 있다며 예초기를 메고 나선다. 나도 그 뒤를 따라 다니면서 덩굴들을 뿌리까지 제거하는 작업을 하는 중이다.

막 허리를 구부리는데 어디서 "윙"하는 소리가 나는가 싶더니 시커먼 말벌 떼들이 연달아 공격을 한다. 순식간에 벌어진 일이라 허둥대는데 따끔 따끔 야단이다. 웃옷으로 머리를 뒤집어쓰고 손으로 얼굴 가리며 대응했지만 속수무책이다. 허겁지겁 빠져 나와 산으로 도망을 쳤는데도 끝까지 따라 붙는다.

간신히 수습을 하고 나니 무릎이 화끈거린다. 옷을 걷어 올리니까 여덟 군데나 침이 박혀 있어서 따끔따끔 아파서 견딜 수가 없다. 빠른 속도로 운전을 하여 병원으로 향했으나 주말의 등산객들 때문인지 차가 매우 밀린다. 짜증과 고통, 그리고 조바심 끝에 간신히 응급실에 누웠다. 담당의사는 수액주사를 맞고 몇 시간 안정을 해야 하며 2-3일간은 지켜봐야 한다고 한다. 어지럽거나 통증이 심하면 즉시 치료를 받아야 하고 만약 쇼크가 오거나 호흡이 곤란해지면 위험할 수도 있다며 유의 깊게 살펴보아야 한다고 당부를 한다.

벌을 쐬기 직전에 얇은 체육복을 입고 작업을 하는데 벨트가 헐거워 아랫바지가 스르르 내려오곤 해서 애를 먹었다. 할 수 없이 일을 중단 하고 두터운 겨울옷으로 갈아입고 나서 모자와 마스크를 쓴 후에 무릎 보호대까지 찬 후에 일을 시작하자마자 바로 일이 난 것이다. 만약 바지가 흘러내리지 않았거나 사전에 채비를 착용하지 않았더라면 침이 얼마나 더 깊이 들어갔겠는가. 머리나 몸통 부위를 쏘았으면 어떤 고통을 당했을까 하는 생각을 하니 끔찍하다. 등산을 하다가 한 방을 맞았는데도 혼절해서 구급차에 실려 갔다는 친구와 벌초를 하다가 숨을 거둔 청년에 대한 뉴스의 장면들이 연상되어서 아찔해지면서도 다행스럽다는 느낌이 든다.

일주일이 지났는데도 무릎을 걷어 올리고 들여다 보면 더욱 가려운 것 같고 심란하다. 그러면서도 관절이 나빴던 무릎에 원을 그리며 쏘아 댄 녀석들이 신통하다는 생각이 든다. 그동안 치료를 위해 무던히도 애를 써 왔고 만만찮은 비용을 지불하면서 봉침까지 맞아 왔다. 그런데 돈 한 푼 안 들이고 그것도 작은 벌도 아닌 말벌 침을, 한두 군데가 아니고 여덟 방이나 맞았느니 덕을 봐도 톡톡히 본 셈이다.

비록 말벌 떼를 만나서 고통을 당하고 위험에 처했지만 사전에 바지가 흘러내려 큰 화를 면한 것과, 거저 침을 맞을 수 있게 된 일들을 생각하면 전화위복(轉禍爲福)이란 말이 떠오른다. 이 말은 중국 진나라 장의가 진과 한 나라의 군사력을 비교하여 협박하면서 진에 복종하는 것이 화를 복으로 바꿔 한나라의 사직을 튼튼히 보존할 수 있을 것이라고 한 데서 유래 되었다고 한다.

예로부터 화를 바꾸어 복을 만들고 실패한 것을 고치어 공으로 돌린 자는 일을 잘 처리하는 능력 있는 사람으로 인정했다. 어떤 어려움이 나타날지라도 강인한 의지로 극복하면 결국은 복으로 바꾸어 놓을 수 있기 때문이다.

인생의 환란은 언제든지 누구에게나 찾아오게 마련이다.

어차피 예측할 수 없이 당하게 되는 화라면 이를 행복으로 바꿀 수 있는 여유로운 마음과 슬기로운 지혜가 있어야 한다. 벌들에게 쏘인 고통이 오히려 약이 되었다는 생각을 하듯이 말이다.

인연

　장애인복지관에서 우연히 만난 부부는 나와 오랫동안 끈끈한 관계를 이어 오고 있다. 잘 꾸며 놓은 전원주택으로 가끔 초대를 해서 토속적인 음식들을 대접해 주고 노래방 기기를 작동해 놓고 함께 노래를 부르며 국내외 여행할 기회를 만들어 즐기기도 한다. 중병을 앓은 후유증으로 거동이 자유롭지 못하면서도 그런 고통을 이기려는 의지를 행동으로 나를 가르쳐 주기도 한다.

　10여 년 전에 근무하던 조치원 읍내 학교의 운영위원장은 가정에 크고 작은 일이 생길 때마다 먼 거리를 달려와 도와준다. 퇴임 직전의 농촌학교의 자모회장 내외는 내가 농장일로 힘겨워하면 어려운 일을 해결해 주고, 자기가 생산한 농작물들을 철마다 가져다주기도 한다. 산행을 할 때마다 몸이 성치 못하여 빨리 오르지 못하는 나를 위해 일부러 뒤로 처져 말벗이 되어 주는 이웃이 있고, 질병에 시달릴 때마다 주치의처럼 정성을 다해 치료해 주는 제자가 고맙다. 이렇게 다른 사람으로부터 따스한 도움을 받을 때에는 크고 작음을 불문하고 그 자체가 감사하다.

반대의 경우도 있다. 수십 년 동안 친하게 지내던 사람과 별스럽지 않은 농담이 다툼으로 발전되어 서로를 증오하며 헐뜯기까지 한다. 이럴 때면 가까운 사람일수록 서로 언행을 조심하며 예의를 지켜야 한다는 어른들의 가르침이 실감난다.

우리는 자신이 원하든 그렇지 않든 여러 사람들과 관계를 맺어가면서 살아갈 수밖에 없다. 이를 어떤 방법으로 이어 가느냐에 따라 생활의 모습이 달라지고 결국 삶의 질이 좌우된다고 할 수 있다. 어느 연구기관에서 인간관계가 매우 중요하다는 내용을 보도한 일이 있다. 성공했다는 사람들에게 그 비결을 묻는 질문에 응답자의 85%가 좋은 인간관계 구축 때문이라고 응답했다는 사실은 이를 입증한다.

일찍이 우리의 선조들은 자녀들에게 일가친척끼리 우애 있게 살아가도록 하여 가문을 중심으로 강한 응집력을 다져 왔다. 향약과 두레의 관행을 통해서 이웃과 지역 사람끼리 협력하며 질서를 지켰다. 지금도 비록 농촌을 떠나서 도시에서 살지만 고향을 돕는 일에는 기꺼이 동참하고 처음 만나는 사람일지라도 같은 고장 출신이면 반가워한다.

이런 관계는 순기능이 많지마는 역기능도 크다는 것도 간과해서는 안 된다. 우리는 어릴 때부터 제사 등의 가족 행사를 통해 우리 집과 자기 가문만을 중시하는 데에 익숙해져 있다. 차츰 상급학교에 진학을 하면서부터는 자기의 모교나 선후배만을 챙기는 법도 배우게 된다. 군대에서나 직장에서는 같은 지역 사람들끼리만 당기고 밀어주는 습관을 익혀 왔다.

하여 내 핏줄, 자기 지역, 우리 동문끼리 똘똘 뭉치고 그들만을 고집하고 다른 사람들은 안중에도 두지 않는 습성이 배어 있다. 그렇게 하는 것을 당연시 하고 그 집단에 소속되지 못하면 불안하게 생각한다. 자신의 목적을 달성하기 위해서 동성동본을 찾고 학교 선후배에게 매달리며 고향 사람에게 줄을 대려 안간힘을 쓴다. 어느 조직이나 집단에가 보아도 편 가르기가 일쑤이고 그렇지 못한 사람은 의리 없고 못난 사람으로 취급되어 왔다.

같은 지역 사람이라 하여 90% 이상 득표를 하여 정치인으로 당선되는 후진국 행태가 바로 우리의 현실이다. 연(緣) 우선주의와 그칠 줄 모르는 님비(Nimby) 현상을 비롯하여 심각한 사회적 모순과 갈등을 초래하게 되었다. 이런 일이 일상화되고 그로 인한 갈등과 부패의 늪은 우리의 미래를 더욱 어둡게 한다.

'모든 이들을 형제 같이 사랑하라'는 예수님 말씀이나, '한 번 옷깃을 스치는 것도 전생의 연에서 비롯된 것'이라고 강조하신 부처님의 말씀에 귀를 기울여야 하겠다. 바람직한 연을 어떻게 가꾸며 가야 할지 말이다.

어느 무신론자의 괴변

산행을 함께 하던 사람이 짓궂게 군다.

"수천 년 전에 살았다는 사람을 실제로 보지 못했는데도 울고불고 하면서 기도를 하고, 바로 코앞에 앉아 있는 내 말은 왜 믿질 않는지 모르겠어. 잘 생긴 내가 달콤한 말솜씨로 꾀이면 안 넘어가는 사람이 없는데 참말로 이상하대."

지난주에 묻지 마 관광버스에서 자리를 함께 한 여자를 사귀고 싶어 갖은 방법을 다해 접근을 해 봤지만 천주교 신자라며 말을 듣지 않아서 무척 화가 났다고 한다. 이 사람은 스스로 무신론자라고 하면서 평소에 나를 만나기만 하면 어깃장을 놓곤 하더니 오늘도 또 속을 긁어 댄다.

동서고금을 막론하고 많은 사람들이 성인(聖人)들을 숭배해 오고 있는데 그 분들을 실제로 만나 보았기 때문에 따르는 것은 아니다. 세상에는 볼 수 있는 사실보다 볼 수 없는 일들이 훨씬 많기 때문에 눈으로 확인한 것만 믿을 수는 없다. 자기의 조상들의 얼굴을 다 확인했기 때문에 제사를 지내는 것은 아니지 않느냐고 설득을 하고, 인류를 위해 큰일을 이룬 분들을 함부로 말하는 것이 아니라고 충고를 해도 소용이 없다.

나 보고 천국인가 극락세계인가 혼자 올라가서 잘 살라며 자기는 지옥에나 가겠다고 빈정거린다. 그렇게 되면 내가 있는 곳에 놀러왔다가 그냥 눌러 살겠다며 이죽거린다. 그래도 모자라는지 자기 부인이 초하루 보름으로 절에 불공을 드리러 다니는데, 신기하게도 그럴 때마다 예쁜 여자를 만나는 기쁨을 누리게 된다며 더욱 어깃장을 놓는다.

말 상대를 할 수 없는 사람과 더 이상 다투기 싫어서 다른 회원들이 있는 쪽으로 피해 버렸다. 이 사람과 만나기만 하면 비슷한 상황이 벌어지고 그럴 때마다 얼굴을 붉히며 다투곤 해서 아예 산악회에서 탈퇴를 해 버리고 싶은 생각마저 든다.

점심 식사 시간이 되어 대화를 나누고 있는데 옆자리에 젊은 남자들이 주위 사람들은 아예 아랑곳 하지 않는 듯이 독한 담배 연기를 뿜어 댄다. 평소 기관지가 좋지 않아 고생을 하고 있는 터라 양해를 구하려고 쳐다보니 둘 다 깍두기 머리에 험악한 인상이어서 멈칫해진다.

빈 소주병이 하나 둘 늘어 가는 동안 취기가 도는지 더욱 큰소리로 떠들어댄다. 상스러운 말투라 아예 그들을 의식하지 않으려고 우리 일행의 이야기 속에 끼어들고 있는데 마침내 해서는 안 되는 할 말까지 쏟아낸다.

"부처가 어디 있고 예수가 무슨 소용이야. 목사와 신부나 중들이 모두 자기들 뱃속을 채우려고 순박한 사람들을 유혹하고 있는 것이지. 죽어서 썩어버렸는데 극락세계면 무얼 하고 천국은 또 무어야. 그렇게 믿는다는 사람들이 나쁜 짓은 더 하대."

"그거 다 마음이 허약한 사람들을 꾀이려고 지어낸 말들이지. 그런 부류의 인간들은 다 부자가 되고 아프지도 말아야 할 텐데 더 가난하고 더 쉽게 죽대. 왜 자기는 헐벗고 굶주리면서도 다 갖다 바치는지 모르겠어. 원 참!"

"그래 세상 사람이 다 종교를 가져도 나는 끝까지 무교((無敎)로 남을 거야. 지금처럼 커다란 집에 고급 승용차를 굴리며 처자식과 함께 기름진 음식 마음껏 먹고 등 따듯하게 살면 행복한 것 아닌가? 어차피 죽으면 땅속에 묻혀 썩을 몸인데 이렇게 좋은 세상 실컷 마시고 마음껏 누리며 살다가 갈 일이지 쓸데없는 짓들은 왜 해."

산에서 나를 괴롭히던 사람도 한몫하며 거든다.

"맞아요. 골빈 인간들이나 아무데나 무릎 꿇고 손바닥을 비비며 야단들이지, 어디 그게 성한 것들이야. 뼈 빠지게 번 돈을 다 갖다 바치고 일 분 일 초가 아까운 시간까지 버리다가 나중에는 제 몸까지 내어 주잖아. 정말로 바보 같은 것들이야."

더 이상 그대로 앉아 듣고만 있을 수가 없어서 두 주먹을 움켜쥐고 다가가려니까 옆에 앉은 친구가 바지를 잡아당기며 사람답지 않으니 참으란다. 도루 자리에 앉아 분을 참지 못하고 씩씩거리는데 문득 새벽기도 때의 성경 말씀이 떠오른다.

'복 있는 사람은 악인들의 꾀를 따르지 아니하고, 죄인들의 길에 서지 아니하며 오만한 자들의 자리에 앉지 아니하고……'

부글부글 끓는 가슴을 쓸어내리며 식사를 하다가 더 이상 견딜 수 없어 방문을 뛰쳐나온다. 거리를 걷다 보니 못된 말을 하는 사람을 따끔하게 혼내 주지 못하고 나온 것이 후회스럽다. 때문인지 배에 무언가 돌돌 뭉친 것 같고 목에 가시가 꼭 걸린 것 같다.

허공에 대고 소리를 질러본다.

"오죽잖은 무신론자들이여! 믿지 않으려거든 욕이나 하지 말아야지. 그 죄 값을 얼마나 받고 싶은가. 제발 정신 좀 차릴지어다. 어디 성경이나 불경을 한 줄이라도 읽어 보고 그런 말들을 하는가. 참으로 불쌍하고 가련한 인간들이여."

빗속을 뚫고

하늘이 점점 어두워진다. 라디오에서는 천둥과 번개와 거센 바람과 함께 큰 비가 오겠다고 야단이다. 금강 다리를 건너려는데 짙은 먹구름이 몰려와 앞이 잘 안 보이는가 싶더니 '후드득' 드디어 빗방울이 유리창을 때린다. 순식간에 장대 같은 빗줄기가 물을 들이붓는 듯이 쏟아져 제대로 나아갈 수가 없다. '그만 집으로 돌릴까.'하니 나쁜 잡초들에게 둘러싸여 시달리고 있을 포로(?)들의 신음소리가 쟁쟁하게 들려오는 것 같아 차마 그럴 수가 없다.

'까짓 것 대수냐. 이미 시위를 떠난 화살을 되돌릴 수는 없지. 내친 김에 달려가 보자.'

어제는 온종일 키가 크고 억센 풀들과 한바탕 씨름을 했으나 결판이 나지 않았다. 왜 그리 찰거머리 같이 질긴지. 머리와 발목을 움켜잡고 온힘을 다하여 공격을 하였으나 오히려 내 풀에 꺾여 중단한 것이 마음에 걸린다.

퇴직 후에 소일거리로 삼겠다며 임대해 주었던 밭에 전기를 설치하고 지하수도 끌어 올렸다. 싱크대와 샤워실까지 갖춰 안방 같은 컨테이너박스도 갖다 놓고 대소가나 친구들과 교우들이 쉴 수 있는 커다란 원두막도 큼직하게 만들었다. 입구에 대문과 울타리도 만들고, 'OK농장'이라고 쓴 커다란 간판도 달았다. 어느 여신도가 하나님께서 모든 일을 잘 되게 해주실 것이라고 그런 이름을 지어 주었다. 여기에 해병대 마크까지 넣었더니 보는 이마다 그럴 듯하다고 한다.

첫해는 자식들과 친척들이 달려들어 참깨, 들깨, 고추, 콩, 각종 채소 등 쏠쏠하게 재미를 보았다. 친구들에게 자랑을 했더니 농사일은 너무도 힘들어서 처음엔 호기심으로 협조를 하겠지만 얼마 안 가서 다 떨어져 나갈 테니 더 이상 기대를 하지 말라는 충고도 흘려버렸다.

이웃 산밭에 밤나무를 키우는 사람이 작물보다는 손쉽다는 권유를 해서 200여 그루를 심었더니 3년 째 되는 재작년에는 소담하게 열리기 시작했다. 첫 수확의 기쁜 마음으로 윤이 나는 알밤을 손자 손녀들 손에 쥐어 주는 기쁨을 누릴 수 있으리라는 기대를 하며 늦가을에 퇴비와 비료를 듬뿍 얹었다. 그런데 이게 어찌된 일인가. 봄이 되어 눈이 트고 새 잎이 솟아 나오는가 했는데, 밑 둥지부터 꺼멓게 올라오더니 하나 둘씩 잎이 말라 갔다. 여름철에 접어드니 거의 다 죽고 말았다. 내가 너무 과욕을 부렸나 아니면 나쁜 병충해의 공격 때문인가. 초보 농군으로서는 도무지 알 길이 없다.

이 궁리 저 궁리를 하다가 산림 조합장을 만나 상의를 했다. 일손도 적게 들고 별로 힘을 안 들여도 잘 자라며, 만약 판로가 막힐 경우가 생겨도 오래 두면 더 값이 올라가게 될 거라며 소나무를 심어 보란다.

평평한 밭이라 배수가 잘 되도록 포클레인으로 지평을 잡고 도랑을 깊이 파고 둑을 높였다. 자칭 전문가라는 사람의 주선으로 묘목을 구입하고 숙달된 인부들을 동원하여 심었다. 물을 주고 심어야 하지 않겠냐는 내 말에 요즈음은 작대기를 꽂아도 싹이 나온다며 자신만만해 하는 그들에게 모든 것을 기댔다. 땅도 기름지고 비닐로 둑을 모두 씌워 잡초 걱정도 훨씬 줄었다. 이제 소나무들이 새파란 잎을 피우며 뽐내는 것을 보는 일만 남은 것이다.

허나 초여름은 나에게 시련이 닥쳐오는 시기인가? 새싹이 돋아 오르길 기대했던 소나무 2천여 그루들이 하나 둘씩 말라가더니 마침내 전멸하다시피 했다. 연이어 죽어가는 나무들을 보니 가슴이 뛰고 눈앞이 캄캄하다. 짓궂은 친구가 웬 빨간 소나무를 그렇게 많이 심었느냐고 놀려 댈 때는 그만 엉엉 울어 버릴 것만 같은 심정이었다.

밭을 바라보니 마치 초토화된 전쟁터 같다. 처절한 싸움에서 간신히 살아남은 나무들이 잡초 속에 뒤덮여 숨을 헐떡이고 있는 형상이다. 참으로 기가 막힌 노릇이다. 나이 들어서는 자신이 좋아하고 또 잘할 수 있는 일만 골라서 하라고 하지 않았던가. 초보자의 농사는 항상 적자라고 한 말을 왜 잊었나. 이 일을 어찌해야 좋단 말인가. 여기서 물러서자니 그동안 투자한 돈과 노력이 아깝고, 다시 시작하자니 또 실패할까 봐 걱정이 되고…….

그래도 봄은 어김없이 다시 찾아 왔다. 고민과 궁리 끝에 다시 시작하기로 작정을 했다. '이제는 좋은 놈들만 골라, 제대로 심어 기르자.'라며 세운 목표를 실행에 옮겼다. 조경 전문가를 찾아서 자문을 받고 남도에 가서 양질의 소나무를 구입해서 풍부한 경험을 가진 인부들을 동원하여 정성스레 심었다.

주말마다 달려가 초조하게 바라보는데 마침내 싱싱한 초록 잎들이 올라오는 것을 보니 각기 다른 모습으로 자랄 나무들을 그려보게 된다. 어떤 놈은 작은 키에 외대로 올라가 예쁜 양산을 펼치고 여러 갈래로 올라가 바구니 모양을 하고 있다. 이리 구불 저리 구불 할 때마다 솜덩이 같은 모양을 자랑하는 놈들도 있다. 비스듬히 누워 있는 것도 있고 힘센 장사처럼 자태를 뽐내며 하늘 높은 줄 모르고 뻗어 올라가기도 한다.

생기가 돋아나는 솔잎들에 이슬방울이 반짝여서 어루만져 보니 사랑스럽고 귀엽다. 고난 끝에 기쁨이 온다더니 우여곡절 끝에 살려 낸 것이라 그런지 쳐다볼수록 희망이 되고 만져볼수록 즐거움이 넘쳐 난다. 이렇게 잘 자라는데 무섭게 달려드는 풀들 때문에 큰일이다. 제초제를 마다하고 유기농을 고집하다 그만 이렇게 키웠다. 인부와 함께 뽑아준 지 2주일 밖에 안 되었는데 벌써 기세가 등등하여 올라온다. 하나 둘 빼어 내지만 억세고 질겨서 쉽지가 않다.

어제는 비가 부슬 부슬 내리기 시작하는데도 그냥 돌아갈 수 없어 뛰어다니듯이 쉴 사이 없이 뽑아냈다. 날이 어두워질 때까지 반 정도를 마쳤는데 나머지 것들 때문에 제대로 잠을 이룰 수가 없어 새벽같이 일어났다. 하늘은 잔뜩 찌푸리고 있는데 멀리서 풀들과 싸우고 있는 소나무들의 아우성소리가 들리는 듯하다.

작물들도 자식을 키우는 것처럼 돌본 만큼 잘 자란다고 하지 않는가. 그래서 나는 지금 이렇게 달려가고 있는 것이다. 온종일 비가 온다 해도 그들을 괴롭히는 잡초들을 모조리 없애 버려 주마. 장대 같이 쏟아지는 빗속을 뚫으면서라도 말이다.

들을수록 좋은 것

"교장선생님 다음 주 월요일은 비워 놓으세요. 꼭요."

얼마 전 전화를 받은 후부터 마음이 설렌다. 젊고 아름다운 다섯 여인들이 나를 초대했기 때문이다. 15년 전에 첫 교장으로 발령을 받았을 때 함께 근무한 사람들이다. 당시의 전 직원들이 가끔 모임을 갖지만 이번에는 학교의 주류라 할 만한 교원은 한 사람 뿐이고 행정과 영양, 조리, 양호 등 지원부서의 역할을 담당했던 사람들이다. 각기 다른 학교에서 근무를 하지만 정기적으로 만나는 모양인데 그 때마다 나를 끼워준다. 나이든 내가 혹시 거추장스럽지 않을까하여 걱정을 해도 꼭 참여해야 한다며 불러 주어서 속으로는 기분이 좋다.

여자들의 수다가 시작된다. 학교에 부임한 지 일주일도 되지 않은 내가 양팔을 걷어 부치고 노화된 창고와 흉물스런 야외 콘크리트들을 부수는 모습을 보고 모두 혀를 내둘렀다. 운동장가에 그늘막을 만들려고 등나무를 옮겨 오는 등 법석을 떨고 씨름장도 새로 꾸미고 배수로를 정비한다고 학부모들까지 동원하는 바람에 은근히 걱정이 되었다. 한 해를 차분히 정리해야할 연말인데도 현관으로부터 복도와 각 교실의 오래된 환경 게시물들을 한꺼번에 뜯어 버렸다. 겁이 펄쩍 났는데 전 직원의 노력 끝에 다시 완성이 되었을 때는 성취감보다는 괴로웠던 일들만 기억되었다며 작심한 듯 쏟아낸다.

영양사와 조리사는 학부모를 참여시킨 정기 위생 점검을 엄격하게 실시하여 긴장을 했고, 양호교사는 학생과 직원들의 건강상태 관찰에 게을리하지 말라는 당부를 할 때마다 귀찮았다. 유치원 교사는 농촌인구 감소에 대비한 유치원 원아 유치에 박차를 가하라고 마을로 내몰고, 행정실장은 효율적으로 재정을 관리하라고 독려했다. 무더운 여름방학 중에도 여직원들까지 페인트 통을 들고 건물 도색까지 하게 했다며 원망을 한다. 아동들의 화장실 사용지도를 잘못했다하여 전 직원들로 하여금 직접 청소를 하게 하여 얼마나 미웠는지 모른다며 입을 모은다.

홍보는 소리를 듣고 겸연쩍어하는 내 눈치를 챘는지 은근히 칭찬도 곁들인다. 새로 바꾼 자동차에 자기들을 번갈아 태우고 시골길을 달리며 으스댔고, 매 주마다 친목 배구를 할 때는 간식거리 보급도 잘해 주었다. 가끔 우리 집에 초대해서 푸짐하게 대접을 해 주는 바람에 그동안 쌓였던 마음이 풀렸단다.

으스스 추워가는 초겨울 학구 내 사정을 잘 안다 하여 조리사를 대동하고 나섰다. 이 동네 저 동네 다니며 독거노인들에게 빨간 내복을 손에 쥐어 주던 일을 평생 잊지 못하겠다. 교장실에 커피 잔을 올려가니까 어렸을 때부터 식구가 단출하여 혼자서 먹는 것이 싫었는데 지금 와서도 왜 내가 혼자서 마셔야 하느냐고 하였다. 커다란 몸집에 작은 잔을 들고 조심스럽게 층계를 내려오던 모습을 보며 자기들끼리 킥킥거리며 흉을 보았다고 한다.

가난한 여건에서 고생하며 공부를 잘 했다 하여 전체 졸업생들에게 선행상장을 줘어 주던 일이 생각나고, 정들자 이별이라고 1년 만에 떠나가며 울음 섞인 송별사를 채 맺지 못하고 어깨를 늘어뜨리며 현관문을 내딛던 뒷모습이 측은했다나.

온통 나와 관련된 이야기뿐이라 듣기가 민망스럽다. 때로는 숙연한 분위기인가 싶더니 곧바로 손뼉을 치며 웃고 떠들기도 한다. 많은 세월이 흘렀는데도 그런 일들을 다 기억하고 있는 것이 신통하다. 그들의 대화 속에서 아름다운 추억들이 내게 달려오고 훈훈한 정겨움이 듬뿍 배어 나온다.

많은 것들을 다 기억을 해줘서 고맙다는 말에 칭찬은 더욱 계속된다. 영양사는 자기 딸이 몸이 아파서 미안한 마음으로 조퇴를 신청했더니 어서 가 보라며 걱정을 해준 일을 잊을 수 없다. 행정실장은 학교 경비는 국민이 낸 세금이니 학생교육을 위해 잘 쓰여지도록 해야 한다고 했다. 장부를 가지고 꼼꼼하게 따질 때는 자존심이 상했는데 나중에 생각해 보니 오히려 자신을 위한 것 같아 고마웠다.

곰곰이 생각을 해 본다. 내가 어디 그렇게 칭찬받을 만한 일만 했겠는가. 욕심을 부리고 내 맘에 맞지 않는다고 직원들을 닦달하며 혼자 다 아는 양 고집을 부린 일이 한두 번이겠는가. 그럼에도 불구하고 이렇게 띄워주니 몸 둘 바를 모르겠다.

더 이상 듣기가 거북하여 화제를 돌려 갈 길을 재촉한다. 밖에 나와 보니 칠흑 같은 어두움이 덮쳤다. 먼 곳까지 가야 할 그들이 걱정스러

위 운전조심을 당부한다. 별들이 총총히 박힌 하늘을 바라보며 집을 향
해 걷는데 아직도 식지 않은 여인들의 정겨운 음성이 내 몸을 파고든
다. 오는 봄에는 경치가 아름답고 분위기 좋은 곳으로 모시겠다는 말을
생각하니 조잘거리며 좋은 말을 해 주던 다섯 얼굴들이 예뻐 보인다.

　나이가 들면 어린아이가 된다더니 그저 추켜 세워주는 칭찬인데도
들으면 들을수록 기분은 좋아진다.

나쁜 동물

"사람이 참 나쁘네!"

아내가 꽃을 훑어 담으면서 세 번째나 하는 말이다.

구절초가 여자들에게 좋은 약재라는 것은 어디서 들은 듯한데, 농장 곳곳에 만발한 모습을 보니 참으로 아름답다. 수줍음에 미처 다 붉지 못하고 부끄러워 채 고개를 들지 못하는 갓 시집 온 새댁을 닮았음이라. 하늘 바람에 떠밀려 나풀거리는 자태는 가녀린 멜로디에 따라 사뿐사뿐 춤을 추는 무희들처럼 예쁘다. 장미나 목단 아니 그 어떤 꽃인들 이에 비할 수 있겠는가.

인근 사찰에서 이 꽃을 소재로 벌이는 축제에 참석했다가 보기에 하도 좋아서 학교에 가져다 심기로 마음을 먹었다. 일요일 새벽같이 달려가 주지스님께 분양해 줄 것을 부탁했지만 선뜻 허락을 하지 않는다. 작심을 하고 두 번 세 번 찾아가 기어이 설득하여 학교 정원을 비롯한 여러 공간에 두루 심었다. 그래도 모자라는 것은 산과 들을 다니며 캐

다 심고 한여름 가뭄 때는 주일에도 학교에 가서 물을 주었다. 아이들과 직원들이 함께 풀을 뽑아주고 벌레를 잡아주는 등 정성을 기울여서인지 포기가 많이 벌고 실하게 자랐다.

가을이 되니까 학교 안팎이 연분홍과 흰색깔이 노란 은행잎과 함께 어울려 예쁜 그림이 그려졌다. 주민들은 물론이고 외지인들까지 교문 앞을 지나다가 그냥 지나칠 수가 없는지 들어서곤 한다. 만발한 꽃무리 속에 들어가 도란도란 이야기를 하기도 하고 오순도순 발길을 옮기면서 사진을 찍는다.

으스스 찬바람이 불어 올 즈음 이 아름다운 풍경을 그대로 날려 보낼 수 없어 잔치를 벌인다. 전교생 56명의 어린이들은 자기들이 심고 키워서인지 와자지껄 신이 났다. 행사를 진행하는 직원들도 바쁘게 움직이는데 학부모들까지 햅쌀 떡과 찰밥을 풀어 놓으며 합세를 한다. 꼬부랑 동네 노인들도 꼬마들이 신나게 펼치는 사물놀이에 흥이 났는지 지팡이로 땅을 두드리고 어깨를 들썩거린다. 아이들은 이를 주제로 그림을 그리고 글도 쓰며 노래를 부르고……

퇴임한 후에도 그런 모습들이 보고 싶어 가끔 들르곤 했는데 작년 봄에는 아예 듬뿍 얻어다가 농장에 심었다. 꽃이 만개하니 앞뒤 둑과 밭도랑 그리고 원두막 주위에 온통 아름다운 색깔의 파도가 일어 혼자 보기에는 아까울 정도다. 아내는 자신이 봄과 여름 내내 땀을 흘리며 가꿔서인지 흐뭇한 표정을 짓는다.

그러던 그가 오늘은 큰일을 저지르고 있다, 딸들에게 약을 해 준다며 꽃을 훑어 소쿠리에 담고 있는 것이다. 그러면서도 고귀한 자태에 마구 손을 대는 것이 민망했던지 사람이 나쁘다며 혼자서 중얼거리고 있는 것이다. 자식들을 위해 어쩔 수 없이 꽃을 따면서도 자신을 스스로 책하고 있는 셈이다.

사람은 겉과 속이 다른 동물이라고 말할 수 있다. 곱게 핀 꽃들이 너무도 귀여워서 보는 것 자체도 아깝다고 하면서도 서슴지 않고 마구 훑어 대니 말이다. 사랑하는 어떤 대상도 자신의 이익을 위해서는 여지없이 망가뜨려 버리는 습성을 지니었다고 할까.

저녁에 이웃으로부터 식사 초대를 받고 비슷한 장면을 목격하게 된다. 신선한 재료를 사용하여 맛좋은 음식을 내어 놓는다고 소문이 난 해물탕 집에 갔다. 수북이 쌓인 각종 음식 재료 위에서 커다란 낙지가 꿈틀거린다. 차츰 불길이 올라오니까 견디기 힘들다는 듯이 머리를 흔들고 발버둥을 친다.

예쁘게 차린 아낙은 몸통을 집게로 집고 사정없이 가위질을 하기 시작한다. 멀뚱히 살아서 움직이는데도 목을 단번에 싹둑 베어 버리고 허우적거리는 발들을 하나하나 잘라낸다. 나중에는 발가락들까지 잘게 끊어 대니까 떨어져 나간 살점들은 바들바들 떤다. 차마 눈을 바로 뜨고 볼 수 없어 고개를 돌리려는데 신기한 듯이 바라보던 꼬마들은 손뼉을 친다. 아무리 사람들에게 먹히는 것이 당연하다고는 하지만 이건 해도 너무하지 않는가.

인간의 발길이 닿는 곳이면 어디든지 이런 일들이 흔하게 벌어진다. 가녀린 토종벌들에게 독한 연기를 쏘여 기절시키고 혼신을 다해 물어다 모은 양식을 송두리 채 빼앗는다. 천신만고 끝에 수십 킬로의 물줄기를 헤엄쳐 올라와 알을 낳으려는 연어들을 그물로 훑어 댄다. 생으로 소의 코를 뚫고 망치로 말의 발에 쇠를 박아 채찍질을 한다.

　급기야는 자기들끼리도 서로가 치고받으며 아귀다툼을 한다. 강간과 살인 사건이 하루가 멀다 하게 일어나고 아버지가 친딸을 성폭행하며 아들이 어머니를, 손자가 조부모를 죽이는 사태까지 벌어지는 세상이다. 순리를 어기고 저지른 죄 값들을 어찌 다 감당할 수 있을는지. '자승자박(自繩自縛)', '인과응보(因果應報)'란 말들을 모른단 말인가.

　사람은 참으로 나쁜 동물임에 틀림없다. 그 악함이 어디까지 가려는지 걱정스럽다.

장수의 비결

 텔레비전 프로그램에 노익장을 과시하는 모습들을 보니 놀랍다. 70세 된 사람이 보디빌딩으로 가꾼 울퉁불퉁한 근육을 자랑하고 71세 된 이는 아이돌이 하는 빠른 동작의 댄스를 거침없이 소화한다. 82세 된 여자는 반듯한 자세로 부드럽게 기체조를 하더니 발레를 하듯이 다리를 일자로 벌려 땅에 붙인다. 94세의 남자가 벽력같은 기합소리를 지르고 죽도를 내리치면서 한판을 겨루더니 투구를 벗는데 얼굴은 아주 젊어 보인다.

 나도 저토록 건강하게 오래 살 수 있으면 얼마나 좋을까 하는 욕심을 부려 보지만 그게 어디 뜻대로 되겠는가. 새싹처럼 돋아나던 어린아이가 발굽에 밟히고 펄펄 뛰던 젊은이가 한 순간에 넘어지는 일이 다반사다. 가정이나 사회의 중책을 감당하여야 할 중년의 나이에 졸도를 하고 생을 마감할 준비도 채하지 못한 노인이 홀연히 세상을 떠나간다.

 요즈음 노인들 사이에 '9988234'라는 말이 자주 쓰이고 있는데 이는

'99세까지 88하게 살다가 2-3일 앓다가 죽자(4:사〈死〉.)'라는 의미라고 한다. 어느 시대 어느 지역사람들을 막론하고 그렇게 되기를 원하지만 그리 쉽사리 이루어지지 않는다. 중국을 최초로 통일한 진시황은 불로초를 구하려고 가진 애를 썼으나 50세의 나이로 세상을 하직하고 말았다. 이에 비해 자연을 벗 삼아 노래하고 훌륭한 글을 써서 후대에까지 커다란 영향을 미친 윤선도는 85세까지 살았으니 극명한 대조를 이룬다.

근래에 언론매체에서는 무병장수와 관련된 광고를 많이 하고 있는데 그 중에서도 음식과 운동의 내용이 가장 많다. 태초에 신이 내린 먹을거리는 흙과 물로부터 얻어지는 식물의 뿌리와 잎과 줄기와 열매였다고 한다. 우리도 원래 채식 위주의 식습관이었는데 육식으로 바뀌어 가고 불규칙한 식사와 운동부족으로 인하여 고혈압이나 비만 등 각종 질병에 시달리고 있다.

사람이 먹는 것과 관련된 기업들이 펼치는 상술로 인하여 오히려 건강을 해치는 사례가 많다. 음식에 진한 색깔을 넣어 눈을 자극하고 설탕과 조미료를 첨가하여 입맛을 돋우며 여러 가지 물질들을 발라서 볶고 튀기며 냄새를 풍긴다. 이런 유혹에서 벗어나려고 혼식을 고집하고 직접 생산한 채소와 과일을 즐기며 자연산 조미료를 만들어 쓰는 우리 집 식단에 나는 감사한다.

운동도 장수의 필수 조건이다. 뼈와 근육을 튼튼히 하고 내장 기능을 강화하며 면역력을 키워 병균을 물리치게 하고 기분을 상쾌하게 하는 등 여러 가지 효과를 가져다주기 때문이다. 사람들이 하루 30분씩, 일주일에 세 번 이상 걸을 것을 권하는 운동법을 비롯하여, 등산, 수영,

요가, 헬스, 댄스, 구기 등의 다양한 방법들을 실행하는 것은 여기서 비롯되었다. 나도 아침에 눈을 뜨면 침대에 누운 채 허리와 무릎의 관절을 풀고 얼굴 마사지를 하며 거실에 나와서 맨손체조도 한다.

기존의 나쁜 식습관을 고치려고 노력을 하고 날마다 1시간 이상 수영이나 산보를 하는데 힘을 기울이고 있다. 내가 이렇게 음식을 섭취하는데 관심을 갖고 정기적으로 운동을 하면서 본격적인 건강관리를 하게 된 것은 은사님을 뵙게 되면서부터이다. 평소에 소식(小食)을 하시고 신선한 채소와 과일을 선호하시며 일주일에 두세 번씩 클럽에 나가시어 테니스 게임을 즐기신다. 시합이 없는 날에는 빈 라켓 스윙을 500번씩 하시고 엎드려 팔굽혀펴기는 50번을 하셨는데 차츰 늘어나서 60번 이상 하게 되었다는 말씀을 듣고는 매우 놀랐다.

그 후로 계속해서 만나 뵙게 되면서 그렇게 건강하게 오래 사시는 이유가 또 다른 곳에 있음을 발견하게 되었다. 평소에 온화한 성품에 정결한 언어를 사용하시면서 때로는 유머 감각이 뛰어 나시어 주위 사람들을 많이 웃기신다. 짜증이나 화를 내시는 일은 거의 없고 남의 험담을 하시는 것을 본 적이 없다. 구태여 꺼내 보자면 텔레비전에서 지도급 인사가 막말을 하거나 젊은이들이 과격한 행동을 하는 모습이 비칠 때 "저러면 못쓰는데………." 하시는 것이 전부였다.

작가이신 이 분은 환갑이 지난 연세에 현대문학에 등단을 하셨지만 훌륭한 글들을 발표하여 찬사를 받으셨고 엮은 책들을 전국 대학교의 도서관 등에 기증하시기도 했다. 거액을 들여 '원종린 수필 문학상'을 손수 제정하셔서 후진 양성에 진력하심으로써 한국 문단에 새로운 이정표를 세우셨다. 중앙과 지역의 문학사들을 수시로 방문하시어 후원금을 지원하시고 중식까지 제공하시면서 직원들의 사기를 앙양시켰다. 여러 곳으로 부터 온 원고청탁을 결코 사양하지 않으시고, 전국에서 보내오는 책들을 다 읽으신 후에 일일이 소감을 적어 보내는 등 문학에의 남다른 열정을 보이셨다.

은사님은 엊그제 향년 89세를 일기로 세상을 하직하셨다. 이틀 전까지만 해도 식사도 잘하시고 운동과 독서를 즐기셨으니 정말로 행복하게 살다가 떠나가신 분이다. 자녀교육을 잘 시켜서 국가와 사회에 기여하게 하시고 많은 제자와 후학들이 존경하며 따랐으니 많은 복을 고루 갖춘 분이시라고 할 수 있다.

그동안 지인들로부터 따로 부고가 없는데도 조문을 해 오셨는데, 정작 당신께서는 문상객들의 폐가 될 테니 조의금은 일체 사절하라고 유언을 하셨다. 참으로 대단한 분이시다. 어떤 상황에서도 누가 보거나 말거나 해야 할 도리를 지키셨으니 이런 분이 세상에 또 있을까 하는 마음이 든다. 늘 온후한 표정으로 사람을 대하시고 여러 방면으로 베풀며 사시다가 아름답게 떠나가신 은사님의 모습을 생각하자니 진시황과 윤선도의 생애가 다시금 비교된다.

은사님께서는 말씀보다 몸소 솔선수범하시며 잔잔한 호수의 은파처럼 조용히, 그러면서도 훌륭한 가르침을 주셨기에 그리는 마음 절절하다. 어르신이 생각이 날 때마다 두 손을 모으고 감사하며 주신 교훈들을 실천해 보리라 다짐을 한다.

믿음의 아들

나의 영원한 친구! 그는 이제 이 세상을 떠나갔다. 이제는 그가 환하게 웃는 모습을 볼 수 없고 다정하게 이야기 하는 음성도 들을 수 없게 되었다.

친구는 의리의 사나이였다. 산행을 할 때면 일부러 뒤로 처져서 병약한 사람의 손을 잡고 같이 걸어 주었다. 짐이 버겁다 싶으면 대신 메었고 걷기가 힘겨운 듯하면 등을 밀어 주었다. 남다르게 희생정신이 강해서 사람들이 어려워하고 싫어하는 일에도 서슴지 않고 나섰다. 어느 친구는 그가 그토록 착한 일들을 잘 해낼 수 있는 것은 깊은 신앙심에서 비롯된 것이라도 했다. 지병 때문에 오래도록 어려움을 겪으면서도 잘 버텨 온 것은 그런 복을 받은 덕이라며 칭찬을 아끼질 않는다.

또한 책임감이 강한 원칙주의자였다. 그래서 언제 어디서나 바른 행동을 보여 주었다. 회장 겸 총무를 맡았을 때는 높은 산 정상에까지 회비 내역이 기록된 보따리를 들고 다닐 정도였고 매사를 반듯하게 처리하면서도 맺고 끊는 것이 확실했다. 모임 때마다 승부가 걸린 오락게임을 자주 하곤 했는데, 그러다 보면 자신도 모르게 본성을 드러내는 경우가 있었으나, 그에게서는 그런 모습을 좀처럼 볼 수 없었다. 한 번 옳다고 생각한 일은 결코 양보하지 않았고 불의를 보고 그대로 지나치지 않았다. 뿐만 아니라 잘못된 것들은 기어코 제자리에 돌려놓으려고 애를 쓰는 등 올곧게 살아가는 모범을 행동으로 보여 주었다.

이런 친구가 어려움에 처했다는 말을 듣고 매우 놀랐다. 몸이 편치 못해 오랫동안 모임에 나오질 않아서 걱정을 많이 했는데 동학사 산행에 동참을 해서 반가웠다. 별식으로 점심 식사를 마친 후 오락을 즐기는데 그는 먼저 귀가를 해야 한다고 해서 동행을 했다. 차안에서 이야기를 주고받는 동안 얼굴을 보니 상당히 초췌해진 모습이어서 건강상태를 물었더니 현대 의학으로는 치료하기 어려운 상태라고 했다. 내일부터 강원도 깊은 산속에 들어가서 좋은 공기를 마시며 살겠다고 한다. 그러다가 하나님께서 부르면 기꺼이 떠나겠다는 말에 그를 위로해야 할 말을 잃었다.

그렇게 헤어진 후에는 소식이 뚝 끊겼는데 아산시 유적들을 답사하는 동창회 모임에 홀연히 나타났다. 친구들이 보고 싶어 왔다며 손을 잡아주는 정겨운 손길에 동기 동창의 소중함을 다시 한 번 확인할 수 있었다. 당시에 함께 점심식사를 하던 장면을 생각하면 지금도 가슴이 아려 온다. 우리들은 모여서 담소를 나누다가 이 지역 특별메뉴라는 오리 훈제를 먹었다. 아침 일찍 출발하여 장시간 여행을 한 터라 모두들 맛있게 식사를 하는데도 친구는 특별한 환자이기 때문에 그런 음식을 한 점도 맛을 볼 수 없는 처지였다.

허름한 보자기를 풀어 놓고 하얀 은박지에 싼 고구마 두 개를 식탁에 내려놓으면서 자기 도시락이 훨씬 맛날 거라며 쓴 웃음을 지어서 매우 가슴이 짠했다. 식탁 구석에 떨어져 앉아서 껍질도 벗기지도 않은 채 꾸역꾸역 넘기면서 애써 태연한 표정을 짓던 모습이 한 동안 지워지질 않았다.

이듬해에 칠갑산 산행을 할 때도 불편한 몸이면서 먼 길을 마다 않고 찾아 와서 모두들 반가워했다. 어느 친구의 제안으로 몇 푼씩 모은 것을 용돈에 보태 쓰라고 건네주니까 극구 사양을 하다가 여럿의 권유에 못 이겨 받아 넣으면서 겸연쩍어하던 얼굴이 지금도 선하다.

2011년 7월 5일 화요일 오전 10시, 충남대학교병원 영안실에서 친구의 장례식이 진행되었다. 미사를 주관하는 신부인 동생으로부터 그가 남긴 훌륭한 업적을 더 많이 알게 되었다.

그는 하나님의 착한 아들이었다. 심한 병고로 인한 어려움 중에서도 초인적인 인내로 감내하여 주님의 십자가 고통에 동참하는 삶을 살았다. 1년 반 동안 요양생활을 할 때도 수도자 이상으로 시종일관 깨끗하고 의롭게 지냈으며 평소처럼 항상 하나님 말씀을 붙잡고 기도를 하며 순종하는 자세였다.

부모에게는 효성스런 자식이었고 자녀들로부터 효도를 받은 아버지였다. 동생은 자기 형이 5.16 후에 첫 발령을 받고 재건복 차림으로 무릎을 꿇고 월급봉투를 드리면, 돈을 헤아려 보시면서 흡족해하시던 어머니 모습에 감동이 되어 자기도 초등학교 교사의 길을 택했다. 구십 노모를 모시며 때때로 목욕을 시켜 드리고 손톱과 발톱도 깎아 드린 효자였다. 그런 마음으로 자식들을 잘 키워서인지 아들들은 물론이고 며느리들까지 부모를 지극 정성으로 모셔서 보는 사람마다 탄복할 정도였다.

형제 간에는 우애를 돈독하게 하였고 제자들에게는 존경받는 스승이었다. 동생이 방문을 하게 되면 마중을 나오고 헤어질 때는 터미널까지 따라와서 차표를 사주고 용돈까지 쥐어 준 후에 차가 떠날 때까지 기다렸다가 손을 흔들어 주곤 했다. 깊은 산골짜기에서 요양생활을 할 때에 문병을 가면 동생이 몸담고 있는 수도원을 찾는 어려운 사람들한테 잘해 주라고 당부를 했다. 누구에게나 교만해서는 안 되고 언제나 겸손해야 한다며 자비와 겸손의 마음을 일깨워 주었다.

60년대 초의 제자를 비롯하여 전국 각지로부터 많은 사람들이 수시로 찾아 올 정도로 존경을 받은 교육자였다며 추도사를 하다가 울먹여서 나도 따라 눈물을 흘렸다.

이렇게 훌륭한 사람이 나와 명문학교의 동기동창이고, 영원한 해병의 전우이며, 하나님을 따르는 교우인 것이 참으로 자랑스럽다. 나도 그가 걸어 간 아름다운 발자국을 따라가기 위해 옷깃을 여미고 마음을 가다듬어야겠다.

죽음을 존엄하게 맞으려면

5살짜리 외손자의 손을 잡고 산책을 한다. 나이에 비해 성장이 빨라 몸집이 크고 생각하는 것도 남달라 대견스럽다. 초등학교 정문 앞에 서서 네가 입학할 때나 운동회가 열리게 되면, 나도 가서 축하를 해 주겠다고 하니까, 갑자기 가던 길을 멈추고 빤히 올려다보더니 의아한 표정을 짓는다.

"할아버지 그때까지 안 죽어?"

황당한 질문에 어떻게 대답을 해야 할지 몰라 멍하니 바라만 보았다.

'이 녀석이 죽는 것이 무엇인지 알고나 하는 말인가. 내가 죽게 되면 영영 볼 수 없게 되는지는 알고 저러나. 설마 죽기를 바라고 하는 소리는 아닐 테지…….'

슬그머니 미운 마음이 들지만 그래도 내 새끼라 귀엽다.

녀석의 말을 생각할수록 서운하고 착잡한 심정이 드는데 차분하게 따져보니 아이의 말이 맞는 것도 같다. 내가 지금 나이를 수월찮게 먹었고 제가 학교에 갈 내·후년이면 시간도 많이 남아 있으니 그 안에 죽을 수도 있지. 이 세상을 등지게 될 때가 가까워졌다는 것을 실감하게 되니 초조한 마음마저 든다.

걸어 온 길과 남은 날을 그려보니 마음이 착잡하다.
'정말 2년 내에 내가 죽어? 그러면 사랑하는 아내와 자식들과 귀여운 손자 손녀들, 그리고 허물없이 대하며 즐겁게 지내던 사람들이 보고 싶어 어쩌지? 평생 피땀 흘려 마련한 집은 어떻게 하고 수필집 발간을 위해 써 둔 자식 같은 원고들은 어쩌나. 고가인데도 큰 맘 먹고 매입을 해서 틈만 나면 켜대며 그 가락에 젖어 흠뻑 취하곤 하는 아코디언이 아깝다. 정겹게 지낸 사이인데 사소한 다툼으로 멀어지게 된 사람들과의 매듭도 풀어버리고 가야 하는데. 하고 싶은 일도 많고 만나야 할 사람들도 여럿이라 더 오래 살아야 하는데 큰일이구나.'

그동안 앓던 감기 때문에 내가 초등학교 때 가르친 의사에게 치료를 받았다. 진료실을 나오다가 무심코 혈당을 체크해 보았더니 상상 외로 높은 수치가 나왔다. 눈이 휘둥그레져 다시 들어가 걱정을 했더니 빙그레 웃으며, 몇 가지 조언을 한다.
"선생님께서도 이제 그러실 연세가 되셨어요. 젊은이들도 더 심한 경우가 많은데요. 제 말씀 들으시고 잘 관리하시면 괜찮아요."라고 말하면서 절제된 식생활과 규칙적인 운동을 권한다.
잠시 내 모습을 살피더니 말을 잇는다.
"대단히 죄송한 말씀 드리겠어요, 건강이 그렇게 걱정이 되셔요? 돌아가시는 것이 정말로 두려우세요? 실은 저도 그런 생각을 많이 했어요. 어쩌면 대부분 사람들이 다 그럴 거예요. 그런데 지난 주일 신부님의 강론에서 사람이 죽는 것은 이 쪽 방에 있다가 미닫이문을 열고 저 쪽 방으로 옮겨 가는 것에 불과하다고 했어요. 그와 관련된 실감나는 설명을 듣고부터는 저도 마음 편하게 지내기로 작정했어요."

코 흘리게 철없었던 제자 앞에서 더 아플까봐 엄살을 떨고 금방 죽을 것처럼 허둥거린 내 모습이 부끄럽기 짝이 없게 되었다.

스웨덴 공원묘지 비문에 써 있다는, '오늘은 나, 내일은 너'라는 글귀가 생각난다. 오늘 먼저 떠나간 사람처럼 내일 나도 갈 것이 확실한데 그것을 알면서도 모르는 체하고 사는 게 바로 내 모습이다. 남들은 갈 때가 되면 떠나야 마땅하다고 생각하지만 나는 그렇게 되고 싶지 않은 것이 인간이다. 나만은 아프지 말았으면 좋겠고, 죽음이 내게 다가오고 있다는 사실조차 생각하기 싫은 것이 인간속성이다.

대부분 사람들이 죽음이란 단어를 입에 올리기를 꺼려한다. 때문에 생명 연장을 위한 인류의 노력이 끊임없이 계속되어 왔지만 영영 풀 수 없는 숙제로 남아 있다. 그것이 언제, 어떤 과정을 거쳐, 어떤 모습으로 찾아올지 아무도 알 수 없기 때문에 사람들은 더욱 두려워한다. 머지않아 닥쳐 올 그 일을 생각하면 평소에 지은 죄값을 걱정하게 되고 평생토록 힘들여 손에 쥔 소유가 상실될 일이 염려스럽다. 한 줌의 티끌이 되어버릴 육신, 어디론가 사라져 갈 영혼, 캄캄한 지옥과 환상의 천국……. 이런 끝없는 의문들에 따른 공포와 불안은 가중된다.

사람들은 이렇게 해결 불가능한 것들에서 벗어나기 위해서 무언가에 기대고 싶어한다. 하여 동서고금을 막론하고 많은 사람들이 태양이나 자연 등과 관련된 사물들을 자기들의 신으로 만들어 그에 의지하려고 무던히도 애를 써왔다. 우리 조상들 또한 장독대에 정화수를 떠 놓고 무릎을 꿇었으며, 성황당 고갯마루에서 손바닥을 비비고 또 비볐다.

덴마크의 철학자 키에르케고르(Kierkegaard)는 '죽음에 이르는 병은 절망이고, 절망이란 신과의 관계 상실을 뜻하며, 신앙에 의하여 그 병을 치유할 수 있다.'고 하였다고 했다. 그리고 '죽은 후에도 다른 세상이 있다는 것을 믿기만 한다면, 이 세상의 모든 것을 손에 넣는 것보다 더 큰 수확을 했다고 할 수 있다. 설혹 그렇게 되지 않는다고 해도 잃는 것은 아무것도 없기 때문에 그 길을 향해 간다고 해도 손해 볼 것이 없다.' 라고 역설하였다.

"나는 이 병균과 같이 살아요. 이놈과 같이 놀다가 하나님이 부르시면 함께 떠날 거요."라고 말했다는 중병 속의 팔십 노인의 담담함이 고귀한 명언처럼 들려온다. 병세가 극히 악화되자 간호하는 가족들의 손을 잡고 "고마워요, 아름다운 저 세상에서 다시 만나요."라고 미소를 지으며 떠나갔다는 열세 살 소녀의 얼굴도 천사처럼 다가온다.

인간은 어차피 죽을 수밖에 없는 존재이기 때문에 유한한 삶을 살아가는 개체라고 할 수 있다. 때문에 지금 내가 누리고 있는 시간이 먼저 간 사람들이 그토록 애타게 살고 싶어 하던 순간이라는 것을 잊지 말아야 한다. 천국의 소망을 가슴에 품고서 내게 주어지는 날들의 일 분 일 초를 보람되게 살아가야 하겠다.

그렇게 하는 것이 바로 인생 최대의 과제라고 하는 죽음을 존엄하게
맞아들일 수 있는 최선의 방법일 것이다.

책을 엮는 일을 마치게 되니 홀가분하면서도 뿌듯한 느낌이 든다. 글을 쓰고 책을 만드는 과정이 나로서는 매우 즐거운 일이었지만 많은 분들을 어렵게 하기도 했다.

정성을 다하여 책을 만들어 주신 오늘의문학사 리헌석 회장님과 이영옥 편집장님께 감사를 드린다. 나에게 글을 쓰는 것을 가르쳐 주신 수필가 고 원종린 은사님과 최원규 박사님께는 많은 은혜를 입었다. 문학의 길로 나아갈 수 있도록 격려해 주시는 나태주 시인님을 비롯한 여러 문인들 또한 고맙다.

아울러 불우한 이웃에게 위로를 해 줄 수 있도록 아코디언 연주법을 가르쳐 주시는 오주영 아코디언학원장님과, 대전실버오케스트라 지휘자이신 박순국 교수님께도 이 기회를 빌어서 감사한 말씀을 드린다. 말없이 내조를 해 준 아내와 동참해 준 우리 아이들에게도 사랑한다는 말을 전한다.

앞으로도 좋은 글을 쓰려는 노력을 계속할 것이고, 소외된 계층에게 위로를 해 주는 음악 활동도 이어 갈 것이다. 여러 사람들의 가장자리에 서 있거나 그 틈새에 끼어 있어서 힘이 부치는데도, 꿋꿋하고 아름답게 살아가는 이들을 유의 깊게 살펴보고 보듬어 주고 싶다. 아울러 그들의 숨소리를 듣고 발자국을 따라가며 얻게 되는 것들을 소박하게 글로 담아 보고자 한다. 이런 내용으로 만들어질 제5의 수필집이 어떻게 태어날는지 자못 궁금하다.

언제나 나를 도와주시고 동행하시는 하나님께 감사의 기도를 올린다.

바람과 소리

金男植 隨筆集

인쇄일 / 2011년 10월 1일
발행일 / 2011년 10월 7일
발행인 / 李憲錫
지은이 / 金男植

발행처 / 오늘의 문학사
대전광역시 동구 삼성1동 125-6 한밭오피스텔 401호
Tel(042)624-2980 Fax(042)628-2983
등록 / 제55호(1993년 6월 23일)
홈페이지 www.lito77.co.kr
E-mail : hs2980@hanmail.net
ISBN 978-89-5669-457-3

값 10,000원